Samantha

JOHANNA LINDSEY | *ŒUVRES*

LE VENT SAUVAGE | *J'ai lu* 2241***
UN SI CHER ENNEMI | *J'ai lu* 2382***
SAMANTHA | *J'ai lu* 2533***

Johanna Lindsey

Samantha

traduit de l'américain par Laure TERILLI

Éditions J'ai lu

Ce roman a paru sous le titre original :

HEART OF THUNDER

© Johanna Lindsey, 1983
Pour la traduction française :
© Éditions J'ai lu, 1985

1

8 février 1870, Denver, Colorado.

Samantha arpentait sa chambre. Un instant, elle s'arrêta devant le grand miroir ovale placé au-dessus de la cheminée. Ses yeux verts flamboyaient. Sa jupe et sa jaquette de taffetas vert sombre gansée de velours noir soulignaient la minceur de sa taille. Mais sa coiffure, le résultat d'une heure de patient travail, était en désordre, saccagée. De longues mèches châtain roux pendaient sur ses épaules. Elle reprit son va-et-vient à travers la suite de l'hôtel qu'elle occupait avec Jeannette Allston. Son amie n'était pas là. Sa présence, cependant, n'aurait pas empêché Samantha de donner libre cours à son irritation, même si, d'ordinaire, elle veillait à dominer son caractère emporté devant Jeannette. Cette fois-ci, la mesure était comble. Campée au milieu de la pièce, les poings sur les hanches, elle se regarda dans le miroir.

— Ah! Tu peux être fière de toi, Samantha Blackstone Kingsley! Une fois de plus, il s'arroge le droit de te bouleverser. Regarde-toi, idiote!

Elle secoua ses cheveux défaits. Que lui importait à présent? D'ailleurs, il lui suffirait de les dissimuler sous son chapeau avant de sortir. Si elle sortait. Si Adrien, le frère de Jeannette, daignait venir la chercher pour aller au restaurant. Il avait une heure de retard.

Une heure ! Comme elle regrettait de ne pas être partie avec Jeannette au lieu de donner rendez-vous à Adrien à l'hôtel ! Seulement, voilà, elle avait voulu se trouver seule avec lui. Car elle aimait Adrien. Elle l'aimait à la folie. Et il fallait ce tête-à-tête pour le lui faire comprendre. Pourquoi s'obstinait-il à être toujours en retard ? Cette fois-ci, il était impardonnable. Quand il arriverait, elle ne lui cacherait pas ce qu'elle pensait de lui et de sa désinvolture.

Pourquoi s'être éprise d'Adrien Allston ? Bien sûr, il était élégant. Il était même beau. Très beau. De taille moyenne, musclé, viril.

C'était décidé, elle l'épouserait. Il n'en savait rien encore. Mais Samantha, elle, le savait depuis leur première rencontre, il y avait deux ans de cela. Adrien était l'homme qu'elle voulait. Et elle obtenait toujours ce qu'elle voulait. Depuis qu'elle était venue vivre chez son père, dix ans plus tôt, elle était habituée à voir tous ses désirs satisfaits. Elle aurait donc Adrien.

Toutefois, il fallait qu'elle se calmât. Elle ne pouvait se permettre de passer sa colère sur Adrien. Il en serait non seulement surpris mais choqué. Depuis que Jeannette lui avait confié que son frère ne supportait pas les sentiments excessifs, Samantha s'était gardée d'élever la voix en sa présence. Elle affichait avec lui un air posé, une réserve exemplaire. Quel effort pour une fille comme elle, fantasque et capricieuse, si prompte à s'emporter !

Elle n'était qu'une enfant gâtée, égoïste et têtue, disait son précepteur. Élevée en Angleterre jusqu'à l'âge de neuf ans par une grand-mère sévère, elle avait souffert des contraintes imposées par la morale victorienne. Depuis son arrivée en Amérique, elle avait pris goût à la liberté. Elle était décidée à oublier la discipline rigide qui avait pesé sur son enfance. Et s'il lui fallait se mettre en colère de temps à autre pour imposer ses vues, si on la disait gâtée, où était le mal ? Elle arrivait à ses fins. Toujours. C'était l'essentiel.

L'intendante des Kingsley, Maria, qui était pour elle presque une mère, la jugeait avec moins de sévérité.

— Vous êtes rusée comme un petit renard, disait-elle. Vous savez vous y prendre avec votre père, mais un jour, vous rencontrerez un homme qui refusera de se laisser manœuvrer. Que ferez-vous alors, ma petite ?

Samantha s'était moquée d'elle.

— Je ne voudrais pas d'un homme qui s'opposerait à mes désirs. Jamais je ne renoncerai à ma liberté !

C'était... il y avait combien de temps ? Presque trois ans déjà, avant son départ pour Philadelphie où elle devait finir ses études. Depuis, elle n'avait pas changé d'avis. Et Adrien ne serait pas difficile à vivre, elle en était sûre.

L'ennui, c'était qu'il ignorait tout de ce projet de mariage. En fait, il semblait à peine avoir conscience de l'existence de Samantha. Son orgueil en souffrait. Elle se savait belle pourtant. Si elle ne s'était guère montrée coquette avant sa rencontre avec Adrien, elle avait tenté depuis bien des efforts pour se faire remarquer de lui. Sa chevelure châtaine aux reflets cuivrés, ses yeux couleur émeraude, sa jolie silhouette, ses traits agréables attiraient plus d'un regard. Et pourtant, quand Adrien levait les yeux sur elle, il semblait ne pas la voir.

Elle avait faim ! Il se faisait vraiment trop attendre ! Dans un accès de rage, elle arracha les épingles qui retenaient encore sa coiffure et laissa ses cheveux retomber sur ses épaules en un flot de boucles.

— Voilà qui règle le problème ! Maintenant, il n'est plus question de sortir, même si vous finissez par arriver, Adrien.

Elle ne faisait ainsi que se punir elle-même. Quant à Adrien, les colères de Samantha le laissaient toujours aussi serein, comme s'il n'avait pu imaginer en être la cause. Viendrait-il ? L'heure du déjeuner était passée depuis longtemps. Que faisait Jeannette ? Les attendait-elle toujours au restaurant en compagnie de Mme Bane, une veuve bavarde dont elles avaient fait la connaissance dans la diligence qui les amenait de Cheyenne à Denver ? La bonne dame avait insisté pour leur servir de chaperon. Adrien s'était peut-être rendu directement au restaurant, en pensant qu'elle ne l'avait pas attendu... A moins qu'il n'ait oublié leur rendez-vous ?

— Oh, le misérable ! Si je ne l'aimais pas, je pourrais le tuer !

Soudain, on frappa à la porte. Elle sursauta, puis se rappela le massacre infligé à sa coiffure. Que n'était-il arrivé cinq minutes plus tôt !

— Allez-vous-en, Adrien ! J'ai décidé de ne pas déjeuner aujourd'hui.

Quelle serait sa réaction ?

De nouveau, on frappa. Elle fronça les sourcils.

— Ne m'avez-vous pas entendue ?

— J'ai entendu, mademoiselle Kingsley, mais pourquoi ne pas ouvrir tout de même ?

Elle se figea. Cette voix, elle l'eût reconnue entre mille. Ce n'était pas Adrien. C'était... Tom... Tom... Le nom de famille lui échappait. Elle l'avait rencontré à son arrivée à Denver, la semaine précédente, en descendant de diligence. Il n'avait pas caché l'intérêt qu'il lui portait, un intérêt bien déplaisant. L'homme était grossier, sans éducation. Il n'avait cessé de la suivre, de lui adresser la parole en ignorant son agacement.

Comme tant d'autres, il était venu à Denver dans l'espoir de découvrir une mine d'argent et de faire fortune. Alors que l'or se faisait plus rare dans la région du Pikes Peak, d'importants gisements d'argent avaient été découverts l'année précédente.

Tom ne l'intéressait pas. En fait, elle commençait même à le craindre : le ton familier dont il usait lorsque personne ne pouvait les entendre l'effrayait. Et il avait une façon indécente de la considérer, comme s'il l'avait déshabillée du regard... Il semblait sûr de lui plaire, bien qu'elle eût tout fait pour le persuader du contraire. Son assurance l'irritait et la troublait. La dernière fois qu'elle l'avait vu, dans le hall de l'hôtel, elle avait essayé de passer devant lui, la tête haute. Il l'avait attirée à l'écart, presque avec brutalité.

— Inutile de feindre l'indifférence avec moi. Ma patience est à bout.

Cet incident l'avait bouleversée. A tel point qu'elle n'avait su répondre aux questions de Jeannette qui avait perçu son désarroi.

Et maintenant, cet homme se trouvait à sa porte, à frapper et à tambouriner.

— Allons, mademoiselle Kingsley, ouvrez donc.

— Partez, entendez-vous ? Partez !

Un léger bruit. La poignée tournait. La porte, qui n'était pas fermée à clé, s'ouvrit sur le jeune homme. Un sourire aux lèvres, il referma derrière lui. Elle resta sans voix, puis se ressaisit.

— Êtes-vous fou ? Sortez immédiatement !

Il se contenta de secouer la tête d'un air amusé.

— J'ai l'intention de rester, mademoiselle. Il faut qu'on parle.

— Seigneur, vous êtes fou !

Elle s'efforça au calme pour le convaincre.

— Écoutez, monsieur... quel que soit votre nom...

Il l'interrompit.

— Ne faites pas semblant de l'ignorer. Vous le savez. Tom Peesley.

Elle haussa les épaules.

— Je m'en moque. Ne pouvez-vous comprendre, à la fin ? Pourquoi ne pas me laisser tranquille ?

C'était à cause de lui qu'elle n'osait plus quitter l'hôtel seule. Il était toujours dans le hall, à la guetter, à l'attendre.

— Je sais que vous mentez. Quand cesserez-vous ce petit jeu ?

— Que voulez-vous dire ?

— Vous le savez très bien. Je vous plais, mais il vous faut continuer à prétendre le contraire.

Samantha ne répondit rien. Était-il en colère ? Jusqu'à présent, il s'était montré exaspérant et entêté, mais pas vraiment menaçant. Il était grand et fort, avec de larges épaules, des bras musclés par le travail de la mine. Il lui avait fait part de ses projets. Il restait à Denver parce qu'il aimait l'animation de cette ville dont la prospérité lui rappelait l'est des États-Unis. A l'inverse d'autres villes qui s'étaient construites au moment de la ruée vers l'or et avaient été ensuite désertées, Denver avait survécu et continuait de se développer.

— Alors, mademoiselle ?

— Comment ?

— Vous ne m'avez pas répondu.

Il passa la main dans ses cheveux blond roux. Ses yeux ne la quittaient pas.

— Il est temps que nous parlions sérieusement, vous et moi.

— Vous et moi ? Il n'y a pas de vous et moi qui tienne. Mettez-vous ça dans la tête.

— Assez ! Je vous ai prévenue. Ma patience est à bout. Tâchez de vous montrer plus aimable, sinon je vais me mettre en colère !

Elle le regarda sans dire un mot. Il était capable de violence, elle n'en doutait pas. Comment se défendre contre cette brute ? Qu'avait-elle fait pour qu'il s'imaginât l'avoir séduite ? L'air mauvais, il attendait sa réponse. Et Adrien qui n'arrivait toujours pas ! Il aurait pu mettre un terme à cette scène ridicule.

— Monsieur Peesley... Tom... Pourquoi ne pas discuter en descendant dans le hall ?

Elle souriait pour l'apprivoiser.

— Tom, vous pouvez m'accompagner au restaurant où m'attend mon amie, Mlle Allston.

Il refusa d'un mouvement de tête.

— Nous resterons ici tant que cette histoire ne sera pas réglée.

Son obstination lui fit oublier toute prudence.

— Comment « régler cette histoire » alors que vous refusez de m'écouter ? La vérité est que vous ne me plaisez pas. En fait, vous m'avez tellement importunée que je commence à vous trouver odieux. Me suis-je bien fait comprendre cette fois-ci, monsieur Peesley ?

En deux enjambées, il fut sur elle. L'agrippant par les épaules, il se mit à la secouer. La tête renversée en arrière, elle ne pouvait éviter son regard.

— Vous mentez. Je sais que vous mentez. Pourquoi ?

Les larmes montaient aux yeux de Samantha.

— Je vous en prie... Vous me faites mal...

— C'est votre faute.

Il ne desserrait pas son étreinte et approcha son visage tout près du sien, en la regardant droit dans les yeux.

— Pourquoi ne pas admettre que je vous plais ! Dès que je vous ai vue, j'ai su que vous seriez à moi. J'ai eu des femmes et je les ai quittées. Jusqu'à ce que je vous rencontre, je ne pensais pas au mariage. Est-ce là ce que vous attendez, que je vous propose de vous épouser ?

— Je...

Elle se tut et renonça à discuter. Tom Peesley continuait à la tenir dans ses bras.

— Laissez-moi partir !

— Pas avant que vous m'ayez répondu.

Elle aurait voulu crier, l'insulter. Ce qui ne se

faisait bien sûr pas dans le milieu auquel elle appartenait.

Pourtant, elle connaissait bien des insultes qu'elle avait apprises en écoutant les « vaqueros » du ranch de son père. Dommage de ne pouvoir les mettre en pratique...

Ce Tom Peesley la menaçait. Ne lui fallait-il pas se défendre ? Si seulement elle avait son arme à portée de la main. Le Derringer à un coup qu'elle gardait dans sa bourse ne faisait pas très sérieux. Il lui fallait son revolver à six coups qui se trouvait dans sa chambre à coucher.

— J'attends, mademoiselle. Et je suis fatigué d'attendre.

Elle respira profondément.

— Veuillez d'abord répondre à ma question. Qu'ai-je donc fait pour vous persuader que vous me plaisez ?

Il fronça les sourcils.

— C'est une question idiote.

— Pourquoi ?

Elle perdait patience.

— Eh bien... Dès que vous m'avez aperçu, vous avez souri. Vous êtes la plus belle femme que j'aie jamais vue. J'ai su alors que vous seriez à moi.

Elle soupira. Jamais plus, à l'avenir, on ne la verrait sourire dans la rue.

— Monsieur Peesley, un sourire n'implique pas qu'on éprouve de la sympathie pour quelqu'un. J'ai souri à tout le monde, ce jour-là. J'étais heureuse de ne plus voir de diligence et enchantée que le voyage fût terminé. Comprenez-vous ?

— Quand vous m'avez souri, votre sourire était différent. Je le sais.

— Je suis désolée. Vous vous êtes trompé, monsieur Peesley.

— Appelez-moi Tom.

— Mais non ! Je ne désire pas vous connaître. Je

suis amoureuse de quelqu'un d'autre, de M. Allston avec qui je suis venue ici. C'est lui que je vais épouser. Maintenant, veuillez me lâcher.

A ces mots, Tom se mit à rire.

— Maintenant, je sais que vous mentez. Je vous ai vus ensemble. M. Allston a plus d'attentions pour sa sœur que pour vous.

— Cela ne vous regarde pas !

— Si j'en étais sûr, je n'hésiterais pas à le tuer.

Il se jeta sur elle et l'embrassa. Suffoquée par son audace, elle fut incapable de se débattre. Il la relâcha avec la même brutalité. Elle demeura un instant immobile, trop étonnée pour réagir.

— Je peux être tendre, ou vous faire souffrir. Une fois, j'ai failli tuer une fille qui m'exaspérait. Et c'est ce que vous faites. Vous m'agacez, savez-vous ?

Elle aurait dû avoir peur. Pourtant, non. Elle se sentait plutôt furieuse. Jamais on ne l'avait traitée avec aussi peu de respect, et elle n'était pas disposée à se laisser faire. De toutes ses forces, elle le gifla. Tom Peesley ne broncha pas, mais il fut surpris. Elle en profita pour se précipiter dans sa chambre à coucher et claqua la porte derrière elle.

Il hésita à la suivre. Samantha se précipita vers sa coiffeuse, elle fouilla le tiroir du haut, saisit le pistolet. Le contact de la crosse dans sa main l'aida à recouvrer son sang-froid.

Manuel Ramirez, le mari de Maria et le plus vieux des « vaqueros » de son père, lui avait appris à tirer. A douze ans, elle avait réclamé le droit de se promener à cheval et sans escorte. Manuel, aussi têtu qu'elle, avait réussi à l'en dissuader. Il avait exigé qu'elle apprît d'abord à se servir d'une arme à feu. Il avait menacé d'abattre son cheval si elle osait enfreindre son ordre. Grâce à lui, elle était devenue un bon tireur tant au pistolet qu'au fusil. On ne s'inquiétait plus lorsqu'elle s'absentait une journée du ranch ou passait la nuit dehors. Son cheval et le colt qu'elle portait à la ceinture assuraient sa protection.

Pour son malheur, Tom Peesley se décida à la suivre. Samantha braqua le revolver sur sa poitrine.

— Que croyez-vous donc faire, mademoiselle ?
— Vous contraindre à partir.
— Vraiment ?
— Je n'en doute pas, monsieur Peesley. Je peux même vous le garantir.

Pour la première fois, elle sourit. Elle maîtrisait la situation, sentiment agréable. Tom s'obstina :

— Je ne vous le dirai qu'une fois, mignonne. Posez cette arme.

Elle rit, jouant avec son revolver.

— Vous savez, je suis une bonne gâchette (les yeux de Samantha pétillaient de malice), et je brûle d'envie de vous le montrer.

— Vous n'en ferez rien, répondit Tom toujours aussi confiant.

— Et pourquoi pas ? Vous m'avez brutalisée, vous êtes entré dans ma chambre... Aussi je vous prie gentiment de partir. Si vous n'obtempérez pas, je vous fais sauter... disons... un bon morceau de l'intérieur de la cuisse droite.

Tom fit un pas en avant. Un seul. Le coup de feu partit au même moment. Il agrippa sa jambe droite. A quelques centimètres de l'aine, le sang coulait. La balle l'avait atteint exactement à l'endroit indiqué avant de se loger dans la porte. Incrédule, il regarda Samantha, puis sa main ensanglantée.

— Une autre démonstration ? dit-elle.

Elle gardait Peesley dans sa ligne de tir. Il n'avait pas bougé.

— Peut-être la cuisse gauche maintenant, à peine un peu plus haut ?
— Sale...

Un second coup de feu claqua. Tom hurla de douleur.

— Avez-vous enfin compris que je ne plaisantais pas, monsieur Peesley ? Sortez de cette pièce ! Disparaissez ! Peut-être aimeriez-vous encore un souvenir ? Disons à l'épaule droite ?

Il la regardait, l'air mauvais. Le sang coulait le long de ses jambes, faisant une tache sombre sur son pantalon gris clair.

— Je perds patience, monsieur Peesley.
— Je m'en vais.

Elle le suivit à distance respectueuse, son arme toujours pointée sur la silhouette claudicante.

— Dois-je vous raccompagner jusqu'à la rue ? dit-elle.

Il se tenait immobile sur le seuil de la porte. Il se retourna soudain. La troisième balle pénétra dans son épaule droite, le projetant avec violence contre le mur.

— Et voilà ! Partez !

La fumée la faisait pleurer et elle était furieuse d'en être arrivée là.

Il battit en retraite. Elle le suivit dans le couloir, ignorant l'agitation qui y régnait. Ils passèrent devant des clients qui s'étaient attroupés, attirés par les coups de feu, et se dirigèrent vers l'escalier de service. Au moment où Peesley s'apprêtait à descendre, il lança brusquement le bras gauche en arrière, essayant d'assommer Samantha. Une quatrième balle vint se loger dans son avant-bras.

La rage brillait dans les yeux de Tom et son visage se déformait sous la douleur. Son bras blessé était sans force. Sa main se tendit vers la jeune fille. Elle fit une grimace et recula à la vue de tout ce sang.

— Vous êtes fou !

L'homme, pitoyable, s'obstinait.

— Je ne voulais pas vous faire du mal. Il fallait me laisser tranquille. Partez maintenant ! Allez-vous partir ?

Il fit encore un pas et de ses doigts tendus effleura

la veste de Samantha. Le coup de feu partit. La cinquième balle pénétra à la hauteur du tibia. Avait-elle pu éviter l'os ? Elle l'ignorait car ses mains tremblaient. Peesley perdit l'équilibre et dégringola les marches. Oppressée, elle attendit. Elle ne voulait pas sa mort. Jamais elle n'avait tué et cette idée l'effrayait. Il bougea. Il parvint même à se redresser et la regarda. Qu'attendait-il pour s'en aller ? Avait-il l'intention de revenir à la charge et de la tuer ? Elle cria :

— Espèce d'idiot ! N'avez-vous pas compris que je pouvais vous abattre ? Il me reste une cartouche, et cette fois je viserai le cœur.

Il se tint là, indécis, puis s'éloigna en boitant, à l'arrière des maisons.

Il ne faisait pas froid mais elle tremblait. Elle revint dans le couloir de l'hôtel, rougissant sous le regard inquisiteur des clients, courut à sa chambre, claqua la porte et se jeta sur son lit.

— Tom Peesley, tu n'es qu'un misérable ! Je souhaite que tu te vides de ton sang !

Elle ne savait pas qu'un inconnu de grande taille et vêtu de noir avait assisté à la scène...

2

L'hôtel où séjournait Samantha Kingsley était situé à la lisière de la ville, dans un nouveau quartier de Denver en pleine expansion. Il donnait sur une rue animée, nantie de magasins, de saloons, de deux restaurants et de deux hôtels de moindre importance, d'une halle aux viandes, d'une banque et même d'un théâtre. Au-delà s'étendait la campagne avec ses terres incultes attendant que la ville les réclame.

Hank Chavez arrivait du Sud. Il chevauchait en direction d'un des hôtels, espérant que malgré la notoriété de l'endroit le prix des chambres n'en serait pas trop élevé.

Il venait d'arrêter son cheval à l'ombre d'un arbre, quand un homme et une femme apparurent sur l'escalier de secours de l'hôtel. L'homme perdait son sang, blessé sans doute par la femme qui tenait un revolver. Il tendit la main vers elle, un coup de feu claqua. Hank fit une grimace. L'inconnue était belle et jeune — peut-être dix-sept ou dix-huit ans. Elle avait une chevelure superbe aux reflets cuivrés. Fasciné, il observait la scène. Que se disaient-ils ? Trop loin, il ne pouvait entendre. L'homme culbuta dans l'escalier. Quelques minutes passèrent, puis il s'éloigna en boitant.

Hank regarda la jeune fille. Si seulement elle se retournait, il pourrait voir son visage. Était-elle aussi jolie qu'elle le paraissait ? Il attendit quelques instants. En vain. Elle rentra dans l'hôtel. Son désir de la connaître disparut aussi vite qu'il lui était venu. Une affaire importante l'attendait en ville. Il n'avait pas de temps à perdre avec une femme.

Il lui avait fallu des mois pour venir de Dallas à Denver. Des mois de rude chevauchée où il perdait son chemin, revenait sur ses pas, évitait les villes pour ne pas être tenté de s'y attarder. Il aurait dû se mettre en route tout de suite, pour rattraper Pat McClure. Le départ inopiné de son ami l'avait mis dans une telle rage qu'il avait d'abord saccagé sa chambre d'hôtel, puis le saloon le plus proche. Ne pouvant rembourser le montant des dégâts, il avait fait un mois de prison. Il aurait pu emprunter de l'argent à Bradford Maitland qui était riche et lui devait la vie. Mais Hank était trop fier pour quémander. Maitland avait gagné le cœur de la femme qu'il désirait, et s'il s'était effacé, il ne lui en gardait pas moins une profonde rancune. Angela était l'unique femme à qui il eût jamais demandé de partager sa vie, bien qu'elle ne l'eût jamais aimé. Elle appartenait déjà à Maitland qui prétendait ignorer cet amour.

Il avait rencontré Angela Sherrington en attaquant la diligence dans laquelle elle voyageait. Ne pouvant l'oublier, il s'était mis à sa recherche et lui avait rendu visite sous prétextes de lui restituer l'argent et les bijoux qu'il lui avait volés. Puis Maitland arriva. Angela refusa de suivre Hank au Mexique. Cette femme entière et passionnée ne pouvait appartenir qu'à un seul homme. Hank admirait ce trait de caractère, il était donc resté à Dallas, espérant que l'indifférence de Maitland aurait raison de l'amour d'Angela. Quand Maitland se décida, Hank comprit qu'il l'avait perdue à jamais.

Entre-temps, son ami Patrick McClure l'avait rejoint à Dallas dans l'intention de l'accompagner au Mexique. Hank devait racheter le ranch dont sa famille avait été dépossédée sous la révolution conduite par Benito Juarez. Mais Pat, ayant fait la connaissance d'une jolie dame, avait quitté l'hôtel où ils séjournaient pour s'installer chez elle. Puis un beau matin, il partit pour Denver sans crier gare, laissant à Hank un billet laconique. Son ami — et quel ami ! — avait disparu, emportant toutes ses économies ; la somme qui devait lui permettre d'acquérir l'hacienda familiale. Enfin, l'espoir.

Depuis ce jour de 1859 où une troupe de l'armée irrégulière de Juarez avait exterminé sa famille, il ne rêvait que de vengeance. Ces hommes étaient des bandits qui, sous le couvert de la révolution, massacraient et pillaient pour leur propre compte. Leur chef avait prétendu que les terres des Chavez appartenaient à l'Église. Tout le monde savait que cela était faux. « L'Église qui soutient les conservateurs doit être anéantie », disait Juarez. Malheureusement, la nationalisation de ces immenses propriétés justifiait le pillage.

Ce jour donc, à « l'hacienda des fleurs », les femmes avaient été violées, les hommes qui refusaient de s'engager dans l'armée, exécutés. La grand-mère de Hank avait succombé à une crise cardiaque en voyant son fils — le père de Hank — massacré pour avoir tenté de résister.

Une grande partie des femmes, des enfants et des vieillards avaient échappé au massacre. Hank, qui avait alors dix-sept ans, avait été assommé, puis enrôlé de force dans l'armée. Ses terres avaient été confisquées puis mises en vente au profit de la révolution. Il n'avait jamais pu oublier ces atrocités. Parfois il regrettait d'y avoir survécu. Tant d'horreurs au nom de la liberté ! Il ne savait que penser.

Pendant un an et demi, il avait combattu, plein d'amertume, aux côtés des libéraux. Une époque dure et humiliante pendant laquelle il s'était juré de rentrer un jour en possession de ses terres. Ce rêve ne l'avait plus quitté.

Son grand-père, Don Victoriano, et sa sœur, Dorothéa, absents de l'hacienda le jour du massacre, s'en étaient allés en Espagne afin de renouer avec la branche espagnole de la famille, les Vega. Leur visite s'était prolongée, Don Victoriano étant gravement malade. Hank n'avait pas été autorisé à quitter l'armée pour le voir une dernière fois. Il s'était insurgé, ce qui lui avait valu deux ans de prison, Don Victoriano mourut et l'hacienda fut vendue. Il s'évada de prison. Mais il était trop pauvre pour racheter ses terres.

Personne ne savait que son nom était Enrique Antonio de Vega y Chavez. En prison, les « gringos » l'appelaient Hank. Il quitta le Mexique pour ne pas être repris et alla travailler au Texas. Sa sœur Dorothéa avait épousé un Anglais et habitait l'Angleterre avec sa famille. Hank partit la rejoindre. Mais elle n'avait plus besoin de son frère. Il s'était senti indésirable. De nouveau, le besoin impérieux de récupérer ses terres du Mexique s'était emparé de lui. Il lui fallait pour cela de l'argent, beaucoup d'argent. Malgré sa bonne éducation et ses capacités, il savait qu'aucun métier ne lui rapporterait en peu de temps la somme dont il avait besoin.

A son retour aux États-Unis, à la fin de l'année 1864, il fit la connaissance de Patrick McClure et de sa bande qui, eux, avaient l'argent facile. C'étaient des voleurs.

Devenir un hors-la-loi allait à l'encontre de ses idées. Aussi transigea-t-il avec sa conscience en ne volant que les gens riches. A l'inverse de Pat et de ses hommes, il ne dépouillait pas les mineurs du Middle West qui trimaient dur pour leur or et transportaient en général sur eux tout ce qu'ils possédaient. Il ne volait pas les banques non plus, refusant de s'emparer des économies des honnêtes gens. Il ne s'attaquait qu'aux diligences qui traversaient le Texas. Il était rare de voir les passagers voyager avec toute leur fortune. Pour rien au monde il n'aurait laissé quelqu'un dans la misère. Il lui était même arrivé de restituer l'argent volé pour sauver un homme du besoin.

Quoique sa nouvelle profession fût peu honorable, elle s'était en revanche révélée lucrative. En cinq ans, il avait amassé assez d'argent pour rentrer au Mexique et acheter son ranch.

C'est là-bas que je devrais être au lieu de poursuivre Pat, songea-t-il avec colère. Pourvu que je n'arrive pas trop tard. Si jamais Pat a tout dépensé, je le tue !

Il se renseigna à la réception de l'hôtel. Avec dix dollars en poche, il ne pouvait même pas prétendre à une nuit dans cet établissement de luxe ! Il laissa son cheval à l'écurie et se mit en quête d'un hôtel meilleur marché. Un bon bain n'aurait pas été superflu. Il était couvert de poussière. Une visite chez le barbier s'imposait aussi. Il s'était laissé pousser la barbe, et ses cheveux lui tombaient sur les épaules. Il avait l'air d'un vagabond.

Il remarqua la boutique d'un coiffeur, passa devant un restaurant, puis un glacier et s'arrêta devant une pancarte : « Mme Hauge. Pension de famille ». Un écriteau de papier rajouté après coup indiquait : « Chambres à louer ».

Ses sacoches de selle sur l'épaule, il pénétra dans une maison de deux étages. Le prix était d'un dollar par jour ou de cinq dollars par semaine. N'ayant pas l'intention de s'attarder, il paya une journée. Mme Hauge voulut l'accompagner jusqu'à sa chambre. Il la pria de lui indiquer le chemin.

La pièce se trouvait au dernier étage, au bout d'un long couloir, sur la droite. Dans le vestibule, il remarqua des traces de sang qui menaient à une porte entrouverte. Entendant le bruit d'une conversation, il s'approcha, les voix s'élevèrent distinctes.

— Heureusement que votre nouvelle maison n'est pas terminée, Doc, et que vous êtes ici en permanence ! Je n'aurais pu aller plus loin.

— Mais non, mais non, répondit le docteur d'un ton agacé. Vous avez perdu beaucoup de sang, mais vous n'êtes pas en si mauvais état, Tom. Tenez-vous donc tranquille.

— Comment diable pouvez-vous dire ça ? Je suis en train de mourir.

— Sûrement pas.

— En tout cas, c'est comme si j'allais y rester, dit Tom. J'ai mal partout.

— Ça, je n'en doute pas.

Hank jeta un coup d'œil à l'intérieur de la pièce. Tom était allongé sur une table étroite. Un petit homme se tenait à ses côtés, un bistouri à la main. Ni l'un ni l'autre ne le remarquèrent. Hank oubliait sa fatigue. Il regarda le médecin déchirer le pantalon du blessé.

— Je n'ai jamais vu une chose pareille, Tom. Qu'avez-vous fait pour récolter toutes ces blessures ?

— Je vous l'ai déjà dit. Ce type m'est tombé dessus à Cherry Creek, dit Tom. Ne me demandez plus pourquoi, parce que je n'en sais rien. Il a vidé son pistolet sur moi avant que j'aie pu me mettre à l'abri. Il était comme fou.

Le docteur secoua la tête, incrédule. Hank réprima une envie de rire.

— Ce sont les deux blessures des jambes qui m'étonnent, dit le médecin. C'est drôlement près de...

— Je sais.

Tom était écarlate.

— Vraiment, ça me dépasse. Même les jambes serrées, une seule balle n'aurait pu vous toucher ainsi. Mais il y a deux balles et deux blessures identiques : un doigt de chair en moins sur chaque cuisse. Le type était un fin tireur... Enfin, Tom, êtes-vous resté planté à lui servir de cible ?

— Allez-vous me soigner, oui ou non ?

— Je ne peux pas faire plus vite. La plaie de cette jambe est propre, celle du bras aussi. Je n'ai plus qu'à extraire la balle de l'épaule.

— Elle... Il me l'a laissée en souvenir, dit Tom.

Le docteur releva la tête.

— Vous avez dit « elle » ?

— Hein ?... euh... Le type était avec une fille. Une garce aux yeux verts qui s'est régalée du spectacle.

Le médecin lui tendit une bouteille de whisky.

— Allez ! Assez parlé. Avalez un peu de ça que je puisse vous opérer. Vous n'allez pas pouvoir travailler à la mine pendant quelque temps.

— Bon sang !

Tom but une gorgée d'alcool.

— Estimez-vous heureux. Aucune de vos blessures n'est grave. Pas d'os brisés. Juste quelques muscles déchirés. Vous êtes presque indemne. C'est vraiment de la chance, jeune homme ! Si ce n'est pas le hasard, cela signifie qu'on ne vous en voulait pas tellement.

Et après un dernier regard à son patient, il murmura :

— Vraiment, je ne comprends pas.

Hank se dirigea vers sa chambre, la curiosité en éveil. Ce Tom n'admettrait jamais s'être fait tirer dessus par une gamine ! Après tout, cela ne le regardait pas, et il n'était pas assez fou pour aller interroger la fille en question. Mieux valait ne pas s'approcher d'une femme qui visait aussi bien — ou aussi mal.

Il haussa les épaules. Il ne saurait jamais le fin mot de l'histoire.

3

Samantha pleurait encore, lorsque l'on frappa à la porte. C'était M. Floyd Ruger, l'adjoint du shérif. Elle ne se sentait guère prête à affronter un interrogatoire. L'homme, sèchement, commença ses questions.

— Votre nom, mademoiselle ?
— Samantha Blackstone Kingsley.
— Le second est peu courant.
— C'est le nom de famille de ma mère...
— Peu importe. D'où venez-vous ?
— De l'Est.
— Où dans l'Est ?
— En quoi cela vous regarde-t-il ?

Sans broncher Ruger répéta :

— Où ?
Elle soupira.
— Philadelphie.
— Habitez-vous Philadelphie ?
— Non. J'y terminais mes études.
Ce fut au tour de Ruger de soupirer.
— Où demeurez-vous alors ?
— Dans le nord du Mexique.
Intrigué, il leva un sourcil.
— Vous n'êtes pas mexicaine, pourtant.
— Ah ! Vous avez remarqué !
Ignorant son sarcasme, il demanda :
— Avez-vous l'intention de rester à Denver ?
— Non, monsieur Ruger. Je rentre chez moi, dit-elle. Et je ne vois pas l'utilité de cet interrogatoire.
Une fois de plus, il ne releva pas la remarque.
— Il paraît que vous avez tiré sur un homme ?
Le regard de Samantha se fit plus aigu.
— Je ne vous dirai rien.
— Vous ne me direz rien ? Écoutez bien, mademoiselle Kingsley...
— Non, c'est vous qui allez m'écouter ! Je n'ai commis aucun crime, je ne suis pas d'humeur à répondre à vos questions idiotes, et je vous saurais gré de bien vouloir sortir.
A ce moment précis, Jeannette Allston entra, l'air inquiet, suivie de près par son frère qui, comme l'avait prévu Samantha, semblait bouleversé.
— Ah, vous voilà, vous ! dit-elle.
— Ils prétendent que vous avez blessé un homme.
Adrien semblait incrédule.
— Je vous expliquerai plus tard, Adrien, dit-elle. Quant à vous, monsieur, je n'ai plus rien à vous dire. Si l'homme sur lequel je suis censée avoir tiré meurt, alors nous en reparlerons.
— J'insiste, mademoiselle Kingsley, dites-moi au moins son nom.

— Qui a dit que je le connaissais ? C'est peut-être un inconnu.

— Ou bien un ami proche.

— Je ne tire pas sur mes amis. Si cela peut mettre un terme à cet entretien déplaisant, sachez que cet homme s'est introduit dans ma chambre, qu'il refusait de s'en aller et que j'étais seule. Je n'ai fait que me défendre.

— En le blessant cinq fois ?

— Cinq fois !

Adrien se laissa tomber sur une chaise.

— L'entretien est terminé ! dit Samantha. Vous n'avez plus rien à faire ici. Bonsoir !

Floyd Ruger parti, un profond silence s'installa dans la pièce. Samantha observait Adrien, secoué par l'incident. Quel homme était-ce donc ? N'aurait-il pas dû la réconforter au lieu de rester affalé comme s'il avait eu lui-même besoin d'être rassuré ?

— Oh, chérie ! Quelle épreuve ! dit Jeannette.

Et, l'entourant de son bras, elle la conduisit vers le sofa.

Dieu merci ! Jeannette est là, songea Samantha. Bien que nés en Amérique de père américain, Jeannette et son frère étaient restés typiquement français. Leur mère était en effet française. Elle ne s'était jamais remariée après la mort de son mari qui lui avait laissé une fortune confortable, et avait élevé seule ses deux enfants. Peut-être Adrien avait-il manqué d'une présence masculine ?

— Avez-vous vraiment tiré cinq fois ? demanda Jeannette.

— Oui, dit Samantha.

— C'est épouvantable !

— Pour lui, vous voulez dire.

Vous devez être bouleversée !

— Oh, je ne sais plus. J'étais dans une telle rage ! Il refusait de s'en aller... Même quand j'ai sorti mon arme... Il pensait sans doute que je ne m'en servirais pas.

— Pourtant, après le premier coup de feu...

D'un rire bref, Samantha lui coupa la parole.

— Il aurait dû disparaître sans demander son reste. Mais il était comme fou. Il m'aurait tuée si je lui avais laissé le temps de se ressaisir.

— Mon Dieu ! c'était donc pour vous défendre !

— Oui. J'ai enfin réussi à le faire sortir de ma chambre. Je l'ai suivi pour m'assurer qu'il quittait bien l'hôtel. Il a essayé de me frapper... Alors, j'ai tiré de nouveau...

— Comment n'est-il pas mort ?

— Je ne voulais pas le tuer, Adrien. Je savais ce que je faisais. Je l'ai blessé cinq fois, mais sans gravité.

— Sans gravité ? Comment pouvez-vous parler avec autant de froideur ? Je croyais vous connaître, mais...

Samantha était exaspérée.

— Et qu'aurais-je dû faire ? Me laisser tuer ? Il m'avait déjà brutalisée... Rassurez-vous, il est parti sur ses deux jambes. Il ne mourra pas. D'ailleurs, rien de tout ceci ne serait arrivé si vous n'aviez pas été en retard. Où étiez-vous, Adrien ? Aviez-vous oublié notre rendez-vous ?

La réponse à peine audible du jeune homme ne lui apporta aucune satisfaction.

— Oui, j'ai oublié.

— Oh ! Adrien ! dit Jeannette.

— Ne me regarde pas ainsi, répondit-il. J'ai oublié. J'ai pris une décision importante ce matin et je viens de finir de tout régler.

— Régler quoi ? dit Jeannette.

— Je pars pour Elisabethtown.

Samantha fronça les sourcils.

Voilà qui bouleversait ses plans. Elle avait pensé séjourner un mois à Denver, le temps de séduire

Adrien. Ensuite, elle devait retrouver à Santa Fe les hommes que, par mesure de sécurité, son père envoyait pour l'escorter jusqu'à leur ranch du Mexique.

— Elisabethtown ? Mais pourquoi ? dit Jeannette.
— Pour chercher de l'or.

Les deux jeunes filles le regardèrent, médusées.

— N'es-tu pas venu ici pour ouvrir une étude de notaire ?

— Beaucoup de gens font fortune grâce aux mines. Je n'avais jamais imaginé tant de richesse, dit Adrien. Nous réussirons, nous aussi, et nous aurons une demeure aussi belle que celles des mineurs enrichis !

Samantha éclata de rire.

— Il a la fièvre de l'or.

Ébahie, Jeannette se tourna vers son amie, puis vers son frère.

— Pourquoi aller si loin ? Il y a de l'argent ici, des tonnes d'argent si l'on en croit la rumeur.

— C'est vrai, Adrien, dit Samantha. Vous pourriez exploiter une concession à Denver. Pas la peine de courir jusqu'au Nouveau-Mexique. Ne savez-vous pas que la situation y est difficile avec les Indiens ?

D'un geste de la main, Adrien balaya le problème.

— Vous n'avez jamais rencontré d'Apaches, Adrien. Ne sous-estimez pas le danger que représentent ces conflits.

— Si je pouvais extraire de l'argent ici, je le ferais sans hésiter. Mais il me faudrait d'abord acheter le matériel nécessaire au raffinement du minerai. Pour l'or, il suffit de laver le sable à la batée.

— Seigneur ! Vous voulez dire que vous allez chercher de l'or pour revenir ici, une fois riche, exploiter une mine d'argent ?

— Ma décision est prise. Je ne suis pas le seul à aller à Elisabethtown. De toute façon, j'y ai déjà une concession. Je n'ai besoin que d'une fonderie.

— Tu as acheté une mine ! dit Jeannette. Combien cela a-t-il coûté ?

Adrien haussa les épaules.

— Un prix tout à fait raisonnable. Le propriétaire se heurtait au même problème que moi, il ne lui manquait que la fonderie.

— Combien ?

— A peine quelques centaines de dollars.

— Adrien ! C'est au-dessus de nos moyens !

— Nous ne pouvions laisser passer pareille occasion. Dans un an, nous pourrons tout nous permettre.

Samantha était gênée. Elle avait toujours cru que les Allston n'avaient aucun ennui d'argent.

— Combien vaut une fonderie ? dit-elle.

Plein d'espoir, Adrien se tourna vers elle mais Jeannette intervint :

— Il est inutile d'emprunter, Adrien. Si tu tiens à ton projet, tu ne dois compter que sur toi-même.

— Je pensais à un investissement, dit Samantha. Pas à un prêt.

Adrien secoua la tête.

— Merci, Samantha. Jeannette a raison. Nous devons nous débrouiller seuls.

— Bien. Quand comptez-vous partir ? Nous pourrions voyager ensemble puisque de toute façon je dois faire route vers le sud.

— Après-demain, dit-il. Nous prenons la prochaine diligence.

4

Après quatre heures de rude chevauchée, Hank atteignit la mine Pitts. Six hommes y travaillaient dur sous le soleil brûlant. Une grande tente était plantée au bord d'un ruisseau. Sans bruit, il s'en approcha. A l'intérieur, il y avait deux longues tables de bois, plusieurs couvertures étendues à terre en guise de lits, un vieux poêle ventru et quelques ustensiles de cuisine. Une installation qui n'avait rien de provisoire. Un homme assis à une table, une tasse de café devant lui, faisait des comptes.

— Salut, Pat.

McClure redressa la tête, fit mine de se lever puis se laissa tomber sur son siège, pétrifié par le regard qui le toisait. Il avait tant redouté cette confrontation !

— Voyons, Hanky, ne regarde pas ton vieil ami ainsi.

— Ami ? Tu as dit « ami » ?

Et sans attendre de réponse, il envoya son poing droit dans la mâchoire de Pat qui culbuta en arrière, entraînant la chaise dans sa chute. Plus âgé que Hank et moins robuste, il se releva cependant et lentement, très lentement, recula.

— Je ne veux pas me battre, Hanky, pas avant de t'avoir expliqué... Après, si tu cherches toujours la bagarre...

— Je ne veux qu'une chose, Pat. Mon argent. Rends-le-moi et nous ne parlerons plus de rien.

— N'as-tu pas lu ma lettre ?

— Bon Dieu ! Ne détourne pas la conversation.

— Mais, je t'y parlais de cette mine. Nous allons être riches, plus riches que nous n'aurions jamais pu l'espérer.

— Alors, donne-moi ma part, tout de suite. Tu peux garder le reste. La mine ne m'intéresse pas. Tu sais ce que je veux. Depuis plus de dix ans j'attends ce jour et je ne peux plus attendre. Je veux rentrer au Mexique.

— Mais tu ne comprends pas, Hank, mon garçon. Assieds-toi et laisse-moi t'expliquer.

— Il n'y a rien à expliquer. Ou tu as mon argent ou tu ne l'as pas.

— Je ne l'ai pas. Il a fallu que j'achète une fonderie pour traiter le minerai, répondit Pat.

Et, il recula précipitamment. Hank, le regard meurtrier, l'agrippa par le col de sa chemise, le soulevant presque du sol.

— Je crois que je vais devoir me débarrasser de toi, Patrick. Si, il le faut. Tu savais ce que cet argent représentait pour moi... Je n'ai volé que pour réaliser ce rêve le plus vite possible... Tu savais...

— Hank, écoute-moi. Tu auras bientôt assez d'argent pour acheter des douzaines d'haciendas. Je te le dis, nous allons devenir riches !

— Comment peux-tu en être aussi sûr ? Le minerai n'est pas encore raffiné.

— Je l'ai fait analyser. C'est un métal de première qualité, le meilleur ! Dès que la fonderie sera installée, notre fortune sera faite. Il faut encore un peu de patience.

— C'est-à-dire ? Un an, deux ans ?

— Je ne sais pas, Hanky. J'ai commandé le meilleur équipement et le plus récent.

Hank le relâcha et s'éloigna de quelques pas. Pat poussa un soupir de soulagement. Hank dit d'une voix à peine audible :

— Comment as-tu pu me tromper ainsi ? Je te faisais confiance. Nous étions des amis.

— Nous le sommes toujours. Si seulement tu acceptais de voir les choses en face, grâce à moi tu serais un homme riche.

— Ces richesses à venir ne me sont d'aucun secours pour l'instant.

Pat regarda son associé avec circonspection. Il connaissait Hank Chavez depuis longtemps et ne l'avait jamais vu dans une telle colère. D'une beauté inquiétante, le plus souvent vêtu de noir, il avait toujours eu l'air dangereux. A première vue, on pouvait le prendre pour un tueur. Mais la chaleur de son regard, la pointe de malice qui y brillait, dissipaient cette impression. Il savait voir le côté comique des choses et son amour de la vie, malgré les tragédies qui l'avaient marqué, faisait de lui un être attachant.

— Enfin, Hank, comprends-moi. C'était une occasion à ne pas laisser passer, une chance unique... Nous avions un joli magot, c'est vrai... Mais tu me connais... J'aurais mené la grande vie, tout dépensé jusqu'au dernier sou...

— Tu aurais pu acheter une affaire, ou un ranch, te fixer quelque part...

— Ce n'est pas pour moi, dit Pat. Je ne suis pas fait pour un emploi stable.

— Pourtant, tu travailles ici.

— Tu plaisantes ! Je paye des types qui se cassent les reins à creuser le rocher.

— Et comment les payes-tu, Patrick ?

Il s'était fait piéger...

— Eh bien... Après l'achat de la fonderie, il me restait un peu d'argent, à peu près mille dollars. J'ai pensé que cela ferait gagner du temps si le minerai était prêt à être traité quand la fonderie arriverait.

— Alors, je prendrai ce qui reste, Pat.

— Tu sais, Hank, on a découvert beaucoup d'or depuis quelques années au Nouveau-Mexique. Des milliers de gens sont partis pour Elisabethtown.

— Tu me conseilles de me faire chercheur d'or ? Autant attendre que cette mine rapporte. De toute façon, c'est trop long pour moi. Mes terres sont là, à portée de main, et je les veux. Cela fait des années que je patiente, que j'espère... Maintenant il me les faut.

— Tu as toujours eu à cœur de racheter la propriété de ta famille mais tu n'as jamais voulu être raisonnable ! Il aurait été plus sage de t'assurer de la somme qu'il te fallait. N'as-tu jamais pensé que tu risquais de ne pas avoir assez d'argent ?

— J'avais ce qu'il fallait... jusqu'à ce que tu me le voles.

— Rien n'est moins sûr. Une fois au Mexique, on aurait pu te demander le double de ce que tu possédais, peut-être plus. Pourquoi ne pas aller voir sur place ? D'ici à ton retour, la mine tournera et tu prendras ce qu'il te faut. Tu ne veux pas attendre ? Eh bien, pars pour le Mexique, prends tes dispositions pour récupérer tes terres et fais-moi signe pour l'argent.

— C'est du temps perdu. Et par ta faute ! Mais je n'ai plus rien d'autre à faire...

Hank eut son sourire d'autrefois et une lueur amusée dans le regard.

— Seulement l'argent qui reste, l'ami, je le prends.

Hank quitta Denver le lendemain pour la route du Sud. Il lui fallait traverser presque tout le Colorado et le Nouveau-Mexique. Un immense territoire peu sûr pour un voyageur solitaire. Habitué au danger, il ne s'en inquiétait pas. Sa vie de hors-la-loi lui avait appris à éviter les Indiens et, d'une manière générale, toute rencontre indésirable. Il savait se cacher aussi bien dans les montagnes que dans les plaines.

Sept cents miles à travers une région inconnue le séparaient de la frontière mexicaine. Il lui faudrait chevaucher plus d'un mois, et sans répit, pour arriver à destination. Il avait cependant décidé de prendre son temps. Grâce à son « ami », il n'était plus pressé.

La rage au cœur, il avançait. Se faire une raison était la meilleure solution à moins de voler de nouveau. Mais cela, il s'y refusait. Deux jours passèrent puis trois. Son état d'esprit ne s'améliorait pas.

Le quatrième, alors qu'il longeait les montagnes Rocheuses, sa colère éclata. Il poussa sa monture. Le cheval, épuisé, trébucha. Hank fut projeté à plusieurs pieds et se foula la cheville. Pire, son cheval eut l'antérieur cassé et il dut l'abattre.

Ainsi, rongé de remords, il fut contraint de poursuivre son chemin à pied à travers la plaine rocailleuse.

5

Dans la diligence on manquait d'air. Une mère et son petit garçon, indisposé par le voyage, venaient de descendre à Castle Rock. L'atmosphère était toujours aussi étouffante. Avec les nombreuses villes et les arrêts qui jalonnaient la route jusqu'à Elisabethtown, la voiture ne tarderait pas à se remplir de nouveau.

Allergique à la poussière, M. Patch, qui voyageait avec Samantha et les Allston, avait insisté pour que l'on tînt baissés les rideaux de cuir de la vieille diligence. Les vitres en étaient cassées et n'avaient pas été remplacées.

Voilà quelqu'un qui ferait mieux de rester chez lui, songea Samantha, agacée.

Ni M. Patch ni l'obligation d'allumer une vieille lanterne fumeuse pour y voir clair n'étaient les causes de son humeur. C'était Adrien. Comment avait-elle pu tomber amoureuse d'un garçon aussi indifférent ? Après tous ces kilomètres parcourus ensemble, il gardait toujours ses distances. Mieux, il ne lui adressait même plus la parole, il boudait carrément. Et cela à cause de l'incident avec Tom Peesley. Apprenant qu'elle s'apprêtait à quitter Denver, M. Ruger s'était précipité au départ de la diligence pour la prier de rester en ville jusqu'à ce qu'il ait l'assurance qu'aucun crime n'avait été commis. Tom Peesley n'avait pas porté plainte. N'étant pas tenue d'obéir, elle avait donc donné son adresse au cas où l'on désirerait la joindre. A l'évocation de ce fâcheux épisode, Adrien s'était renfrogné et, depuis, la mauvaise humeur ne l'avait plus quitté. En admettant que les rudes manières de l'Ouest heurtassent sa sensibilité, tous les gens originaires de l'Est ne se montraient pas d'ordinaire si... enfantins. Elle s'en était ouverte à son amie qui avait pris la défense de son frère.

— Il est très délicat, chérie. Il a horreur de la violence.

— Il a pourtant choisi d'aller dans une région sauvage.

— Il finira par s'y habituer. Soyez indulgente.

Combien de temps faudrait-il pour qu'il se remît de ce scandale ? Elle risquait fort d'être obligée d'employer les grands moyens pour qu'il se déclarât. Comme la jalousie peut-être... Depuis sa rencontre avec Adrien, elle avait repoussé tout soupirant. Il n'avait jamais eu à s'inquiéter d'éventuels rivaux. L'alarmer un peu ne lui ferait pas de mal... L'idée était bonne, mais loin d'être réalisable. M. Patch, avec son crâne chauve et sa bedaine, était le seul homme disponible. Elle ne pouvait donc rien entreprendre dans l'immédiat. Une fois à Elisabethtown, Adrien serait encore moins accessible, uniquement préoccupé de son or. Que pouvait-elle faire ? Jamais elle ne renoncerait à lui.

Adrien serait son premier amour. Jamais un homme ne l'avait tenue dans ses bras. L'expérience déplaisante avec Tom Peesley ne comptait pas. Le baiser sur la joue donné par son compagnon de jeux, Ramon Baroja, lors de son départ pour Philadelphie, ne pouvait compter non plus. Le véritable amour, celui qui bouleverse, vous fait défaillir, vous laisse haletante, comme dans les romans qu'elle avait lus en cachette au collège, devait exister. Et c'était de cette magie, de cette volupté qu'elle rêvait en songeant à Adrien.

Depuis cinq jours, la voiture cahotait sur des chemins inégaux. La première partie du voyage, en train depuis la Pennsylvanie jusqu'à la ville de Cheyenne, avait été supportable. Après, lasse d'être secouée, elle avait envisagé d'acheter un cheval et de suivre la diligence. Idée rejetée aussitôt parce qu'elle l'empêcherait de rester auprès d'Adrien.

Son père s'était alarmé en apprenant qu'elle ne prenait pas le bateau pour se rendre au Mexique. Elle ne l'avait d'ailleurs prévenu qu'au dernier moment, sûre de sa réaction. Il avait prévu d'envoyer une escorte à sa rencontre dès qu'elle l'avertirait de son arrivée à Cheyenne. Elle n'en avait rien fait pour passer plus de temps auprès d'Adrien.

Hamilton Kingsley s'inquiétait beaucoup pour sa fille. Elle ne pouvait lui en vouloir. Elle n'avait connu son père qu'à l'âge de neuf ans, après une enfance sans joie, passée en Angleterre chez ses grands-parents maternels. Sa mère, Ellen, avait quitté son mari pour regagner son pays natal avec ses deux enfants, Sheldon et Samantha. Elle s'était suicidée un mois après son retour.

Henriette Blackstone, sa grand-mère, haïssait son gendre, « cet Américain qui lui avait enlevé sa fille unique ». Elle avait tout fait pour séparer le couple. Dure et d'une morale intransigeante, elle avait exigé de sa petite-fille, et dès son plus jeune âge, un comportement d'adulte. Samantha n'avait jamais pu jouer, courir ou rire, comme les autres enfants. Ces joies lui avaient été interdites. Et si sa conduite était jugée indigne d'une jeune fille de bonne famille, elle en était aussitôt punie.

Hamilton Kingsley avait menacé de poursuivre en justice les Blackstone qui s'opposaient à ce qu'il revoie ses enfants. Sir John Blackstone, son grand-père, avait raisonné son épouse. Mieux valait rendre les enfants à leur père et éviter un scandale ! Samantha n'avait pas hésité à quitter Blackstone Manor, mais son frère, Sheldon, avait refusé. Henriette avait une grande emprise sur le petit garçon et Hamilton avait dû se contenter d'un seul enfant.

Samantha avait craint que son père ne fût aussi exigeant que sa grand-mère. Elle s'aperçut vite qu'il n'en était rien. Elle prit l'habitude de n'en faire qu'à sa tête.

Si les premières années elle avait profité sans scrupules de cette liberté toute neuve et de l'affection de son père, elle suivait désormais les recommandations dont elle se serait moquée auparavant. En arrivant au Nouveau-Mexique, par prudence et suivant ses conseils, elle tut son nom, utilisant celui de sa mère. La fortune de Kingsley n'était un secret pour personne, les enlèvements étaient fréquents et les ravisseurs rarement arrêtés. C'est également par mesure de sécurité qu'une escorte devait faire avec elle les derniers miles.

Samantha soupira et regarda Adrien assis en face d'elle. Depuis qu'elle le connaissait, elle ne rejetait plus l'éducation que sa grand-mère avait tenté de lui inculquer.

Les cils baissés, elle l'observait sans qu'il s'en doutât et défit le premier bouton de son corsage de soie. Il faisait si chaud qu'elle avait déjà ôté sa jaquette. Elle pouvait très bien défaire encore un bouton, puis un autre. Le jabot de son chemisier s'écarta, révélant sa gorge. Adrien l'ignorait toujours. Vexée, elle en défit deux autres tout en s'éventant afin d'attirer son attention. Peine perdue ! En revanche, M. Patch la regardait avec un intérêt croissant, ce qui acheva de l'irriter.

La diligence ralentit et Adrien releva le rideau de son côté. M. Patch se mit à tousser. Jeannette demanda :

— Que se passe-t-il, Adrien ?

— Nous allons prendre un passager.
— Arrivons-nous dans une ville ?
— Non.

La portière s'ouvrit, un homme grand et mince monta et prit place à côté d'Adrien qui s'était poussé. L'inconnu salua les jeunes filles en touchant du doigt son chapeau noir. Samantha répondit d'un bref signe de tête.

Un vagabond, songea-t-elle. Elle reporta son intérêt sur Adrien qui ne cachait pas sa curiosité pour le nouvel arrivant.

— Comment se fait-il que vous vous trouviez sans cheval ? dit-il.

L'inconnu le dévisagea avant de répondre d'une voix grave :

— J'ai dû l'abattre.
— Mon Dieu !

Devant l'expression d'Adrien, Samantha soupira et, comme le voyageur se tournait vers elle, elle se crut obligée de demander à son tour :

— Votre cheval était blessé ?
— Oui, la jambe cassée. Moi, je me suis foulé la cheville. Il semble que j'arriverai tout de même à Elisabethtown.

Il eut un petit rire. Le sens de sa remarque échappa aux autres. Samantha le regarda, intriguée. Le bord de son chapeau masquait ses yeux. Il avait un menton énergique et une barbe de plusieurs jours, un nez droit, et une fossette au coin des lèvres. Il était affalé sur son siège avec un brin de suffisance. Peut-être était-ce la fatigue ? Il étira ses longues jambes, effleurant la jupe de Samantha, et croisa sur son ventre des mains fines et soignées qui étonnèrent la jeune fille. Il devait porter des gants quand il montait à cheval.

Au premier abord, il avait l'allure d'un simple cow-boy quelque peu insolent dans ses habits sombres. Ses cheveux noirs n'étaient pas trop longs et ses vêtements bien coupés. Sa chemise marron était en lin chambray, le « bandanna[1] » en soie, et la veste noire en cuir espagnol de fort bonne qualité.

La curiosité gagnait Samantha. C'était la première fois, depuis sa rencontre avec Adrien, qu'elle éprouvait de l'intérêt pour un homme. A côté de l'inconnu plein de vitalité Adrien disparaissait... Mais qui regardait-il ? Jeannette, sans doute, dont la beauté classique et la grâce fragile inspiraient aux hommes un irrépressible besoin de la protéger. D'une beauté plus sauvage, Samantha se sentait toujours un peu déplacée aux côtés de son amie.

Le silence se prolongeait. M. Patch ne cessait de tousser. Prise de pitié, Samantha baissa le rideau de la portière. Le calme revint et un profond ennui s'empara d'elle. L'inconnu l'observait-il ?

— N'enlevez-vous jamais votre chapeau ? dit-elle.

Son incorrection laissa Adrien pantois et elle rougit violemment. L'inconnu se découvrit en souriant et se recoiffa de la main.

— Pardonnez-moi, « señorita ».

Des yeux gris ardoise, des yeux rieurs, la dévisagèrent.

— Vous parlez l'espagnol, monsieur. Pourtant vous n'êtes pas espagnol... américain et espagnol peut-être ?

— Vous êtes bonne observatrice.

— Samantha... dit Adrien.

— Tiens ! Vous m'adressez de nouveau la parole ?

— Vous ne le méritez pas.

Adrien se tourna vers son voisin :

— Je vous prie d'excuser ma compagne, monsieur...

— Chavez, Hank Chavez. Mais il n'y a rien à pardonner à une jeune fille aussi charmante.

Elle sourit.

— Vous êtes très aimable, monsieur, je crains

---

1. *Bandanna:* mouchoir de cou porté par les cow-boys.

d'avoir été un peu cavalière. Mais je me suis trompée, votre nom est mexicain.

— Oui et j'ai aussi du sang indien.

Adrien fit les présentations avant que Samantha ne devînt embarrassante. Elle se renversa sur son siège et ferma les yeux. Elle s'endormit bientôt, bercée par la voix d'Adrien et celle, plus profonde, de Hank Chavez.

Une secousse la réveilla. Hank Chavez la regardait, ou plutôt, il admirait son décolleté. Leurs regards se croisèrent et il sourit. Elle n'osait pas refermer sa blouse pour ne pas donner plus d'ampleur à l'incident. Il se tourna enfin vers Adrien qui, tout à la conversation, n'avait rien remarqué.

Alors, dépliant son éventail, elle essaya de se rajuster avec discrétion. Mais les yeux gris revinrent à elle. Elle croisa les mains sur ses genoux, ferma les yeux et préféra faire semblant de dormir. Elle ne voulait plus rencontrer le regard de Hank Chavez.

6

Dans l'obscurité croissante, la diligence poursuivait sa route. Il restait encore plusieurs miles avant le prochain arrêt. Adrien Allston avait enfin cessé de parler et Hank se renversa sur son siège. Sa cheville le faisait souffrir. Il n'avait qu'une envie : se déchausser. Mais il lui fallait attendre la halte de la nuit. Il avait marché plus d'un mile en boitant pour attraper la diligence. Dix minutes plus tard, il l'aurait manquée. Il ne savait s'il devait aller à Elisabethtown pour y faire soigner sa cheville ou bien acheter un cheval dans la prochaine ville.

Son regard se posa sur la passagère assise en face de lui. La jeune personne blonde, à ses côtés, était belle certes mais sa compagne avait quelque chose de magnétique. Elle lui rappelait la fille au pistolet de Denver. La chevelure châtaine, la taille mince, le nez impertinent lui semblaient familiers bien qu'il n'eût fait que l'apercevoir. Celle-ci paraissait avoir quelques années de plus et ses cheveux étaient bien coiffés. Elle venait peut-être de l'Est comme sa peau laiteuse permettait de le supposer. Ou peut-être n'aimait-elle pas le soleil ? Elle connaissait le Mexique pourtant, puisqu'elle avait deviné sa nationalité.

La mère de Hank était américaine mais d'origine anglaise. C'était elle qui lui avait donné ce prénom ; son père, Mexicain d'origine espagnole, avait transformé Hank en Enrique, y ajoutant de nombreuses particules. Son arrière-grand-père, celui qui avait du sang indien, et son grand-père avaient tous deux épousé des Espagnoles. Hank ne s'était jamais attardé sur son ascendance. Tous ses parents, à l'exception de sa sœur, étaient morts.

Samantha Blackstone venait de lui rappeler sa famille. Quelle fille étonnante ! Sa spontanéité ne l'avait pas choqué, bien au contraire. Il aimait qu'une femme osât dire ce qu'elle pensait. De longs cils bruns ourlaient ses paupières, une boucle de cheveux, rousse sous la lumière de la lanterne, retombait sur sa tempe. Il s'était amusé de son embarras lorsqu'elle avait surpris son regard sur sa poitrine. Il espérait ne pas lui être indifférent, puisqu'elle rougissait facilement. Il songea à Angela, bien qu'il n'y eût aucune ressemblance physique entre elles, si ce n'était la couleur des cheveux. Angela avait également rougi quand il avait fouillé son corsage pour y chercher bijoux et argent. Il avait reçu une gifle retentissante, à laquelle il n'avait su répondre que par un baiser.

L'envie lui prit d'attaquer cette diligence — pour

pouvoir s'approcher de la jeune fille aux yeux verts. Il voulait la toucher, la prendre dans ses bras, son désir était violent et immédiat. Il ferma les yeux pour calmer son ardeur, mais ne put s'empêcher de songer à elle.

La route serait bien longue jusqu'à Elisabethtown...

Samantha fut la dernière à descendre de la diligence. Elle dormait profondément et Jeannette dut la réveiller. Ils faisaient étape pour la nuit dans un relais sans confort et loin de toute habitation. Mis à part une écurie où l'on gardait des chevaux frais, l'auberge ne possédait qu'une vaste salle où les voyageurs pouvaient prendre un repas chaud et s'allonger sur des bancs afin de dormir quelques heures.

Engourdie, Samantha suivit Jeannette à l'intérieur. Le souper n'était pas encore prêt. Il était tard et l'on venait de réveiller le vieil aubergiste. M. Patch se trouvait seul dans la salle, les autres voyageurs étaient allés se rafraîchir au puits. Samantha fit quelques pas, s'étirant discrètement. Jeannette, qui semblait épuisée, s'assit près de la cheminée sur l'unique chaise à dossier. Le cocher et Adrien arrivèrent. Il s'assura que sa sœur était bien installée et, quand le repas fut servi, le lui apporta. Il ne se souciait nullement de Samantha et désirait d'abord faire un brin de toilette pour enlever la poussière du voyage. Elle refusa l'assiette que lui tendait l'aubergiste.

Hank Chavez entra à son tour. Il s'était rasé et avait enfilé une chemise propre, grise à boutons de nacre, qui rappelait la couleur de ses yeux. Il regarda Samantha. Elle détourna vivement la tête, puis, sans un mot, saisit la lanterne qu'il venait de poser et sortit.

Près du puits, elle trouva un seau vide et une bassine qu'elle remplit d'eau fraîche. A l'aide de son mouchoir, elle se nettoya le visage, les mains et la gorge. Elle aurait volontiers changé de vêtements, mais la diligence ne s'arrêtait que quelques heures et l'on n'avait pas déchargé les bagages. Sa toilette terminée, elle referma prestement son corsage. Jamais plus on ne la surprendrait en décolleté ! Le souvenir du regard brûlant de l'inconnu suffisait à la mettre mal à l'aise.

Un bruit de pas la fit se retourner. C'était Hank Chavez. La porte de l'auberge était fermée. Ils étaient seuls dans la cour. Elle sentit son cœur battre. Elle redressa la tête et, calme en apparence, attendit.

— J'ai oublié mon chapeau, dit-il.

— Oh ! Vous pouvez vous flatter de m'avoir fait peur.

— Excusez-moi, señorita Blackstone. Je n'avais pas l'intention de vous effrayer. Il est imprudent de sortir seule.

— N'exagérons rien. Le relais n'est pas loin et je n'ai rien à craindre des passagers.

— Vous avez tort. Vous me connaissez à peine.

Il parlait avec un tel sérieux qu'elle recula et saisit la bourse qu'elle avait posée sur la margelle du puits. Après sa mésaventure avec Tom Peesley, elle avait acheté un pistolet à deux coups pour remplacer son vieux Derringer.

— Ne puis-je vous faire confiance, monsieur ?

— Si, rassurez-vous. Cependant, il vaut mieux être sur ses gardes avec un inconnu.

— Mais si je m'en tiens à votre conseil, je ne peux me fier à vous puisque je ne vous connais pas.

Il rit de bon cœur, d'un rire profond et chaleureux.

— Ah ! La señorita n'est pas seulement belle, elle est « sabia ».

— Et cela signifie ?

Elle feignit de ne pas comprendre l'espagnol. Il tendit la main pour lui effleurer la joue, mais la retira aussitôt.

— Que vous êtes aussi belle que sage.
— Je vous remercie.

Elle fut heureuse qu'il n'eût pas menti. C'était un jeu auquel elle se livrait souvent quand elle rencontrait des gens qui ignoraient qu'elle parlait l'espagnol. Une bonne façon d'éprouver leur honnêteté. Hank Chavez venait de passer l'épreuve avec succès, et elle en était heureuse. Elle était attirée par lui, elle ne pouvait que le reconnaître. Il était beau mais ce n'était pas la seule raison. Autre chose la séduisait, quelque chose de dangereux en lui, de mystérieux, qui la fascinait. Au-delà du regard chaleureux et pétillant de malice, elle devinait l'autre face de sa personnalité et elle était un peu effrayée de cette découverte.

— Puis-je vous raccompagner ?
— Oui, merci.

Il lui prit le bras. Le contact de sa main était agréable, leurs épaules se touchaient presque et elle n'y était pas insensible.

— Adrien Allston, qu'est-il pour vous ?

La question la déconcerta. Mais ne l'avait-elle pas interrogé avec autant de hardiesse au cours du voyage ?

— Nous voyageons ensemble. J'étais au collège avec Jeannette, sa sœur, et nous sommes devenus de bons amis.

Il ne remarqua ni son hésitation ni sa réponse quelque peu évasive. Il la sentait proche de lui, le parfum de ses cheveux le grisait. Il pouvait peut-être se pencher un peu plus et... Mais il n'avait fait sa connaissance que le jour même et c'était une jeune personne que l'on devait traiter avec égards.

Elle serait mienne autrement, songea-t-il.

Trop vite à son gré, ils se retrouvèrent dans la salle du relais, et il dut lâcher le bras de Samantha. Ils se servirent à dîner et il s'installa près d'elle. Jeannette Allston dormait près du feu. Son frère et

M. Patch s'étaient allongés sur des bancs. Le cocher s'occupait des chevaux. Hank était seul avec Samantha, cette merveille qui piquait sa curiosité.

— Je sais que M. Allston et sa sœur se rendent à Elisabethtown pour chercher de l'or, dit-il. Et vous ?

Elle garda les yeux baissés de peur de rencontrer le regard qui la troublait.

— Disons que c'est pour leur compagnie. Je n'aime pas voyager seule.

— Avez-vous l'intention de rester là-bas ?

— Non. Et vous ?

— J'ai des affaires à régler dans le Sud. Et où irez-vous après avoir quitté les Allston ?

Il désirait en savoir plus.

— A Santa Fe. Les vaqueros de mon père doivent m'y retrouver.

— Les vaqueros ?

Elle releva la tête et lui adressa un sourire malicieux.

— Eh oui ! J'habite le Mexique, « señor ». Pensiez-vous que je venais de l'Est ?

— Oui, dit-il. Nous avons donc cela en commun. En revanche, vous n'êtes pas mexicaine.

— Non, américaine et anglaise.

— J'ai une sœur en Angleterre.

— Et moi, un frère. Une chose de plus en commun.

Peu à peu, elle se détendit, ils bavardèrent bientôt comme de vieux amis.

Hank Chavez était charmant, courtois, plein d'humour et il la faisait rire. Elle se sentait à l'aise avec lui. Avec Adrien, on ne pouvait ni sortir de sa réserve ni oublier les convenances. S'il avait pu être comme Hank ! Il ne parlait jamais librement avec elle. Il ne lui avait même pas dit bonsoir. Son idée première lui revint à l'esprit : le rendre jaloux... se servir de Hank Chavez serait facile. Oserait-elle ? Elle n'avait jamais eu l'occasion de flirter avec

Adrien. Elle flirterait donc avec Hank. A peine ! Il ne s'agissait pas de l'encourager, mais d'entretenir simplement l'intérêt qu'elle suscitait... histoire de donner une bonne leçon à Adrien ! Elle réussirait. Il le fallait.

— Vos yeux brillent, dit Hank.

— C'est que... je suis si fatiguée. Je me demande comment je vais pouvoir dormir sur ces bancs. J'ai peur de tomber par terre pendant mon sommeil !

— J'ai une couverture dans la diligence. Je peux vous l'apporter si vous le voulez.

— Ce serait très gentil. En fait, je pensais aller dormir dans la voiture.

— Dans ce cas, je pourrais vous tenir compagnie.

— Non ! La couverture fera très bien l'affaire !

Quel genre d'homme était-ce donc pour faire des remarques aussi déplacées ? Comment mettre son projet à exécution s'il ignorait la plus élémentaire des courtoisies qui consistait à s'effacer lorsqu'une jeune fille vous en préférait un autre ? Une fois Adrien séduit, Hank devrait comprendre, et disparaître...

Hank revint avec la couverture. Il lui baisa la main avec courtoisie et lui souhaita bonne nuit. Puis, il s'allongea sur un banc à l'autre bout de la salle. Elle se détendit. C'était un gentleman.

7

Samantha et Hank poursuivirent leur conversation les jours suivants. Elle évoqua l'Angleterre, lui, l'Espagne ou la France où il avait étudié. Adrien saisit cette occasion pour se joindre à eux. M. Patch intervenait de temps à autre ; Jeannette, se sentant exclue, ne s'y intéressa que lorsqu'ils parlèrent de l'Est et de Philadelphie. Samantha garda néanmoins le silence sur l'identité de son père ainsi que sa destination. Hank n'insista pas.

Le stratagème de Samantha semblait réussir. A plusieurs reprises, Adrien avait lancé de curieux regards dans sa direction. Elle avait même surpris une lueur d'irritation dans ses yeux quand il s'était tourné vers Hank. De son côté, Hank Chavez semblait ne pouvoir se lasser de sa compagnie. Plein d'attentions, il veillait à son confort, l'aidant aux arrêts à monter et à descendre de diligence et lui apportant ses repas.

Le huitième jour, au soir, la diligence fit halte à Trinidad. Ils venaient de parcourir deux cents miles; il leur en restait encore soixante-quinze avant d'arriver à Elisabethtown. Par souci d'économie, Adrien et Jeannette choisirent de passer la nuit au relais. Samantha leur offrit des chambres dans un hôtel où elle pensait descendre, mais trop fiers, ils refusèrent. Leur attitude ne l'étonnait pas. Depuis qu'ils avaient parlé des problèmes financiers liés à l'achat de la mine, une certaine tension s'était installée entre les deux jeunes filles. Ce sujet semblait froisser la blonde Jeannette qui mettait un point d'honneur à ne rien devoir à son amie. Samantha en était irritée. Adrien ne comprenait donc pas qu'en l'épousant il serait riche? Le confort de sa sœur lui importait donc si peu? Jeannette n'avait pas l'habitude de passer la nuit dans des relais!

Le père de Samantha possédait une propriété immense, des milliers d'acres au Mexique et des milliers encore au-delà de la frontière du Texas. Il faisait de l'élevage, et cultivait toute la vallée fertile de l'est de la Sierra. Avec ses deux mines de cuivre, ses richesses augmentaient chaque année. Si Adrien pouvait imaginer! Elle avait toujours évité de parler de la fortune de sa famille. Les Allston savaient simplement que son père était éleveur.

Elevage et richesse n'étaient-ils pas des synonymes pour eux ?

Hank accompagna Samantha à l'hôtel.

— Voulez-vous dîner avec moi ?

Comme elle lui faisait signe que oui, il lui prit la main et la serra.

— Je viens vous prendre dans une heure.

Et il se dirigea vers sa chambre.

Samantha prit un bain et s'attarda un moment dans le petit tub de bois, réfléchissant à ce geste familier. Elle ressentait un certain trouble d'être restée seule avec Hank. Elle espérait qu'il n'était pas épris d'elle. Il lui plaisait, mais elle restait fidèle à ses sentiments pour Adrien. Voilà plus de deux ans qu'elle rêvait de devenir sa femme, et elle y parviendrait.

A six heures précises, comme il l'avait promis, Hank frappa à sa porte. Il avait pris un bain, s'était rasé et avait revêtu un costume noir, et un gilet de satin rayé sur une chemise blanche à jabot. Ces vêtements ne pouvaient sortir de sa sacoche de selle. Il venait probablement de les acheter.

— Vous êtes merveilleuse.

Il regardait son ensemble de mérinos gris gansé de noir. Elle ne put retenir un sourire.

— Voilà ce que je pensais de vous.

Il sourit lui aussi. Ses yeux pétillèrent et les fossettes au coin de sa bouche lui donnaient un air enfantin.

— Allons-y, voulez-vous ? Il y a un petit restaurant à côté de l'hôtel.

— Voyez-vous un inconvénient à ce que nous marchions un peu d'abord ? Nous pourrions faire un tour en ville.

— Il fait nuit maintenant.

— Nous pouvons rester dans la rue principale.

Seuls un quartier de lune et, de temps à autre, la vague lueur venant d'une fenêtre éclairaient la rue.

Ils empruntèrent le trottoir de bois et flânèrent un moment devant les magasins. Marcher, se dégourdir les jambes, Dieu, que c'était agréable, après ces heures passées dans la diligence ! Encore trois jours et ils seraient à Elisabethtown. Elle avait envie de demander aux vaqueros de son père de venir l'y chercher plutôt que de l'attendre à Santa Fe.

— Comment vous appellent vos amis proches, Samantha ?

Elle songea à Adrien et Jeannette et répondit :
— Samantha.
— Jamais autrement ?

Amusée, elle regarda son compagnon à la dérobée.

— Pourquoi ? Ce prénom vous déplaît-il ?
— Disons qu'il ne vous va pas, dit-il. Vous ressemblez plutôt à une Carmen, une Mercedes, une Lanette. Samantha... c'est tellement... victorien.

Elle haussa les épaules.

— Ma grand-mère était très victorienne. C'est elle qui a choisi ce prénom. Vous avez raison, Samantha est très conventionnel.

En souriant, elle ajouta :
— A la maison, on m'appelle Sam ou Sammy.
— Sam ! Oh, non ! Sammy est mieux. Mais je pourrais trouver de plus jolis prénoms pour quelqu'un d'aussi ravissant. Puis-je vous appeler Sammy ?
— Je ne sais... c'est un peu...
— Familier ? Ne suis-je pas un ami ?
— Bien sûr... Vous pouvez m'appeler ainsi mais voyez-vous, je vous connais si peu...
— Nous sommes amis, pourtant, n'est-ce pas ?
— Oui, et je profite de notre amitié, dit-elle, remarquant que Hank boitait de plus en plus. Je vous fais marcher alors que votre cheville n'est pas encore guérie.

Il lui prit le bras et ils revinrent sur leurs pas.

— Je vous assure, c'est un réel plaisir de se promener avec vous... Sammy.

Elle eut un petit sourire espiègle.

— Même quand vous souffrez ?

— Je n'ai plus mal lorsque je suis avec vous.

— Voilà qui est courtois, mais c'est à votre cheville que vous devriez le dire !

Ils arrivèrent au restaurant. Hank la prit par la taille, et la guida vers une table. Elle rougit, bien qu'elle ne fût pas gênée. Il était difficile de rester insensible au charme de Hank. Il avait une grande séduction et elle aimait sa compagnie. Plusieurs fois au cours du repas, leurs regards se rencontrèrent. Il avait sans doute du succès auprès des femmes. Troubler un homme si beau la comblait d'aise. Quand ils regagnèrent enfin l'hôtel, ils n'avaient ni l'un ni l'autre envie de se séparer. Mais il était tard, et le lendemain matin la diligence repartait de bonne heure. Il l'accompagna jusqu'à sa porte. Le cœur battant, elle se retourna pour lui souhaiter bonne nuit. Il l'attira contre lui, maintenant sa nuque de la main pour qu'elle ne se dérobe pas. Mais elle n'en avait pas l'intention ; ce baiser, elle le désirait. Un seul, ce n'était pas grave... L'ardeur de son étreinte la surprit, la fit presque défaillir. Son corps était contre le sien et l'embrasait tout entière. Quand il la relâcha, elle se sentit toute drôle et un peu triste. Mais quand il lui dit bonsoir, son regard la réchauffa.

Elle se déshabilla dans un demi-rêve, laissant ses vêtements épars sur le sol, et se coucha, frissonnante. Elle se souvenait du baiser de Hank.

8

Au matin, Samantha pensa à Adrien et se sentit coupable. Depuis que Hank l'avait embrassée, Adrien avait cessé d'exister. Le remords l'assaillait. Comment avait-elle pu le trahir ? Cela ne se reproduirait plus. Le jour où Adrien la prendrait dans ses bras, elle connaîtrait de nouveau cette sensation enivrante. Plus encore car elle l'aimait. Elle l'aimait ?

Elle se prépara et quitta sa chambre sans se préoccuper de Hank. Elle le trouva dans le hall de l'hôtel. Souriant, il l'attendait.

— Bonjour, Sammy.

Il prononça son nom avec tendresse. Elle n'osa pas le regarder. Comment étaient-ils devenus si intimes ? Elle ne voulait pas renoncer à son stratagème mais il n'entrait pas dans ses projets de lui faire de la peine.

— Hank... à propos d'hier soir, dit-elle.
— Je n'ai pensé qu'à cela.

Elle comprit qu'elle devait le décourager avant qu'il ne s'attachât à elle.

— Hank... vous n'auriez pas dû...
— Pourtant vous n'avez pas eu l'air de vous y opposer...
— Oui... seulement...
— C'est arrivé trop vite. Il faut me pardonner, Sammy. Je ne sais pas attendre. Pour vous, j'essaierai, je vous le promets.

Coupant court à ses protestations, il la prit par le bras et ils sortirent de l'hôtel.

Comment lui dire qu'elle aimait Adrien ? Il serait peut-être plus aisé de le lui montrer ?

Quand ils arrivèrent au relais, les voyageurs

prenaient place dans la diligence. Adrien leur jeta un coup d'œil glacial. Était-il jaloux ? Il n'en aurait plus l'occasion ! Elle allait arrêter ce jeu, elle ne voulait pas faire souffrir Hank. Sans un mot, elle rejoignit ses amis. Elle se montrerait distante. Voilà tout. Il lui en coûterait, mais elle n'avait pas le choix.

De toute la journée, elle ne lui adressa ni une parole ni un regard. Adrien, de meilleure humeur, bavarda un peu avec elle, bien qu'il conversât la plupart du temps avec Hank. Quand ils firent halte pour la nuit, elle continua de l'ignorer. Elle s'installa à côté d'Adrien pour le repas et ne le quitta qu'au moment de se coucher. Elle ne put trouver le sommeil. Elle avait mauvaise conscience ; à plusieurs reprises elle avait surpris le regard intrigué et presque implorant de Hank. Elle se maudit d'avoir agi avec tant de légèreté. Le lendemain, elle était si fatiguée qu'elle eut à peine la force de se traîner jusqu'à la diligence. Elle somnola toute la journée, se réveillant à chaque cahot pour se rendormir aussitôt. Le soir, elle décida de ne pas prendre de chambre à l'hôtel et de rester avec Jeannette et Adrien au relais. Hank comprit son intention. La saisissant par le bras, il l'attira à l'écart.

— Pourquoi m'ignorez-vous, Sammy ?

— Vous ignorer ? Que voulez-vous dire ?

Il fronça les sourcils.

— Vous ne quittez plus votre ami Adrien comme si j'avais cessé d'exister !

— Adrien est plus qu'un ami.

On ne pouvait être plus franc. Il fallait qu'il comprenne !

Il la suivit des yeux, un pli lui barrait le front. Mais qu'avait-elle soudain ? Il retint un rire... Quelle petite folle ! Elle essayait de le rendre jaloux. Ne sentait-elle pas que c'était inutile et qu'il était fasciné ? Il saurait attendre qu'elle se lassât de ce jeu.

Pour elle, il était prêt à tout. Cette dernière pensée le surprit. Comment avait-il pu s'éprendre d'elle si vite ? Il en avait oublié jusqu'à Pat et jusqu'au Mexique. Il n'y avait pas si longtemps, Angela était la femme qu'il désirait. Son dépit, sa douleur de l'avoir perdue s'estompaient avec Samantha. Elle guérissait sa blessure.

Ce n'était pas encore de l'amour. C'était trop soudain. Une chose était certaine : il la désirait. Il lui suffisait de la regarder pour sentir le sang battre à ses tempes. Il ne fallait pas la brusquer, c'était une jeune fille.

Il secoua la tête. Quelle absurdité ! Ne savait-elle pas ce qu'était Adrien Allston ? Un « hombre puta », une femmelette. Ce genre d'homme demeurait un mystère pour lui. Comment pouvait-on en être jaloux ? Par deux fois, Adrien lui avait fait des avances. Il avait dû le menacer de son arme pour lui faire comprendre le dégoût qu'il lui inspirait.

Samantha n'avait rien à craindre de la part d'Adrien... Il attendrait qu'elle se lassât de ces enfantillages. Il lui parlerait sérieusement. Par la suite, il ne tolérerait plus de telles sottises. Lorsqu'il la demanderait en mariage... C'était en effet là son intention...

9

En 1868, deux ans après que l'on eut découvert de l'or aux alentours de Baldy Mountain, fut fondée la ville d'Elisabethtown. Des milliers de mineurs vinrent s'y établir. De nouvelles constructions surgissaient sans cesse, maisons de bois branlantes pour la plupart, mais aussi des magasins, des saloons, des salles de bal, des hôtels et même un drugstore.

Le 18 février, en fin d'après-midi, la diligence, qui avait roulé à bonne allure, pénétra avec fracas dans la ville. L'activité et l'atmosphère bruyante d'Elisabethtown gagnèrent Adrien qui refusa d'attendre le lendemain pour louer un cheval et se rendre dans la vallée Moreno. Il planta là sa sœur et tous les bagages. Ne comprenant pas l'enthousiasme de son frère, la pauvre Jeannette était désemparée. Elle n'avait pas l'habitude de se débrouiller seule. Samantha prit les choses en main, ce qu'elle accepta avec reconnaissance. Elle trouva un hôtel bon marché, y fit transporter leurs bagages et décida de descendre au même endroit. L'hôtel ne lui plaisait guère, mais il était hors de question d'abandonner Jeannette. Comme elles s'apprêtaient à quitter le relais, Hank Chavez s'approcha. Samantha se raidit. Toutefois, ses paroles la surprirent.

— Mesdemoiselles, dit-il, votre compagnie a rendu ce long voyage fort plaisant.

Samantha fit un signe de tête.

— Vous êtes très aimable.

— Peut-être aurons-nous l'occasion de nous revoir avant mon départ ?

— Peut-être.

Il sourit.

— En ce cas, adieu. Samantha, mademoiselle Allston.

De nouveau, il porta la main à son chapeau et il disparut. Samantha le regarda s'éloigner avec soulagement. Il avait enfin compris. C'était ce qu'il semblait lui signifier, en l'appelant Samantha. Il ne montrait aucun ressentiment. Pourtant, un vague dépit, une légère amertume l'assaillirent. Il renonçait à elle un peu vite...

— Tout compte fait, c'est un homme charmant, dit Jeannette.

— En effet.

— Il semblait fort amoureux de vous, chérie.

— Oh ! Pas vraiment... répondit Samantha.

— Ne vous plaisait-il pas ? Remarquez, je ne vous en fais pas le reproche. Entre nous, il n'est pas très séduisant.

— Je ne suis pas d'accord. Il est beau garçon.

Jeannette semblait choquée.

— Mon Dieu ! Vous êtes drôle, chérie. Il est sinistre, trop... comment dire ?... fruste, inquiétant. Il ferait un amoureux épouvantable.

— Que voulez-vous dire ?

— Il doit être agressif et exigeant. Les hommes qui manquent d'éducation sont toujours violents en amour et difficiles à satisfaire.

— Parlez-vous d'après votre expérience ?

— Mais bien sûr, chérie, dit Jeannette.

Et, elle s'éloigna. Son amie était stupéfaite.

Tard dans la soirée, Adrien arriva à l'hôtel, excité et plein de projets. Des mineurs rencontrés sur place l'avaient conseillé sur un endroit où trouver de l'or. Le lendemain, ses recherches furent infructueuses mais il ne se découragea pas. Le troisième jour, il découvrit quelques pépites et marqua l'emplacement à l'aide de piquets. Il courut en ville faire enregistrer sa concession, rassembla ses affaires et retourna dans la vallée où il avait l'intention de camper. Les jeunes filles l'accompagnèrent. Jeannette s'inquiétait : en février, il ne faisait pas bon dormir sous la tente. Mais Adrien fut inébranlable, et l'on décida que Jeannette irait le voir tous les jours. Samantha se joindrait à l'expédition quotidienne. C'était là l'unique occasion de voir Adrien.

En dehors de ces visites, les jours s'écoulaient avec monotonie. Il n'y avait rien à faire à Elisabethtown. Samantha s'ennuyait à périr. Elle passait le plus clair de son temps dans le grand magasin de la ville à acheter des tas de choses dont elle n'avait nul besoin. C'était un lieu intéressant et tout à fait caractéristique des commerces du Sud-Ouest. Il y flottait une odeur de cuir, de café frais moulu, de tabac à chiquer et de poisson en saumure. On y trouvait peu d'articles de luxe, surtout des produits de première nécessité. Des tonneaux pleins à ras bords de sucre, de farine et de vinaigre envahissaient le moindre recoin de la boutique. Des jambons, des pièces de bacon et des marmites pendaient aux chevrons de la charpente.

Samantha devait attendre un bon mois avant l'arrivée de Manuel et des hommes de son père. Que faire pour occuper toutes ces journées ? Elle songeait à sa maison avec nostalgie. Cela faisait presque trois ans qu'elle n'avait pas revu son père. Elle n'avait pas hésité à différer de six mois son retour au Mexique pour rester chez Jeannette et Adrien ! Pourquoi faisait-il si peu cas d'elle ? Était-il aussi difficile que sa sœur qui ne trouvait pas Hank Chavez à son goût ? Il n'aimait peut-être pas sa peau claire, ses cheveux bruns, sa vigueur. Sa mère et sa sœur étaient blondes et fragiles. Ou bien était-ce sa spontanéité, sa nature vive qui lui déplaisaient ? Le temps pressait maintenant et elle ne le voyait plus que quelques heures par jour. Elle se confierait à Jeannette.

C'est ce qu'elle fit le soir même. Elles dînaient dans un petit restaurant à la cuisine familiale. Vide à leur arrivée, il se remplit aussitôt d'hommes frustes venus de la salle de jeu voisine. Elles durent supporter leur tapage et leurs regards indiscrets.

— Adrien a-t-il une fiancée, quelqu'un que je ne connaisse pas ? dit Samantha.

Jeannette eut l'air étonné.

— Bien sûr que non, chérie. Quelle question !

Malgré son embarras, Samantha ne pouvait plus reculer.

— Je me demande pourquoi mais je semble ne pas lui plaire.

— Oh, mais il vous aime bien. Vous êtes une amie pour lui, ainsi que pour moi.

— Je ne parle pas d'amitié. Suis-je donc si peu attirante pour qu'il ne puisse m'aimer... vraiment ?

Jeannette se rembrunit.

— Mais pourquoi ?

— Pourquoi ?

Samantha se pencha vers son amie et murmura :

— Ne voyez-vous pas que je suis amoureuse de lui ?... Je sais... Il l'ignore lui-même...

— Oh, pardonnez-moi, chérie ! J'étais loin de me douter d'une telle chose !

— Que dois-je faire ? Je ne suis ici que pour quelques semaines...

— Peut-être devriez-vous essayer de l'oublier et rentrer bien vite chez vous, dit Jeannette.

— L'oublier ? C'est impossible.

— Ce serait plus sage, Samantha. Voyez-vous, Adrien s'est fixé un but. Tant qu'il ne l'aura pas atteint, il s'est juré de ne pas penser au mariage.

— C'est-à-dire ?

— Faire fortune et être respecté. Auparavant, il avait en tête d'ouvrir une étude de notaire. Maintenant, il veut exploiter cette mine d'argent.

— Il est trop rigoureux avec lui-même. Et s'il épousait une femme riche ?

— Il ne le ferait pas, à moins d'être aussi riche qu'elle. C'est une question de fierté.

Samantha était irritée. Elle avait cherché un encouragement et c'était l'inverse qui se produisait.

— Je devrais renoncer à lui, d'après vous ?

— Oui, ce serait préférable.

— C'est mal me connaître, Jeannette. Sachez que je n'abandonne jamais.

Déçue, elle se tut tandis que Jeannette contemplait en silence son assiette ; un pli soucieux lui barrait le front.

Elles s'apprêtaient à quitter le restaurant lorsqu'une voix grave les arrêta.

Hank les salua avec bonne humeur.

— Mesdemoiselles. Quel plaisir de vous revoir !

Samantha fit un léger signe de tête.

— Et vous, monsieur Chavez, répondit Jeannette, vous nous avez manqué. C'est ce qu'Adrien nous faisait remarquer l'autre jour.

— Comment va-t-il ? dit Hank. A-t-il découvert sa mine d'or ?

— Pas encore, mais il ne perd pas courage. Il prospecte dans la vallée et nous lui rendrons visite chaque jour. Voudriez-vous vous joindre à nous demain matin ?

— Avec plaisir, dit Hank.

— Merveilleux. Alors, retrouvons-nous à l'écurie. Neuf heures vous irait-il ?

Hank parti, Samantha se retourna, ulcérée, vers son amie.

— Pourquoi diable l'avoir invité puisqu'il ne vous plaît pas ?

— Il est charmant et amusant.

— Ce n'est pas une raison.

— Pour être honnête, sa présence me rassurera dans cette vallée perdue.

— Je suis tout à fait capable de nous protéger, Jeannette.

— Ce n'est pas à vous de nous défendre, chérie. Et j'envisageais de rester avec Adrien pour éviter ces allées et venues.

— Vous voulez dormir sous la tente ? Vous y seriez trop mal à l'aise !

— J'aurais moins peur... à moins que je ne persuade votre ami de nous escorter tous les jours, jusqu'à son départ.

— Hank Chavez n'est pas « mon ami » ! Et vous irez sans moi ! Je ne veux pas le revoir.

— Oh, non ! Je ne pourrais pas rester seule avec lui.

— Vous prétendez pourtant être en sécurité en sa compagnie.
— Si vous êtes avec moi. Vous devez venir, vous manqueriez à Adrien.

Samantha se laissa fléchir. N'était-elle pas un peu trop sûre d'elle à propos de Hank ? Il n'avait plus l'air de penser à elle. Il n'avait même pas cherché à la revoir depuis leur arrivée à Elisabethtown. La rencontre de ce soir était un pur hasard.

— Entendu, dit-elle.

Les jeunes filles se levèrent de table.

— Et si Adrien me voyait avec Hank Chavez, il serait peut-être jaloux !

Jeannette soupira. Pauvre Samantha, si elle avait pu savoir combien ses efforts étaient inutiles ! Elle espérait Chavez assez épris de son amie pour lui faire oublier Adrien. Aimer Adrien ne pouvait que la faire souffrir !

10

Elisabethtown n'était pas une ville paisible. Dès l'aube, il y régnait une prodigieuse effervescence qui se prolongeait tard dans la nuit à travers les nombreux saloons et salles de jeu. D'immenses tentes où l'on buvait et où l'on jouait aussi avaient été dressées sur l'initiative d'entrepreneurs désireux de s'approprier l'or des mineurs.

Ce matin-là, le vacarme de la rue éveilla Samantha plus tôt que de coutume. Elle décida de soigner sa tenue. Elle s'attarda dans son bain, lava ses cheveux avec un savon à la rose, puis les brossa jusqu'à ce qu'ils fussent souples et brillants, avant de les relever en chignon. Elle laissa deux boucles retomber sur ses tempes, ce qui serait charmant sous son chapeau. Elle enfila sa plus jolie tenue d'équitation, un costume d'amazone de velours vert acheté à Philadelphie. C'était à contrecœur qu'elle se pliait à l'étiquette qui exigeait pour les femmes la monte en amazone. Elle était encore devant sa coiffeuse quand Jeannette vint la chercher.

À l'écurie, elle prit la jument grise qu'elle avait déjà louée. Elle s'était habituée à cette bête et ne tenait pas à impressionner Hank Chavez par ses talents de cavalière. Il arriva, l'allure désinvolte et un brin insolente, vêtu de noir, comme le jour de leur rencontre. Il portait un bandanna de soie bleue et une chemise à motifs de même couleur. Il salua les jeunes filles et Samantha lui répondit en souriant. Ils chevauchèrent en silence jusqu'à la vallée Moreno. Adrien ne dissimula pas son mécontentement en voyant arriver Samantha avec Hank. Il les ignora et continua de creuser le sol, n'adressant que quelques mots à sa sœur. Gênée, Samantha s'éloigna et Hank retourna près des chevaux. Il n'avait pas encore l'intention de lui parler. Il pouvait attendre. Il avait laissé passer, à dessein, cinq jours sans chercher à la revoir. Il fallait qu'elle sache qu'on ne jouait pas avec lui. Elle lui avait terriblement manqué et, pour tromper son attente, il avait joué aux cartes. Pat n'avait pas tort. La chance ne l'avait pas quitté et il avait plus que doublé sa fortune. Il se sentait riche même si son capital était insuffisant pour racheter ses terres. Jamais il n'avait possédé autant. Et qui sait si en s'attardant dans cette ville il ne pourrait gagner plus encore.

Il n'était toutefois pas disposé à attendre Samantha indéfiniment. On n'était pas en Europe où une cour assidue était de rigueur avant d'envisager fiançailles et mariage. Dans l'Ouest, un homme pouvait rencontrer, courtiser et épouser une femme dans la même journée. S'il n'épousait pas Samantha à Elisabethtown, il l'épouserait au Mexique. Il ne refuserait pas la bénédiction de son père, si elle la désirait. Pour elle, il accepterait tout. Dans la limite des choses raisonnables, bien sûr. Son exaltation ne manquait pas de l'étonner. Dès qu'il avait vu Samantha, il l'avait voulue; comme c'était une jeune fille, il l'épouserait. Il avait pris cette décision sans réfléchir au fait qu'il la connaissait à peine. Elle parlait si peu d'elle et de sa famille. Mais peu importait ! Ses sentiments l'emportaient. Et d'ici la fin de la journée, il les lui ferait comprendre.

Samantha revint vers le camp. Visiblement rien n'avait changé. Hank, adossé à un arbre, jouait avec une tige d'herbe et Jeannette n'avait pas bougé. Adrien travaillait toujours, un peu plus loin. Personne ne parlait. Elle esquissa un sourire en direction de Hank et se dirigea vers son amie.

Elle dit de façon que Hank n'entendît pas :

— Que se passe-t-il avec Adrien aujourd'hui ? Il n'a jamais été d'aussi méchante humeur. Je le croyais jaloux, mais je vois qu'il vous ignore.

— Il doit être découragé. Il a trouvé très peu d'or.

— Est-ce la seule raison ?

— Je pense...

— Vous devriez le raisonner. Il pourrait réussir avec une étude de notaire.

Jeannette secoua la tête.

— Je sais, mais il veut une grande fortune vite acquise. Il n'abandonnera pas. Du moins, pas tout de suite. Je le connais.

— Rentrons à l'hôtel. Il sera peut-être de meilleure humeur demain.

— Partez, chérie. Je vais rester avec lui ce soir.

— Vous n'y pensez pas !

— Si, je suis sérieuse. Adrien a trop travaillé, il n'est pas bien.

— Vous l'a-t-il dit ?

— Non, mais je le vois. Il est pâle et transpire. Il a

sûrement de la fièvre. Je sais qu'il refusera d'aller chez le médecin plutôt que d'arrêter ses recherches. Je m'occuperai de lui. Je serais trop inquiète de le laisser.

Samantha regarda Hank à la dérobée. L'idée d'un retour en sa compagnie ne l'enchantait pas.

— Voyons, Jeannette !

— Non, M. Chavez vous raccompagnera. Ne vous faites pas de souci pour moi.

— Alors, je reste aussi.

Jeannette se mit à rire.

— La tente d'Adrien est trop petite pour trois personnes.

Elle désigna Hank de la tête.

— Auriez-vous peur avec lui ?

— Bien sûr que non, répondit Samantha. A demain.

Hésitante, elle s'approcha de Hank Chavez.

— Seriez-vous prêt à partir ?

D'un bond il fut sur ses pieds.

— Oui. Jeannette ne vient-elle pas ?

— Non, Adrien est malade. Elle préfère rester auprès de lui. Nous rentrons sans elle. J'espère que cela ne vous ennuie pas.

Il sourit.

— Pas du tout... Sammy.

Elle s'arrangeait donc pour qu'ils fussent seuls ! Elle était plus hardie qu'il ne l'aurait pensé. Il exultait. Il songeait à elle comme s'il la possédait déjà.

Samantha, gagnée par la nervosité, avait du mal à mettre de l'ordre dans ses pensées. Pourquoi l'appelait-il Sammy ? Il savait pourtant que le hasard, seul, les avait rassemblés. Pourquoi était-il de nouveau si... familier ? Et pourquoi Jeannette, enfin, avait-elle provoqué cette situation embarrassante ?

Il la précédait de peu, chevauchant à sa droite. Arrivé à hauteur d'une falaise qu'il avait aperçue à l'aller, il tourna à gauche, obligeant la jument de Samantha à emprunter un chemin envahi de buissons de sauge, de cactus et d'épineux. Elle tenta d'arrêter son cheval. Il se saisit des rênes et l'entraîna à sa suite. Elle le questionna d'une toute petite voix :

— Hank ? Où allons-nous ?

Il se tourna en souriant.

— Hors des sentiers battus. Je désire vous montrer quelque chose.

Elle se laissa mener. Quel mal à cela ? Quel danger courait-elle avec cet homme charmant ? Sa bourse, avec son Derringer, était attachée à son poignet. Ils s'enfoncèrent dans le maquis, traversèrent un ruisseau peu profond, et se trouvèrent bientôt sous l'aplomb de la falaise. Un chêne énorme touchait de ses branches les escarpements de la paroi opposée. Ses frondaisons, en tombant, faisaient un abri de verdure. Hank sauta à bas de sa monture et s'approcha de Samantha pour l'aider à descendre. Elle hésitait, il lui sourit.

— Les chevaux pourront se désaltérer.

Prenant appui sur son bras, elle se laissa glisser à terre. Libres, les bêtes se dirigèrent vers la petite rivière. La végétation dense se refermait sur eux. En face se dressait la falaise. Le grand chêne les protégeait du soleil.

— C'est ravissant ici. Était-ce cela que vous désiriez me montrer ?

— Non, mon amour.

Il l'attira contre lui et l'embrassa. Elle n'eut pas le temps de comprendre ce qui se passait. Son baiser, d'abord tendre, devint vite plus ardent, plus exigeant. Doucement, il la fit tomber sur l'herbe. Un merveilleux bien-être l'envahit. Elle se débarrassa de sa bourse pour libérer sa main, le chapeau de Hank roula à terre et elle eut ses cheveux, si doux, entre ses doigts. Alors dans un élan, elle l'enlaça et lui rendit son baiser. Dans une semi-conscience, elle sentit Hank défaire son corsage. Il se penchait sur sa poitrine et y promenait ses lèvres. Elle s'abandonna. Il revint vers sa bouche et murmura :

— Samina, ma chérie, mon amour !

Elle revint à la réalité. Qu'avait-elle ? Elle releva la tête, essayant de repousser Hank.

— Non, il ne faut pas. Je vous en prie, laissez-moi.

Il ne bougea pas et ses yeux flambèrent.

— Vous laisser partir ? Je crois que c'est trop tard.

— Non ! Je vous en supplie, Hank. Vous ne comprenez pas. Je ne peux pas, je ne peux pas !

Il eut un sourire plein de tendresse.

— Vous avez peur, et cela n'a rien d'étonnant. Mais je ne vous ferai pas de mal, Samina.

— Non, non ! Je ne devrais pas être là, vous n'auriez pas dû m'embrasser...

— Vous n'aviez pas l'air de protester.

Elle dit, pitoyable :

— Je sais, je regrette. Je ne voulais pas, je n'ai pas réfléchi... On ne m'a jamais embrassée comme ça, je... Oh, vous ne pouvez comprendre !

— Mais si. Je comprends. Vous avez cédé à vos sentiments, comme moi.

— Il ne faut pas...

Soudain, elle aperçut sa poitrine nue. Rougissante, elle referma sa blouse. Hank la suivait des yeux, ce qui accrut sa gêne.

— C'est mal, Hank, vous le savez bien.

— Il n'y a pas de mal à s'aimer.

— Pour moi, si. Ce serait la première fois.

Il se leva en soupirant et se détourna pour la laisser se rhabiller.

— Très bien, j'attendrai.

Elle releva la tête, soulagée de voir qu'il la comprenait et qu'il ne se fâchait pas.

— Que voulez-vous dire ?

Il jeta un coup d'œil par-dessus son épaule. Elle s'était rajustée. Il se retourna et secoua la tête.

— Vous savez fort bien ce que j'éprouve pour vous, Samina.

Elle haussa le ton.

— Vous vous trompez, je l'ignore. C'est la première fois que nous nous revoyons depuis plusieurs jours.

— Par votre faute. Vous vouliez me mettre à l'épreuve. Votre ruse ne m'a pas échappé.

— Que racontez-vous là ? J'étais persuadée que vous aviez quitté la ville.

De nouveau, il secoua la tête.

— Vous saviez bien que je ne partirais pas sans vous.

Qu'avait-il donc en tête ?

— Hank, je...

— Mon amour, vous voulez que nous respections les convenances ? C'est entendu, nous attendrons. Dès le premier jour, j'ai su que vous m'appartiendriez. Aujourd'hui, je vous demande de venir avec moi au Mexique et de...

— Non ! C'est impossible...

Elle se releva. Le sourire de Hank disparut.

— Que dites-vous ?

— Hank, vraiment... je vous aime bien et j'ai apprécié votre compagnie... mais nous n'avons rien à faire ensemble.

— Je ne comprends pas.

La sécheresse du ton la fit reculer.

— Vous êtes charmant et fort gentil. Tout aurait pu être différent entre nous, si je n'aimais quelqu'un d'autre que... je vais épouser.

Le regard de Hank se durcit.

— Vous vous accordez du bon temps, quand votre fiancé n'est pas là. Où est-il donc ?

— Ici, bien sûr, dit-elle. Je croyais m'être fait comprendre au sujet d'Adrien.

Il la regarda droit dans les yeux.
— Adrien ? Bon sang ! Vous vous moquez !
— Pas du tout. J'aime Adrien depuis plus de deux ans.
— Mais c'est absurde, mon petit. C'est impossible.
— Comment osez-vous ? Je l'aime, voilà tout !

Il se figea. Elle ne plaisantait pas. Elle prétendait aimer Adrien. Elle s'était pourtant montrée bien coquette à son égard !

— Je vois que vous vous êtes servie de moi. Pourquoi ?

Son visage était déformé par la colère et elle prit peur.

— Je n'avais pas l'intention de vous abuser... C'est vrai, j'espérais rendre Adrien jaloux, mais je ne voulais pas vous faire souffrir. Je vous avais dit qu'Adrien était plus qu'un ami...

— Je ne pensais pas que vous étiez assez insensée pour aimer cet individu.

— Pourquoi parler ainsi de lui ?

— Vous croyez qu'il vous aimera ? Vous n'êtes qu'une sotte. Et moi, je suis fou d'avoir eu confiance. Une fois de plus, j'ai fait une grave erreur !

Le ton de ces paroles l'impressionna. Mais désireuse de ne plus parler d'Adrien, elle demanda :

— Quelle erreur ?

Le regard de Hank se posa sur elle.

— C'est la seconde fois que je tombe amoureux d'une femme qui en aime un autre. Angela, elle, ne me l'avait pas caché. Vous n'avez pas été aussi honnête.

— Jamais je n'ai pensé vous épouser ! Comment aurais-je pu deviner que vous m'aimiez ?

Blessé dans son amour-propre, il explosa. Jamais il ne pourrait reconnaître qu'il avait eu l'intention de la demander en mariage.

— Vous vous flattez, ma jolie ! Vous épouser ? Il n'en a jamais été question.

Il éclata d'un rire plein de mépris. Le jeune homme séduisant et courtois faisait place à un inconnu qui la terrifiait.

— Ce n'est pas au mariage que je songeais. Vous seriez devenue ma maîtresse, rien d'autre. Une jeune fille convenable ne badine pas avec un homme comme vous l'avez fait. Je ne suis donc pas tenu de vous traiter comme telle.

— Ce qui veut dire ?

La colère l'emportait sur la crainte. Il eut un sourire mauvais.

— L'envie de vous emmener avec moi, je l'ai perdue. Mais je vous désire toujours autant. Je ne connais qu'une façon de me libérer de vous.

Comprenant son intention, elle se précipita vers sa bourse. Il s'en saisit le premier et l'envoya hors d'atteinte. Elle tenta de courir pour la reprendre, il l'attrapa par le poignet, la jeta sur le sol, et se laissa tomber entre ses jambes. Il ouvrit sa chemise mais ne la retira pas, afin de rendre la chose plus humiliante. Comme il se penchait, elle lança ses poings pour le frapper. Il évita chaque coup. Alors, de ses ongles, elle lui lacéra le torse. Il perdit patience et leva la main. D'instinct, elle se protégea le visage. Il l'observait avec une rage froide ; sa bouche n'était plus qu'un trait dur.

— Je ne vous veux aucun mal. Ne me repoussez pas.

Elle gémit quand il mit les mains sur sa poitrine et, les saisissant, elle le regarda, désemparée.

— Je ne vous laisserai pas faire.

La colère de Hank s'atténua. Il retrouvait la tendresse qu'il avait éprouvée envers elle. Il la désirait et ne voulait pas être brutal, mais elle l'avait blessé. Elle vit son visage se radoucir et le besoin de se blottir contre lui resurgit. Il l'embrassa, elle s'accrocha à lui. La bouche de Hank descendit le long de son cou et le mordit doucement. Puis, elle fut nue et lui aussi. Il l'enferma dans ses bras et elle se tendit pour l'accueillir. Elle eut un bref mouvement de douleur et son corps s'embrasa, plein d'une souffrance exquise. Une sensation intense, une vague de plaisir... Elle cria. Le délicieux frisson dura longtemps.

Lorsqu'elle ouvrit les yeux, Hank reposait à ses côtés. Il se leva en silence et enfila ses vêtements. Elle remit sa jupe mais ne prit pas la peine de recouvrir sa poitrine. Elle n'avait pas envie de bouger. Il boucla son ceinturon et ramassa son chapeau, l'air dégagé.

— Qu'y a-t-il, Hank ? dit-elle. Vous attendiez-vous à me voir pleurer pour rendre votre triomphe plus complet ?

Ignorant son sarcasme, il se dirigea vers son cheval et cria avant de se mettre en selle :

— Ne vous tracassez pas. Si vous persuadez Adrien de vous épouser, il ne saura jamais ce qui s'est passé.

— Bien sûr que si !

— Désolé de vous contredire, mais il ne viendra jamais dans votre lit. Je vous souhaite bien du plaisir à préserver vos amants d'Adrien Allston !

— Que voulez-vous dire ?

Il enfourcha sa monture et s'approcha.

— Celui que vous aimez préfère les hommes, ma jolie.

Avec un calme délibéré, il se pencha vers elle.

— Vous mentez ! Misérable ! Je vous hais ! Allez-vous-en. Partez !

Il eut un rire bref.

— Enverrez-vous des hommes à ma poursuite pour vous venger ? Je saurai leur échapper. Ce ne serait pas la première fois.

— Si jamais je vous retrouve sur mon chemin, je vous tue.

Elle contenait à grand-peine sa fureur. Il haussa les épaules.

— Bah ! Nous ne nous reverrons sans doute plus. Adieu, Samantha Blackstone !

Et il toucha son chapeau avant de s'éloigner.

Elle repoussa ses cheveux avec rage et se précipita sur son sac.

Hank arrêta son cheval et se retourna. Il regrettait sa cruauté envers la jeune fille. Il vit sa belle chevelure, puis l'arme qu'elle pointait dans sa direction. Un souvenir lui traversa l'esprit. Il éperonna son cheval, penché sur l'encolure. Doux Jésus, la fille de Denver, c'était elle avec ses cheveux défaits que le soleil embrasait, et son revolver à la main !

Samantha tira ses deux cartouches l'une après l'autre. Elle ignorait si elle avait touché Hank, il était hors de vue. Les mains tremblantes, elle jeta son arme à terre, regrettant de ne pas avoir eu son revolver à six coups. Puis, elle s'effondra.

— Soyez maudit, Hank ! Vous êtes un ignoble menteur ! vous êtes le diable.

Elle se mit à sangloter. Ce n'était pas vrai. Adrien ne pouvait l'avoir abusée si longtemps. Ces mensonges étaient plus odieux encore que ce que Hank lui avait fait subir ! Elle irait trouver Adrien et pourrait oublier, alors, ce jour détestable et jusqu'au nom de Hank Chavez !

11

Samantha avait une consolation. Hank était blessé. Il y avait des traces de sang sur le sol. Il souffrait et c'était là une pensée réconfortante. Elle demeura un long moment au bord du ruisseau, ressassant les événements et essayant de retrouver son sang-froid. Puis, elle lava les taches de sang sur sa poitrine et son corsage ; le sang de Hank quand elle l'avait griffé.

A bride abattue, elle galopa vers le campement des Allston. Son Derringer rechargé et l'humeur belliqueuse, elle était prête à tout. Elle avait refait son chignon, remis son chapeau, et ses vêtements n'étaient que froissés. Elle pensait que son allure ne trahissait aucun désarroi, mais ses yeux étincelaient. Jeannette sentit quelque chose d'anormal.

— Mon Dieu ! Que s'est-il passé ?

Samantha sauta à bas de son cheval.

— Que voulez-vous dire ?

— Vous avez du sang sur le visage, sur la bouche, et... derrière aussi, dans vos cheveux. Que vous est-il arrivé ?

— Ce n'est pas moi qui suis blessée, aussi peu m'importe !

Samantha parlait d'un ton sec. Et se dirigeant vers le bidon d'eau à l'entrée de la tente, elle entreprit de se nettoyer. Inquiète, Jeannette la suivit.

— Mais il est blessé, alors ?

Elles savaient fort bien de qui l'on parlait.

— Oui.

— Que lui avez-vous fait ?

Samantha se retourna avec vivacité vers son amie.

— Vous ne demandez pas ce que lui m'a fait ? Vous saviez que ce n'était pas sûr de me laisser seule avec ce misérable. Comment avez-vous pu m'y encourager ?

— Samantha !

— Non, je ne me tairai pas ! Vous avez insisté pour rester ici sous le prétexte qu'Adrien était souffrant. Il vaudrait mieux pour lui qu'il le soit, malade ! Où est-il, d'abord ?

— Par là, répondit Jeannette.

Elle paraissait très ennuyée. Samantha hurla :

— Adrien !

— Samantha, je vous en prie. Dites-moi...
— Je finis par me demander si vous n'avez pas tout manigancé.
— Que voulez-vous dire ?
— Vous avez invité Hank bien qu'il ne vous soit guère sympathique, pour ensuite me laisser seule avec lui. Espériez-vous qu'il m'aiderait à oublier votre frère ?

Jeannette pâlit et ne trouva pas de réponse. Adrien surgit au même moment.

— Que signifient ces cris ! Samantha, pourquoi êtes-vous revenue ?
— Pour vous voir, dit-elle.

Les révélations de Hank lui faisaient considérer Adrien sous un jour tout autre.

— A quel propos ? dit-il.
— Vous êtes bien distant avec moi, vous rendrais-je nerveux ?

Elle feignait la douceur.

— Pas du tout ! Que vous arrive-t-il, Samantha ?
— Rien, si ce n'est que j'aimerais un peu de sincérité.

Et lui saisissant la main, elle l'attira contre elle.

— Embrassez-moi, Adrien.

Il fit un bond en arrière.

— Mais qu'avez-vous ?
— Rien. Seulement si vous ne m'embrassez pas, je vais finir par penser que quelque chose ne tourne pas rond chez vous.

Il jeta un regard désemparé à sa sœur. Alors, Samantha mit les bras autour de son cou, sa bouche sur la sienne. Ce fut un désastre. La mine dégoûtée, les bras le long du corps, il essaya de reculer, les lèvres serrées. Lentement, elle relâcha son étreinte.

— Misérable ! dit-elle.

Elle pensait au temps perdu à l'aimer et à le désirer.

— Samantha... dit Jeannette.

— Et vous, espèce de Judas ! Pourquoi ne m'avez-vous pas dit la vérité, hier soir, quand je me suis confiée à vous ?

— Chérie... ce sont des choses que l'on admet difficilement...

— Mais à moi, vous auriez pu le dire. Vous saviez que j'étais amoureuse de lui. Vous m'avez menti, vous vous êtes complu à jouer les entremetteuses, vous m'avez offerte sur un plateau à cet homme sans scrupules !

— Samantha, je suis désolée, dit Jeannette avec sincérité. Comment aurais-je pu deviner que Hank Chavez abuserait de vous ? Vous devez me croire.

— Il est trop tard pour le regretter.

— Quelle est cette histoire avec M. Chavez ? dit Adrien. Que lui avez-vous fait ?

Samantha partit d'un rire hystérique.

— Oh, mon Dieu ! cela vous va bien de m'accuser.

Il tourna les talons.

Samantha n'aurait pu dire lequel des deux elle haïssait le plus.

— Samantha...

Jeannette faisait une dernière tentative. Samantha s'approcha de son cheval.

— Non ! N'essayez pas de m'aider. Je rentre en ville et souhaite ne plus jamais vous revoir, vous et votre frère.

Et elle sauta en selle.

L'après-midi durant, elle ressassa cette triste aventure. Il fallait se venger de Hank Chavez ! C'était à lui qu'elle en voulait surtout. Il l'avait séduite et s'était moqué d'elle. Pas question qu'il sorte indemne de cette affaire. Le mal qu'elle avait pu lui faire ne justifiait pas tant de cruauté. Ce n'était pas tant la perte de sa virginité qu'elle pleurait ; le fait d'avoir abusé d'elle était une simple vengeance dont elle reconnaissait, non sans honte, avoir tiré du plaisir.

C'étaient les railleries de Hank qui l'atteignaient. Comment avait-elle pu être assez idiote pour se méprendre à ce point sur Adrien ? Elle étouffait de rage. Il lui fallait retrouver Hank Chavez. Mais comment faire ? Et à qui s'adresser ? Son dernier espoir était que le hasard les mît en présence... A moins de lancer un avis de recherche avec une forte récompense à celui qui le lui ramènerait vivant. Elle le voulait vivant. Il lui faudrait une raison de porter plainte. Le vol serait idéal. On le mettrait en prison jusqu'à ce qu'elle vienne l'identifier. Elle le ferait relâcher puis, avec l'aide de quelques vaqueros de son père, lui donnerait une bonne leçon. Elle se promit de mettre son projet à exécution dès le lendemain. Calmée, elle s'endormit sans peine... Et rêva de Hank Chavez.

12

A quelque temps de là, Samantha et six hommes d'escorte quittaient Elisabethtown dans un nuage de poussière. Vêtue de cuir brun, un chapeau à large bord sur ses cheveux relevés en chignon, éperons aux bottes et revolver à la ceinture, elle avait l'air d'un cow-boy. Elle montait l'étalon noir qu'on lui avait amené. El Cid n'était encore qu'un poulain quand elle était partie. Il était devenu fort et racé. Elle l'aimerait autant que Princesa, son mustang mort avant son départ pour l'Est.

Les premiers jours, Samantha voulut mettre le plus de distance possible entre elle et le lieu de son déshonneur. Mais au bout d'une semaine, Manuel insista pour ralentir l'allure. Il ne voulait pas qu'elle arrivât fourbue. Ils ne parcoururent plus qu'une vingtaine de miles par jour, cadence que les chevaux n'avaient pas de mal à suivre. Ils faisaient halte dans chaque ville et elle put constater que les avis de recherche concernant Hank étaient bien placardés. Dès lors, elle devint nerveuse. Aussitôt qu'elle apercevait un homme aux cheveux noirs et vêtu de sombre, son cœur se mettait à cogner et sa main cherchait son arme. Elle ne parvenait pas à se défaire de son image. C'était absurde. C'était elle qui le traquait et pas le contraire.

La petite troupe passa enfin la frontière mexicaine et Samantha s'en trouva apaisée, bien qu'il leur restât encore une bonne semaine de route. Les jours semblaient moins longs, moins monotones aussi, dans un paysage désormais familier avec ses plaines immenses, ses collines ondoyantes et au loin la chaîne de la Sierra Madre.

Elle aimait ces montagnes ! Les revoir lui donnait l'impression d'être déjà chez elle et de se promener, comme à son habitude, dans la prairie en compagnie de quelques vaqueros. Il leur arrivait de dormir à la belle étoile et, lorsqu'ils campaient à proximité des montagnes, elle partait seule explorer grottes et ravines, retrouvant les pistes que les Indiens empruntaient depuis des siècles, découvrant de merveilleuses vallées cachées et des villages en ruine. Elle soupira. Elle ne se sentait plus si jeune, si intrépide. Ces années passées loin de chez elle l'avaient mûrie et plus particulièrement ces derniers mois.

A la mi-avril, par un après-midi ensoleillé, ils arrivèrent au ranch. La grande maison basse, aux stucs d'adobe, apparut. Devant la porte, Hamilton Kingsley attendait que sa fille mît enfin pied à terre. A la vue de son père, Samantha se sentit très émue. Elle courut vers lui. Elle était enfin en sécurité. Elle était chez elle. Personne ne pouvait lui faire de mal quand ses bras l'entouraient. Elle s'écarta et regarda l'homme robuste, dont elle avait souvent bravé l'autorité mais qu'elle adorait. Il était resté le même...

— Eh bien, ma fille, suis-je reçu à l'examen ?

Il rit, les yeux pleins de larmes contenues.

— Vous n'avez pas changé !

— Toi si. Tu n'es plus ma petite fille. Je n'aurais jamais dû t'envoyer à l'école. Diable ! Tu es partie beaucoup trop longtemps. Tu m'as manqué, mon enfant.

— Vous m'avez manqué, vous aussi. Je regrette de n'être pas rentrée plus tôt. Je le regrette tant, si vous saviez !

— Allons, allons. Je ne veux pas de larmes dans ces yeux-là. Viens.

Ils pénétrèrent dans le hall qui débouchait sur le patio planté de fleurs et de vigne vierge et sur lequel donnaient toutes les pièces de la maison.

— Maria ! Notre petite fille est de retour ! Viens voir comme elle a grandi !

La grosse domestique mexicaine arriva en courant de la cuisine et Samantha s'élança à sa rencontre. Maria avait à peine changé. Il y avait seulement quelques fils argentés de plus dans ses cheveux noirs. Et quand elle entoura la jeune fille de ses bras replets, ce fut avec la même tendresse que par le passé.

— Mais regardez-vous ! Vous avez beaucoup trop grandi ! Vous êtes une femme maintenant !

— Plus jolie ? dit Samantha.

— Ah ! Toujours aussi coquine ! Vous voulez des compliments !

— Mais tu ne m'en fais jamais.

— Ce n'est pas vrai ! Vous êtes une petite menteuse. Est-ce donc là ce que l'on vous a appris dans votre belle école ?

Samantha et son père réprimèrent un sourire.

— Voyons, Maria ! Tu sais que c'est pour te taquiner, dit Hamilton Kingsley.

— Elle le sait, père. Mais il faut qu'elle fasse toute une histoire.

— Ah ! Je n'admets pas d'insolences de la part d'une jeune fille.

Maria simulait la sévérité.

— Mais ne viens-tu pas de dire que j'étais une femme ? Il faut te décider.

La cuisinière leva les bras au ciel.

— J'ai passé l'âge de ces malices, mon enfant. Laissez donc tranquille la vieille femme que je suis.

— A la condition que tu fasses un poulet au riz pour le dîner.

Maria se tourna vers Hamilton.

— Là, je vous l'avais bien dit ! A cause de ce démon, je ne peux même pas lui préparer son plat préféré !

Elle cracha par terre.

— Maria ! dit Hamilton.

— Mais qu'y a-t-il ? Il n'y a pas de poulets ?

Ignorant le regard de son maître, Maria répondit avec colère :

— Pas un seul, ma mignonne. Ils se sont envolés comme ça.

Elle claqua des doigts.

— Ils ont disparu ?

Elle acquiesça.

— Mais votre père me lance des regards noirs. Je me tais maintenant.

La grosse femme retourna à la cuisine.

— Que voulait-elle dire, père ?

— Rien, Sammy. Tu sais comme Maria dramatise toujours tout.

— Mais comment les poulets ont-ils pu disparaître à moins d'être volés ? Ce ne sont pas nos gens. Savez-vous qui est le voleur ?

Il secoua la tête.

— Je n'ai que des soupçons. Mais tu n'as pas à t'inquiéter. Jorge est allé acheter des volailles. Tu auras ton plat favori. Pourquoi ne vas-tu pas te reposer avant le dîner ? Tu dois être fatiguée. Nous parlerons plus tard.

Samantha sourit, toute à la joie de se retrouver chez elle. Le mystère des poulets volés fut bien vite oublié.

— A dire vrai, c'est surtout d'un bon bain que j'ai envie. Cela fait des mois que je rêve de me plonger dans le superbe tub que vous m'avez offert.

— Je suis heureux que tu apprécies mes cadeaux.

— Eh bien, je cours m'en servir ! A plus tard, père. Quel plaisir d'être de retour !

Et elle l'embrassa. Elle retrouva sa chambre au plafond haut avec ses murs blanchis à la chaux. La vieille couverture à carreaux qu'elle aimait recouvrait toujours le lit. Une commode de chêne surmontée d'un miroir servait de coiffeuse. Sur les tables de chevet, il n'y avait ni les bibelots ni les petits objets féminins que l'on trouve d'ordinaire dans une chambre de jeune fille. La pièce était spacieuse, nette, sobrement meublée. Elle était restée telle qu'elle l'avait laissée. Elle avait été un garçon manqué dédaignant les fanfreluches. Elle ferait peut-être installer une jolie coiffeuse, des rideaux de dentelle, des napperons brodés pour les tables de chevet et peut-être aussi une glace sur pied. Elle ne refusait plus sa féminité. On ne pouvait se révolter éternellement contre une enfance dominée par une grand-mère trop sévère ! Elle procéda à un rapide examen de sa vieille garde-robe. Ses vêtements iraient encore en les rallongeant un peu. De toute façon, elle en ramenait de nouveaux, achetés dans l'Est, et ne garderait probablement que ses tenues de cheval.

Le dîner fut succulent. Maria s'était surpassée. Il y avait du riz à l'espagnole accompagné de poivrons et de steaks épais ; des « frijoles », purée de haricots noirs revenue dans de la graisse de bacon. Samantha se gava de « tortillas ». La cuisine mexicaine lui avait manqué ! Si elle s'absentait de nouveau, elle ne partirait pas sans Maria !

Le repas fini, ils passèrent au salon. Samantha insista pour que Maria les y rejoignît. La vieille femme faisait partie de la famille bien qu'elle eût mari et enfants. Samantha évoqua à peine son collège ; elle avait envoyé des lettres détaillées au cours de ses années d'études. Son père et Maria étaient bien plus intéressés par le récit de son voyage et la description de ses amis, les Allston. Hamilton posa de nombreuses questions mais elle se contenta de généralités sur Jeannette et Adrien. Elle ne dit rien de ses sentiments pour le jeune homme. Son père attribua sa description peu flatteuse d'Elisabethtown à l'atmosphère factice d'une ville en expansion. Elle ne dit pas un mot de Hank Chavez. Elle désirait cacher cet épisode humiliant. Si l'on retrouvait sa trace, il serait toujours temps d'expliquer pourquoi elle avait porté plainte contre cet individu.

Puis ce fut son tour d'interroger. Que s'était-il passé en son absence ? Un mariage et quatre naissances parmi les familles de leurs employés. A la suite de nombreux accidents, on avait dû fermer une mine de cuivre. Quelques têtes de bétail avaient disparu, et par manque de personnel on n'avait pu envoyer que six vaqueros à sa rencontre. On avait construit des bâtiments et on en avait réparé d'autres, des détails sans intérêt. Hamilton changea de sujet.

— Le fils de Don Ignacio est souvent venu prendre de tes nouvelles, Sammy.

— Ramon ?

— Oui, il est devenu beau garçon.

— Vous voulez dire bel homme. Ramon a plusieurs années de plus que moi.

Hamilton haussa les épaules.

— Je l'ai vu grandir, Sammy. C'est comme toi. Tu resteras toujours ma petite fille.

— Je me sens toujours votre petite fille. Mais peut-être pourrions-nous oublier quelquefois que je ne suis plus une enfant...

Il rit.

— Entendu. Oui, comme je le disais, Ramon Baroja est devenu beau garçon. Tu seras étonnée en le revoyant. Il a dû prendre une bonne douzaine de centimètres depuis ton départ.

— Et comment va sa famille ?

— Bien.

— Très bien même, dit Maria, étant donné qu'ils n'ont pas eu nos ennuis...

Hamilton s'éclaircit la gorge.

— Je prendrais volontiers un peu de cognac, Maria.

— Quels ennuis ? dit Samantha.

— Ce n'est rien, répondit son père. Des vagabonds qui ont tué du bétail. Ce n'est pas la première fois.

Samantha observa Maria qui partait en secouant la tête. Que se passait-il ? Les poulets, la mine, les bêtes qui disparaissaient, le bétail tué... Son père semblait vouloir minimiser les faits. N'était-ce vraiment rien de grave, ou bien désirait-il ne pas l'inquiéter ?

— Ramon viendra peut-être te rendre visite demain, dit Hamilton. En fait, il est venu tous les jours. Il craignait sans doute de n'être pas prévenu de ton arrivée.

— Pourquoi est-il si impatient de me revoir ?

— Tu lui as manqué. Il est toujours célibataire.

— On dirait que vous voulez nous marier, père, dit-elle. Vous seriez heureux d'une union avec Ramon, n'est-ce pas ?

— Il ferait un bon mari. Ne crains rien, Sam, ce n'est pas à moi de te dire qui tu dois épouser. Je pense que tu écouteras ton cœur.

— De toute façon, le mariage est la dernière de mes préoccupations.

Son père ne remarqua pas l'amertume de sa voix.
— Tant mieux ! Après tout, tu viens à peine de rentrer. Je n'ai guère envie de te perdre à nouveau, ma chérie.
— Ne m'appelez pas ainsi !
Il la regarda avec surprise.
— Comment ?
— Ne m'appelez pas ainsi ! dit-elle. Excusez-moi, père. Je ne sais ce qui m'arrive.

Elle était troublée. Ces deux mots avaient réveillé le souvenir de Hank Chavez. Son père ne pouvait comprendre. Elle avait dû sembler odieuse. Il ne devait rien savoir de sa pitoyable affaire. Il se faisait déjà trop de souci à son égard. Il fallait taire ce moment d'abandon dans les bras de Hank Chavez. Abandon qu'elle se rappelait avec abattement avoir désiré.

— Je dois être fatiguée, dit-elle. J'ai mal dormi la nuit dernière, j'étais si heureuse d'arriver.

Son père acquiesça.
— Et moi qui te fais veiller ! Va vite te coucher, Sam.
— Oui.

Elle se pencha pour l'embrasser.
— A demain matin. Bonne nuit, Sammy.

Elle s'éloigna contrariée. Son père lui avait toujours dit « ma chérie ». Et ce terme d'affection lui était devenu insupportable à cause de Hank Chavez.

13

Froilana Ramirez vint réveiller Samantha. A vingt-trois ans, la plus jeune des filles de Maria était encore célibataire, malgré les nombreuses demandes en mariage qu'elle avait reçues. Elle attendait le prince charmant, « celui pour qui j'aurai le coup de foudre, disait-elle. Il faut qu'il soit fort et beau, d'une beauté renversante ». Ces rêves extravagants avaient toujours fait sourire Samantha pour qui les garçons n'étaient bons qu'à se faire battre à la course. Elle l'emportait toujours sur Ramon et ses autres camarades de jeux, même sur les plus âgés. Depuis son retour, elle comprenait mieux les rêveries de la jeune Mexicaine. De son lit, elle l'écoutait jacasser. C'était une fille vive et jolie, avec des cheveux soyeux, de grands yeux bruns et un teint doré. Son grand défaut était son incessant bavardage.

— ... Désormais, nous sommes toutes deux des femmes, disait-elle.

— Sans doute, répondit Samantha.

Et elle se leva. Froilana s'était toujours montrée des plus coquettes. Elle avait treize ans lorsqu'elle était arrivée en Amérique. Hamilton Kingsley habitait alors le Texas. L'année suivante, devant la menace de guerre civile aux États-Unis, il s'était installé au Mexique avec les Ramirez. Bien que ce pays traversât une période de troubles, ils avaient su rester neutres, et n'avaient pas été inquiétés. Ils étaient demeurés dans le Nord, région moins touchée par l'agitation révolutionnaire.

— Vous ne vous moquez plus de moi quand je parle mariage, dit Froilana. Les hommes ne vous sont-ils plus indifférents ?

En bâillant, Samantha se dirigea vers la salle de bains attenante à sa chambre. On y remplissait la baignoire à l'aide de seaux, un tuyau relié à l'extérieur permettait de la vider. La cuvette d'eau froide, apportée par Froilana, était posée sur un guéridon.

— Oh, je ne sais pas, Lana, répondit-elle. Les hommes sont parfois bien trompeurs. Je crois que je peux me passer d'eux encore quelque temps.

— Il ne faut pas dire ça...

— Mais si, je t'assure.

— Qu'allez-vous faire quand le jeune Ramon viendra demander votre main ? Il le fera, croyez-moi. Il a toujours été amoureux de vous, même quand vous étiez enfants.

Samantha s'éclaboussa le visage d'eau fraîche et saisit une serviette pour s'essuyer.

— Ramon fait ce qu'il lui plaît. C'est moi qui déciderai et pas mon père. Comment pourrais-je savoir ce que je dirai quand je ne l'ai pas vu depuis trois ans ?

— Il vous plaira, maîtresse.

— Maîtresse ? dit Samantha. Lana ! Tu ne m'as jamais appelée ainsi.

— C'est que... vous avez changé. Vous êtes une dame, maintenant.

— Tu dis des bêtises. Je n'ai pas changé à ce point. Appelle-moi Sam, comme tu l'as toujours fait.

— Oui, Sam, répondit Froilana.

— Voilà qui est mieux. Quant à Ramon et sa demande en mariage, c'est le dernier de mes soucis. Je peux me passer d'un mari pour l'instant.

— La perspective de le revoir ne vous réjouit-elle pas ?

— Ma foi, non ! Je suis si heureuse d'être à la maison que je ne désire rien de plus.

— Et que pensez-vous de « El Carnicero » ?

Samantha la regarda avec curiosité.

— « El Carnicero », le « Boucher » ? Qu'est-ce que c'est que ce nom ?

— On dit qu'il coupe ses ennemis en morceaux et les donne à manger à ses chiens, dit Froilana.

— Lana ! Mais c'est effroyable !

Froilana haussa les épaules.

— Cette histoire-là, je ne la crois pas, mais les autres, si. Il paraît qu'il est très fort, très cruel, laid à faire peur, et qu'il a toutes les femmes qu'il veut. Je me demande...

— Mais Lana, de qui parles-tu ? Quel est cet individu qui te fascine tant ?

Froilana ouvrit de grands yeux.

— Vous n'êtes donc pas au courant ? Le maître ne vous a rien dit ?

— Non.

— Oh ! la la ! Maman va me gronder.

— Mais pourquoi ? Tu ne m'as presque rien raconté. Qui est « El Carnicero » ?

— Non, non ! Je ne sais rien, je m'en vais.

— Lana !

La jeune fille se précipita hors de la pièce, laissant Samantha perplexe.

Elle enfila une jupe-culotte de daim vert et une chemise de soie jaune.

Le « Boucher » coupait ses ennemis en morceaux ! Qui donc pouvait tuer par ces temps de paix ? Un ancien général de la révolution ? Il y avait eu des guerriers redoutables dans les deux camps. Un hors-la-loi ? Un homme à la solde du gouvernement ? Après avoir fait la révolution, Juarez était devenu président. Il y avait encore bien du désordre dans le pays. Elle se hâta de rejoindre son père à la table du petit déjeuner sur laquelle attendaient des gâteaux de maïs, du jambon et un café à l'arôme délicieux.

— Qui est « El Carnicero » ? dit-elle.

Son père se carra dans sa chaise.

— Qui t'en a parlé ?

— Peu importe. Qui est-ce ?

— Quelqu'un dont tu n'as pas à te soucier.

— Père, vous éludez ma question. Pourquoi ne m'avez-vous rien dit ?

— C'est un bandit célèbre qui sévit dans le sud du Mexique depuis plusieurs années.

— Et peut-on savoir pourquoi tout le monde ici s'intéresse tant à lui ?

Hamilton soupira.

— Parce qu'il vient d'arriver dans la région. Il se tient avec ses hommes dans les Sierras de l'Ouest.

— On sait où il se cache et personne n'a cherché à l'en déloger ?

— Samantha, il est impossible de trouver quelqu'un qui se dissimule dans ces montagnes.

Elle comprit soudain.

— C'est lui qui est à l'origine de vos ennuis ?

— Je n'en ai pas la preuve.

— Et le vol du bétail ?

— C'est possible. Nos gens disent que c'est lui. Pour une obscure raison, ce bandit m'aurait déclaré la guerre. Mais j'en doute. Cela n'a aucun sens. D'abord, je ne l'ai jamais rencontré, ensuite, les Sierras sont bien à trois ou quatre jours de cheval d'ici.

— Ce qui vous inciterait à penser que ce n'est pas lui ?

— Oui. Il y a des ranches plus proches des montagnes, il pourrait les piller avec la même facilité. Pourquoi viendrait-il jusqu'ici ? Et puis il y a autre chose. On dit que c'est un tueur impitoyable ; jusqu'à présent, personne n'a été blessé. Personne ne l'a jamais vu non plus, ni lui, ni aucun de ses hommes. On prétend qu'il ne se déplace jamais sans une bonne douzaine d'acolytes, et pourtant, à chaque incident, on ne relève que très peu de traces.

— Il pourrait aussi bien s'agir de simples vagabonds, de voleurs de passage.

— Tout juste.

— Mais alors, pourquoi tout le monde en parle-t-il ?

Hamilton haussa les épaules.

— Un bandit qui vous déclare la guerre est une aventure excitante. On adore les situations dramatiques. Le nom d'« El Carnicero » est sur toutes les lèvres parce qu'il fait peur. Le danger fascine.

— Parce qu'il y a du danger ?

— Mais non. Ne te mets pas à croire à ces bêtises, toi aussi. Je ne t'avais rien dit pour ne pas te tracasser.

— Oh, je ne m'en fais pas. Nous avons déjà eu des bandits dans les parages.

— Bon, je suis content que tu te montres raisonnable. Tu as mis ta tenue de cheval. T'apprêtais-tu à sortir ?

Elle lui adressa un sourire.

— J'ai hâte de reprendre mes vieilles habitudes. J'ai toujours aimé monter à cheval le matin.

— J'espère que tu ne vas pas recommencer ces randonnées insensées à travers la prairie.

— Non, père, rassurez-vous, je ne me livrerai plus à de telles expéditions. Mes années de folie sont passées.

— Tu ne peux pas savoir comme j'en suis heureux ! Et j'espère que tu auras la sagesse de ne plus sortir seule.

— Sur nos terres ? Voyons, père, ne soyez pas ridicule.

— Écoute, Sammy, tu n'es plus une enfant. Une jeune femme ne doit pas sortir sans être accompagnée.

— Ne nous disputons pas, je vous en prie. Je ne vais pas renoncer à ma liberté parce que j'ai grandi...

— Sammy...

— Ah, vous avouez enfin ! (Une certaine inquiétude dans la voix de son père ne lui avait pas échappé.) Ce bandit vous tracasse, n'est-ce pas ?

— Un peu de prudence ne nuit à personne.

Elle hésita.

— Très bien, père. Je ferai comme vous le voulez, pendant quelque temps...

Elle se leva de table puis, sur le seuil de la porte, ajouta, un sourire aux lèvres :

— Ces précautions sont inutiles, vous savez. Les vaqueros ne sont pas aussi rapides que moi. Ils ne l'ont jamais été.

Samantha galopait vers le sud. Les deux hommes

qui l'accompagnaient étaient loin derrière elle. El Cid semblait s'envoler. C'était enivrant ! La superbe selle de cuir et d'argent incrustée d'or brillait au soleil.

Au sommet d'un mamelon, elle mit pied à terre. La plaine s'étendait à perte de vue, parsemée de cactus et de quelques arbres solitaires. A l'ouest, les montagnes de la Sierra Madre. Elle fronça les sourcils. Une colonne de fumée s'élevait dans le ciel. Elle sauta en selle, rejoignit ses deux compagnons et leur montra la fumée. Elle éperonna son cheval. La cabane, à la lisière du domaine, n'était plus qu'un tas de décombres fumants. Elle inspecta les alentours.

— Qui donc a pu faire ça ?

— « El Carnicero », répondit Luis.

Luis était le fils aîné de Maria et de Manuel.

— Enfin, Luis, regarde autour de toi. Vois-tu des traces de pas ou de chevaux ?

— Non, mais c'est « El Carnicero ». Le feu est presque éteint. Il a eu le temps de s'enfuir. C'est la deuxième fois cette semaine que ça se produit ici.

— Tu veux dire que cette cabane avait déjà été détruite et que vous l'aviez reconstruite ?

— Tout juste. On a terminé hier.

— Combien y a-t-il eu d'incendies ces derniers temps ?

— Neuf en deux semaines.

— Neuf !

Luis hocha la tête.

— On a beaucoup perdu ce jour-là ! Des provisions, du matériel... Tout a brûlé. Et si près des maisons ! « El Carnicero » n'a peur de rien.

En rentrant au ranch, elle garda le silence.

Son père lui avait donc menti la veille : les bâtiments avaient été détruits. On ne les avait pas réparés, mais reconstruits. Que lui cachait-il d'autre ?

14

Dans l'écurie, Samantha reconnut le mustang de Ramon et la selle incrustée d'argent aux initiales de Ramon Mateo Muñez de Baroja. Elle voulait tirer les choses au clair et préféra d'abord rendre visite à Manuel. Ramon l'attendrait.

Les communs se trouvaient de l'autre côté du corral de marquage. Sur les marches de sa petite maison au porche fleuri, Manuel déjeunait d'un « chili » et de tortillas.

— Bonjour, Sam, dit-il. On vous attend à la maison. Vous étiez à peine partie que Ramon est arrivé.

— Oui, je sais.

Elle s'assit à côté de lui et ôta son chapeau.

— Il faut que je vous parle, c'est important. Vous connaissez mon père, peut-être mieux que moi... D'après vous, pourquoi m'aurait-il menti ?

Manuel eut l'air amusé.

— A quel propos vous aurait-il menti ?

— A propos des ennuis que nous avons. Il ne m'en a rien dit et si Lana...

— Lana ! Ma fille a la langue bien pendue ! Si le maître ne vous a rien dit, elle aurait dû se taire.

— C'est ridicule ! Tout le monde ne parle que de ça. Tôt ou tard, j'aurais fini par découvrir quelque chose. Hier soir, père m'a dit qu'on avait dû réparer les cabanes à la lisière du domaine, et aujourd'hui, j'apprends qu'il n'y a pas eu de réparations, mais qu'elles ont été reconstruites à la suite d'incendies criminels.

— Votre père ne vous a pas menti, Sam. C'est vrai, il y a eu de nombreux travaux depuis votre départ. Il ne se passe pas d'année sans que l'on remette en état une chose ou une autre.

— Bon, je veux bien. Mais pourquoi ne m'a-t-il pas parlé des incendies ? La remise a brûlé et il se contente de me dire qu'il en a fait construire une nouvelle.

— Il est assez préoccupé depuis quelque temps...

— Il y a de quoi, avec ces vols, ces feux, et Dieu sait quoi d'autre ! Serait-ce un coup d'« El Carnicero » ?

— Comment puis-je le savoir alors que je viens de rentrer ? Tout allait bien. J'ai entendu parler de lui pour la première fois hier soir. Maria m'a échauffé les oreilles avec ce bandit !

— Enfin, est-ce lui ou s'agit-il d'une coïncidence ? Mon père dit que ce pourrait être des vagabonds.

— Des vagabonds ? Non. Pourquoi mettraient-ils le feu à des remises et détruiraient-ils une mine ?

— Ils ont détruit une mine ?

— D'après Luis, c'est une charge de dynamite qui a provoqué l'écroulement de la mine.

— Et dire qu'il ne m'a parlé que d'accidents ! Des accidents ! Manuel, une autre remise vient de brûler. Les décombres fumaient encore quand je suis arrivée.

— Vous auriez pu vous trouver là quand ils ont mis le feu... Vous auriez pu être tuée !

— Mais non. Ils n'étaient sans doute pas plus de deux.

Manuel leva les bras au ciel.

— Un seul homme suffit pour allumer un incendie mais il peut avoir des complices.

— Nous n'avons pas de preuve. Je n'ai relevé aucune trace.

— Luis m'a dit qu'on n'en trouvait jamais. Pourtant, des hommes auraient pu se cacher dans les parages pour observer. Il semble qu'ils sachent toujours où sont nos gens. Lorsqu'ils attaquent, il n'y a jamais personne à proximité. Mais vous, Sam, il est difficile de vous surveiller. Il est dangereux de vous promener, même avec une escorte. Il faut que j'en parle au maître.

Samantha exigea de savoir ce que Maria lui avait dit la veille.

Il raconta l'explosion de la mine, le vol des poulets, le bétail décimé et les incendies, deux douzaines de mustangs et plus d'une centaine de bêtes disparues, et puis, la lettre C tracée avec du sang sur toutes les portes du ranch. « El Carnicero » signait-il ses exploits ou bien se servait-on de lui ? Et ce n'était pas tout. On avait trouvé deux messages : l'un sur la carcasse d'une vache morte, l'autre fixé sur la porte d'entrée à l'aide d'un poignard.

— C'est pour cela qu'on prétend qu'il a déclaré la guerre à mon père. Quelle était la teneur des messages ?

— Le maître est le seul à le savoir. Il n'en a parlé à personne. Ces attaques ressemblent à une déclaration de guerre.

— Mon père n'a-t-il pas l'intention de prévenir les autorités ?

— Que peut faire l'armée ?

Manuel semblait assez désabusé. Il expliqua à Samantha :

— Votre père a envoyé des hommes relever les traces qui s'évanouissaient après quelques miles. Il a posté, la nuit, des gardiens autour du ranch et l'on ramène le bétail et les chevaux près du domaine.

— Est-ce tout ?

— Que peut-on faire d'autre ? Le ranch est trop grand. Ils attaquent nos points faibles quand il n'y a personne. On ne les voit jamais.

— Ah, si je le tenais ! dit-elle.

— Sainte Mère de Dieu ! Priez de ne jamais le rencontrer. On dit qu'il hait les gringos et les tue avec plus de plaisir que tout autre ennemi.

— Savez-vous autre chose de lui ?

Manuel se leva.

— Le vieil homme que je suis a beaucoup à faire, ma petite...

— Non, Manuel, restez.

Elle l'attrapa par le bras et l'obligea à se rasseoir.

— Vous ne m'avez pas tout dit !

— Sam...

— Je veux tout savoir !

Il soupira.

— Je l'ai vu une fois. Il y a des années. Le maître m'avait envoyé à Mexico pour acheter cette bassine où vous prenez vos bains.

— Ma baignoire ? dit-elle.

— Oui. Au retour, j'ai fait une halte à la « cantina » d'une petite ville dont j'ai oublié le nom. On venait d'y amener « El Carnicero ». On l'avait arrêté et il était blessé. On racontait qu'il avait massacré un village entier, y compris les femmes et les enfants.

Samantha pâlit.

— En êtes-vous sûr ?

— Pourquoi les soldats auraient-ils menti ? Ils y étaient. C'était au temps de la révolution. Il y a eu beaucoup d'innocents tués des deux côtés et par les deux armées.

— « El Carnicero » était-il un soldat ou un guérillero ?

— Il passait d'un camp à l'autre, se mettant du côté du vainqueur. Je ne sais si c'est vrai...

— Et que s'est-il passé quand vous l'avez vu ? Est-il aussi laid que le prétend Lana ?

Manuel haussa les épaules.

— Qui peut dire si un homme est laid ? Il était sale et couvert de sang, une tignasse noire, plutôt trapu, le corps comme un tonneau, de longs bras énormes. Si l'on peut dire qu'un individu est laid parce qu'il ressemble à un démon, alors oui, il était hideux !

— L'a-t-on emmené à Mexico ?

— Non, on l'aurait exécuté sur-le-champ s'il n'avait réussi à s'échapper sous mes yeux, pendant que les soldats se désaltéraient à la « cantina ». Ses hommes s'étaient glissés dans la ville et le libérèrent après avoir tué les gardes. Et il recommença ses pillages et ses massacres.

— Il ne commet pourtant pas de meurtres, ici, dit-elle.

— Non, c'est vrai.

— Que pensez-vous de tout cela ?

— Et vous ?

— Je n'ai pas d'opinion ! Je n'y ai pas encore réfléchi.

— Moi non plus. Vous oubliez que je suis arrivé en même temps que vous.

— Au moins, Maria était là pour tout vous raconter. Moi, j'ai dû vous arracher la vérité.

— Maintenant, Sam, vous en savez aussi long que moi.

— Bon. Il me reste encore à découvrir le contenu de ces messages. Il serait temps que mon père se montre plus bavard.

Elle se leva et se dirigea vers la maison. Elle entra dans le patio et se heurta à un homme de taille moyenne. Il portait un boléro et des pantalons évasés en peau de chamois brodée. Il y avait longtemps qu'elle n'avait pas vu le costume espagnol et elle sut que c'était Ramon de Baroja. Elle l'avait oublié.

— Ramon.

Après un instant d'hésitation, elle l'embrassa sur la joue, comme elle l'avait toujours fait. Ce nouveau Ramon en imposait. Une moustache blonde barrait son visage d'adulte. C'était un inconnu, et non plus le camarade de jeux qu'elle appelait « blanc mouton ». Elle aimait à le taquiner, parce qu'il était le seul de sa famille à être blond.

— Samantha !

Il lui adressa un grand sourire.

— Samantha ! J'avais oublié comme tu étais jolie, et à présent...

— Je sais, je sais, répondit-elle. J'ai grandi. Je suis devenue une femme.

— A présent tu es vraiment belle !

Et sans la laisser répondre, il l'enlaça. Il n'y avait rien de fraternel dans ce baiser qui se prolongeait. Elle recula.

— Comment oses-tu ?

— Toujours aussi farouche !

— En effet. Je tiens à ma liberté...

Elle se tut. Le mal qu'elle s'était donné pour gagner Adrien l'avait aveuglée. Se serait-elle aussi méprise sur Hank Chavez ? Elle devait l'oublier !

Avec un rire, elle ébouriffa les cheveux de Ramon, esquiva la main qui tentait de l'attraper et partit en courant vers le salon. Il la suivit. Elle s'arrêta au milieu de la pièce.

— Mon père n'était-il pas avec toi ?

— Si, il m'a tenu compagnie plusieurs heures pendant que je t'attendais.

Elle ignora sa remarque.

— Où est-il parti ?

— Il est parti. Un de vos vaqueros est venu l'avertir d'un incendie.

— La cabane à l'ouest du domaine ?

— C'est cela.

— J'avais besoin de lui parler et je ne sais pas quand il va rentrer.

— Nous pouvons bavarder tous les deux. J'ai attendu ton retour... Viens, asseyons-nous.

Elle se laissa distraire. Une fois Ramon parti, « El Carnicero » reprit le dessus. Ces actes de vandalisme cachaient quelque chose. Son père devait en savoir bien plus qu'il n'en disait. Elle ne serait plus dupe des : « Ne t'en fais pas, Sam. Il n'y a pas de quoi s'inquiéter ».

Hamilton rentra tard dans la nuit. Elle s'était assoupie. Il ne la réveilla pas.

15

L'aube naissait. Sa lumière rose baignait la plaine. A l'ouest, le ciel d'un bleu foncé ourlait de violet les montagnes. A l'est, il était éclairé de rouge et d'orange.

Samantha s'éveillait rarement d'aussi bonne heure. Elle était tout habillée et se souvint de s'être allongée pour attendre son père. Elle devait lui parler ce matin avant son départ. Elle attendrait derrière sa porte ! Car il tenterait de l'éviter.

Elle se leva. La fraîcheur du matin pénétrait par la fenêtre. Elle enleva ses vêtements et enfila une jupe-culotte de daim, ainsi qu'une blouse de lin jaune. Elle prit aussi sa veste de daim à franges, celle qu'elle préférait et dans laquelle elle se sentait un vrai cow-boy. Son arme était accrochée au pied du lit. Elle la laissa. Quelques coups de brosse, un lacet de cuir autour de ses cheveux, ce fut toute l'attention qu'elle s'accorda. Déjà, la lumière du jour entrait dans la chambre. Elle s'approcha de la fenêtre. Quel temps allait-il faire ? Ses doigts agrippèrent le rebord.

— Mon Dieu ! Ce n'est pas possible !

Un écran de fumée s'élevait dans le ciel, masquant les montagnes. C'était assez loin, du côté des champs. Elle saisit chapeau et revolver, sortit en courant et fit irruption chez son père.

— Ils ont incendié les champs !

Hamilton regardait sa fille aller et venir, pendant qu'elle attachait la courroie de son arme.

— Réveillez-vous ! Il est trop tard pour sauver les

récoltes, mais Juan et son petit garçon sont là-bas. Ils risquent leur vie.

Il se précipita à bas du lit.

— Je cours faire seller les chevaux et prévenir les hommes, dit-elle. Retrouvez-moi en bas et vite !

Et elle quitta la pièce.

— Sam, attends ! Toi, tu restes ici !

Il savait qu'il appelait en vain et qu'elle n'était pas disposée à lui obéir. Dès les premiers temps de leur vie commune, elle s'était montrée rebelle à toute contrainte. Il l'avait trop gâtée. C'était sa faute si elle était si indépendante. Il avait cru qu'un séjour dans un collège de l'Est tempérerait ce caractère impétueux. Il eut une grimace en songeant à Samantha en jupe-culotte, un revolver à la ceinture. Samantha... Un bien meilleur tireur que lui ! Elle aurait dû aimer la soie et les dentelles. Pourquoi fallait-il qu'elle fût si différente des autres ? Et comme il l'aimait, malgré tout ! Il n'avait pas revu Sheldon depuis son plus jeune âge et leur séparation l'avait fait souffrir. C'était comme si son fils n'avait plus existé. Samantha était tout ce qu'il lui restait.

Il enfourcha son cheval ; elle s'éloignait déjà au grand galop. Il ne voulut pas courir le risque de prendre tous ses hommes avec lui et de laisser le ranch sans protection. Il choisit dix de ses meilleurs cavaliers. Cet incendie après tout pouvait être un piège pour les attirer loin de la maison. C'était aussi bien que Samantha fût partie.

A la suite du dernier message, Hamilton avait acquis la conviction que « El Carnicero » était l'auteur de ces méfaits. Il avait l'audace de lui ordonner de quitter le Mexique ! Il ne pouvait pourtant s'empêcher de prendre cet ultimatum au sérieux. Il ne laisserait personne, fût-ce un hors-la-loi, lui dicter sa conduite. Avant de se soumettre, il le traquerait dans les montagnes avec une armée de mercenaires et le tuerait. Il était temps d'agir.

A mesure qu'ils approchaient des champs incendiés, la fumée s'épaississait. Samantha avait vu juste. Les récoltes étaient perdues. La terre calcinée ne brûlait plus, mais le feu grondait toujours dans les cabanes qui abritaient les paysans à l'époque des moissons. Avant que Hamilton n'ait pu l'en empêcher, Samantha se rua vers les habitations. Elle fut la première à apercevoir Juan. Il était appuyé contre un arbre et se tenait la tête à deux mains. Son fils, un petit garçon de sept ans, était allongé sur l'herbe, il paraissait terrorisé.

— Juan !

Et elle sauta à terre. Il sanglotait, une profonde entaille au front.

Il releva la tête.

— Maîtresse ! J'ai essayé de les arrêter.

— Bien sûr, Juan.

— Ils étaient nombreux. L'un d'eux m'a frappé avec la crosse de son fusil. Ils menaçaient de tuer mon fils.

— Vous n'y êtes pour rien, Juan. Votre vie et celle de votre petit garçon sont bien plus importantes.

Il lui prit soudain le bras.

— Vous n'êtes pas seule, maîtresse ? Je vous en supplie, vous n'êtes pas venue seule ?

— Calmez-vous Juan. Mon père est ici. Nous allons vous ramener à la maison.

— Il faut partir. Ils sont toujours là.

Son père approchait.

— Avez-vous entendu ? lui dit-elle.

— Oui je sais. Regarde là-bas. Il ne faut pas s'attarder.

La fumée se dissipait. Elle aperçut sur la colline, au-delà du champ, une quinzaine d'hommes à cheval qui les observaient. Le soleil faisait briller les cartouchières croisées sur leurs poitrines ainsi que leurs longs couteaux. De larges sombreros leur cachaient le visage. Hamilton aida sa fille à se remettre en selle. Jamais elle ne l'avait vu ainsi.

— Sam, rentre tout de suite au ranch.
— Non.
Elle le défiait.
— Sam, rentre au ranch.
— Je ne pars pas sans vous.
— Pour l'amour de Dieu, m'écouteras-tu enfin ? Ils sont beaucoup trop nombreux.
— C'est vrai. Vous avez donc besoin de nous tous.
— Ce n'est pas le moment de désobéir. Nous n'allons pas nous exposer inutilement. Il s'agit peut-être d'un piège. Cette colline peut cacher d'autres hommes.
— Alors, partons ensemble.
— Va, maintenant. Nous te rejoindrons dès que nous aurons pris soin de Juan et de son fils.
Il fit signe à Manuel et à Luis de se tenir prêts.
— Je vous attends.
— Ne comprends-tu donc pas que chaque seconde est précieuse ? C'est la première fois que ces bandits se montrent, on dirait qu'ils s'enhardissent. Ils peuvent nous attaquer à tout moment.
— Je ne vous laisserai pas seul, père.
Furieux, il se tourna vers Juan et l'aida à se mettre en selle.

De l'autre côté du champ, les bandits ne bougeaient toujours pas. Qu'attendaient-ils ? Qu'on les attaque ? Ils cherchaient peut-être à l'intimider ? Kingsley et sa troupe firent demi-tour lentement, prêts à tirer. Les brigands ne les suivirent pas. Ils arrivèrent enfin au ranch. Juan fut emmené pour être soigné et Samantha suivit son père jusqu'au salon.

— C'est fini, et bien fini ! C'est la dernière fois que tu me désobéis.
— Voyons, père, ne pouvons-nous parler sans nous énerver ?
— Maintenant, tu fais la raisonnable, alors que là-bas, tu as risqué ta vie !

— Je ne vois pas les choses de cette façon.

— Tu ne vois jamais les choses telles qu'elles sont. Il serait temps de changer, tu n'es plus une enfant.

— Alors, cessez de me traiter comme telle. J'avais conscience du danger et j'aurais été capable de nous défendre... mieux que vous d'ailleurs. J'aurais pu abattre trois hommes avant que vous n'en touchiez seulement un.

— Le problème n'est pas là. Tu es ma fille, Samantha. Tu n'aurais même pas dû m'accompagner. J'ai le devoir de te protéger.

— Père, ces sentiments, je les éprouve aussi et il m'était impossible de vous abandonner.

Il se laissa tomber dans un fauteuil.

— Tu ne comprends pas, Sam. Je suis un vieil homme. Toi, tu as la vie devant toi. Tu es ce que j'ai de plus cher. Si jamais il t'arrivait quelque chose... Tu ne dois plus prendre de tels risques.

— Père, je vous en prie, ne dites pas ça; moi aussi, je n'ai que vous au monde.

— Non, Sam. Un jour, tu auras un mari et des enfants. Quand je pense à ce qui aurait pu se passer... Je n'aurais jamais dû te laisser quitter le ranch.

— Ne vous faites pas tant de reproches.

Il se redressa sur son siège.

— Je fais ce qui me plaît. C'est la dernière fois qu'une telle chose se produit, entends-tu ? Tant que nous ne serons pas en sécurité, tu resteras à la maison.

— Vous allez un peu loin.

— Je suis très sérieux, Sam. Il n'est plus question de promenades, même avec une escorte.

— Pas du tout !

— Tu m'écouteras ou bien je t'enfermerai à clé dans ta chambre !

— Pendant combien de temps ?

— Ne prends pas cet air offensé. Je ne fais que te priver de ta promenade du matin et uniquement par prudence. Je te demande de patienter une semaine. Je vais prévenir les autorités dès aujourd'hui. Si cela ne donne rien, j'organiserai alors ma propre expédition. On verra comment « El Carnicero » prendra les choses quand les rôles seront inversés !

— Vous admettez enfin la vérité ! J'accepte de ne pas quitter la maison, mais à une condition.

— Laquelle ?

Il la regarda avec méfiance.

— Dites-moi ce que contiennent les messages que vous avez reçus.

Il parut soulagé.

— Je ferai même mieux.

Il sortit et revint avec deux feuilles de papier chiffonnées.

— Tiens, lis.

Le premier message disait :

« Retourne chez toi, gringo. »

Le second était plus explicite.

« Gringo, le Mexique te hait. Si tu restes, tu mourras. Retourne chez toi. »

Ils étaient, tous deux, grossièrement écrits et signés d'un grand C.

— D'après Manuel, ce bandit déteste les Américains, dit-elle.

— Comme tu vois, il n'a pas lâché prise. Au contraire, il s'enhardit. Puisqu'il veut la guerre, il l'aura !

— Merci, père. Je vous promets de me tenir tranquille pendant une semaine, mais pas plus.

16

Les jours suivants furent plus calmes. Tout danger semblait écarté. L'armée mexicaine appelée par Hamilton Kingsley explora les montagnes. Dans un village abandonné, on retrouva des traces. Plusieurs hommes y avaient séjourné, mais les pistes ne menèrent nulle part. Selon toute vraisemblance, « El Carnicero » avait quitté la Sierra Madre et regagné le Sud. On tomba d'accord là-dessus et Samantha s'empressa de se joindre à l'opinion générale. La semaine touchait à sa fin. Impatiente de reprendre ses randonnées, elle dut obéir à son père qui la fit accompagner par quatre vaqueros.

— Il n'y a plus rien à craindre, dit-elle. Ils sont partis.

— Restons prudents. Il faut attendre avant d'en être tout à fait sûrs. Prends quatre hommes avec toi, Sam, et ne t'éloigne pas.

— Pourquoi ne m'avoir pas dit que je ne pourrais plus aller et venir à ma guise de sitôt ?

— Voyons, sois raisonnable. Je préférerais même te savoir ici. Donne-moi au moins l'assurance de te savoir protégée.

— Je patienterai une semaine encore. Pas plus. J'aurai ensuite toute liberté. Et vous tâcherez de ne plus me traiter comme une enfant !

— Marché conclu, à moins qu'il n'y ait du nouveau. Et ne t'amuse pas à semer ton escorte, Sam !

— Oh !

Elle sortit pour aller seller El Cid. Quatre hommes pour la protéger ! Ce serait elle qui les défendrait s'ils étaient attaqués ! Tant de précautions pour quelques heures de promenade ! Ramon la retrouva à l'écurie et s'efforça de la dérider. Elle avait oublié qu'ils devaient monter ensemble. Ils avaient renoué leur vieille amitié, elle aimait sa compagnie, mais il ne se comportait plus comme par le passé, ce qui l'ennuyait. Elle espérait qu'il n'était pas amoureux d'elle.

Ce matin-là, il était séduisant dans sa veste de cuir noir et ses pantalons qui s'évasaient au genou. Elle portait aussi une tenue de cuir souple ; jupe marron et gilet brodé de fils d'or. Sa blouse de soie moirée était fermée aux poignets par des boutons de manchettes. Ses cheveux relevés en chignon étaient coiffés d'un chapeau. Elle soupira. Elle aurait voulu donner un peu d'exercice à son cheval et il lui fallait aller au petit galop pour que ses compagnons puissent la suivre. Elle avançait de front avec Ramon, les quatre vaqueros une vingtaine de mètres derrière eux. Tout à coup elle eut un sourire mutin.

— Si on faisait la course jusqu'à la colline en lisière du domaine ?

Ramon secoua la tête.

— Non, Samantha, nous ne sommes plus des enfants.

— Je ne vois pas le rapport ! Allez, au premier arrivé !

— Non, ton père ne serait pas content.

Le sourire de Samantha devint persuasif.

— On fait un pari. Si je perds, je danserai la « jarabe » pour toi. Mais je ne perdrai pas !

Le regard de Ramon s'alluma. Il ne l'avait vue qu'une fois exécuter les danses mexicaines que Froilana lui avait apprises. Il avait alors dix-sept ans et elle l'avait bouleversé avec ce chemisier au décolleté profond, cet ample jupon rouge qui laissait deviner des bracelets aux chevilles, et ses cheveux défaits. Il avait envie de la voir danser de nouveau pour lui seul.

Il acquiesça. Elle éperonna sa monture et partit comme une flèche. Il la rattrapa aussitôt.

Un mile, puis deux les séparèrent des vaqueros. Libre enfin ! Elle bondissait dans les airs. Son chapeau, retenu par un lien, s'envola brusquement pour lui rebondir sur les épaules. Ils approchaient de la colline. Ramon perdait du terrain. La victoire était assurée. Riant de plaisir, elle arriva au sommet. Elle avait gagné. Elle fit volte-face et glissa à bas d'El Cid. Ramon était à mi-pente et les autres hors de vue.

— Je te l'avais dit, que...

Une main pressa sa bouche. Elle se débattit et chercha à saisir son arme. On la devança. Quand Ramon arriva, trois hommes lui faisaient face : l'un, cartouchières en croix sur la poitrine, deux pistolets à la ceinture, braquait un fusil dans sa direction, l'autre portait poncho et sombrero et tenait plusieurs chevaux dont El Cid, le troisième, un « zarape[1] » à rayures sur les épaules, menaçait Samantha de son arme. Affolé, Ramon dégaina. La détonation du fusil partit en même temps. Le coup, tiré presque à bout portant, le projeta à bas de sa monture. Il dégringola le long de la pente. Samantha mordit la main qui l'immobilisait et se rua sur Ramon qui tentait de se redresser. Il retomba, un trou à l'épaule.

— Ramon, courage ! Tout ira bien maintenant. Je vais te ramener au ranch et je te soignerai.

Elle parlait au travers de ses larmes.

— Il n'en est pas question, mademoiselle.

Elle se retourna. Les deux bandits l'avaient rejointe. Dans son désarroi, elle les avait oubliés. Elle espérait qu'ils n'en voulaient qu'à son argent.

Elle prit un ton assuré.

— Je vais le ramener chez moi. Vous pouvez prendre nos chevaux mais je vous préviens, mes hommes vont arriver d'un instant à l'autre. Tenez, prenez !

---

1. *Zarape :* sorte de châle porté par les hommes au Mexique.

Elle arracha l'émeraude qu'elle portait au doigt et la jeta à l'un d'eux. Elle dit encore :

— C'est tout ce que j'ai. Maintenant, partez avant que mes vaqueros n'arrivent.

Le Mexicain qui avait attrapé sa bague se mit à rire.

— Vos hommes sont loin, mademoiselle. Vous nous avez facilité le travail en les semant.

Elle n'avait pas peur, mais s'en voulait d'être tombée dans ce piège.

L'homme au zarape était jeune et portait une courte barbe noire. Ses yeux étaient aussi sombres que les cheveux qui lui tombaient sur les épaules. Une fine balafre griffait sa joue et ce détail n'enlevait rien à son charme. En comparaison, son complice avait l'air d'une bête sauvage et son épaisse moustache cachait un sourire édenté. Le troisième, qui gardait les chevaux sur la colline, paraissait distant.

— Nous ne sommes pas des voleurs, mademoiselle, dit celui à la mine sympathique.

Il avait l'air amusé et lui renvoya la bague.

— Que voulez-vous, alors ? Ne voyez-vous pas que mon ami a besoin de soins ? Dites ce qu'il vous faut et déguerpissez !

Ils se regardèrent en riant. L'homme à l'air inquiétant remarqua dans un espagnol guttural :

— Elle aime donner des ordres, mais pas en recevoir !

Elle se demandait que faire. Ramon gémit. Les yeux fermés, il semblait à peine conscient. Sa main glissait vers son arme restée à sa ceinture. Elle tendit vite le bras.

— Ne bougez pas, mademoiselle.

Elle s'immobilisa, les doigts sur la crosse. Ils tireraient sûrement...

— Mais que voulez-vous ?

— Vous, mademoiselle, répondit l'homme au zarape. Prends son arme, Diego, et mets le message dans une des poches de son ami. Notre mission est de vous emmener avec nous.

Elle regarda le bandit glisser un morceau de papier dans la veste de Ramon. « El Carnicero » laissait aussi des messages !

— Pour qui travaillez-vous ?
— Pour notre chef.
— Qui est-ce ?

Le balafré sourit.

— « El Carnicero » désire que vous soyez son invitée pendant quelque temps, mademoiselle Kingsley.

Elle crut défaillir. Ces bandits la connaissaient. « El Carnicero » n'était pas parti et son père avait raison. Oh ! Pourquoi ne pas l'avoir écouté ?

— Non ! dit-elle.
— Mais si.

Elle se leva d'un bond et se mit à courir. Il la rattrapa vite. Ils dévalèrent la pente sur plusieurs mètres avant de s'immobiliser.

Elle cracha de la poussière et cria :

— Misérable ! Je ne vous suivrai pas !
— Nous avons perdu assez de temps, dit-il.

Il la releva et, la tenant par le bras, la traîna jusqu'au sommet de la colline. Ramon était inconscient. Alors il lui ordonna de monter l'étalon blanc. Elle recula.

— Je garde mon cheval, merci, dit-elle.

Il donna une claque sur la croupe d'El Cid qui partit au galop en direction du ranch.

— Vous monterez El Rey, mademoiselle Kingsley. Le chef vous prête son cheval. Pourquoi le dédaigner ? Obéissez ou je vais devoir vous aider ! Votre père comprendra mieux ce qui vous est arrivé en voyant votre monture rentrer seule. C'est un honneur, « El Carnicero » tient beaucoup à cette bête de prix. Il se montre des plus courtois en vous permettant de la monter.

Elle laissa échapper un rire méprisant.

Elle sauta sur l'animal et arracha les rênes des mains du bandit. La bride haute, elle obligea les trois hommes à reculer et piqua vers le bas de la colline. Un coup de sifflet arrêta l'étalon. Elle manqua de tomber. L'homme au zarape s'avança en riant. Il saisit les rênes du cheval. Ils rebroussèrent chemin.

— Vous voyez pourquoi El Rey est si précieux !
— Je comprends surtout pourquoi on m'oblige à le monter.

Ils rejoignirent les autres. Les vaqueros apparurent alors dans un nuage de poussière. Les Mexicains les mirent en joue.

— Si vous tirez, je vous jure que je brise les reins à cet animal, dit-elle. Je ne pense pas que votre chef en serait très heureux.

L'homme au zarape braqua son arme sur elle.

— Il y a un message pour M. Kingsley dans la poche du blessé. Si vous nous suivez, elle meurt.

Les cavaliers s'arrêtèrent.

Sans lâcher les guides du cheval blanc, il descendit avec ses compagnons le versant opposé de la colline. Les vaqueros ne bougèrent pas. Samantha était seule, sans aucun recours jusqu'à ce que son père prît connaissance du message.

Ils chevauchèrent à vive allure. D'abord vers le sud, puis vers l'ouest. Les chevaux étaient fatigués, mais ils ne s'arrêtèrent pas. Samantha avait peur. Elle connaissait la multitude de canyons et de vallées que recelait la Sierra Madre. On pouvait s'y cacher sans crainte. C'était dans un de ces lieux secrets qu'on l'emmenait. Pourrait-on jamais la retrouver ? Qu'allait-il advenir d'elle ? On racontait tellement d'horreurs au sujet de « El Carnicero ».

Ils firent halte dans la plaine, tard dans la soirée. Les hommes s'occupèrent des chevaux puis se restaurèrent. Diego apporta à Samantha un peu de bœuf séché, des tortillas froides et du vin. Sa faim fut vite apaisée, elle était épuisée. Il lui fallait pourtant lutter contre le sommeil, et rester aux aguets. Si les bandits s'assoupissaient, elle avait une chance de leur échapper.

Ils n'avaient pas allumé de feu. La lune seule éclairait le campement. Les trois hommes, assis, parlaient à voix basse. Il lui semblait que cela faisait des heures qu'elle veillait, alors que dix minutes à peine s'étaient écoulées. Ils se levèrent enfin. « Zarape », comme elle l'appelait, s'approcha. Elle attendit, tendue...

— Dormez, pendant que vous le pouvez, mademoiselle, dit-il. Nous ne nous attarderons guère.

Il lui tendit une couverture et s'étendit un peu plus loin avec l'homme au poncho. Diego, le fusil sur les genoux, fumait un cigarillo. Il se tenait à quelques mètres de la jeune fille, entre elle et les chevaux. Il montait la garde.

Elle s'endormit en se promettant de s'enfuir le lendemain.

17

Quelques heures plus tard, Samantha fut réveillée, sans doute par une main qui la secouait. Il faisait encore nuit. Ils chevauchèrent à vive allure, et ne ralentirent qu'au lever du jour. Ils se restaurèrent sans mettre pied à terre et ne s'arrêtèrent pas de la journée. La nuit suivante fut semblable à la précédente.

Le désespoir de Samantha grandissait à mesure qu'ils se rapprochaient des montagnes. Exigerait-on une rançon en échange de sa liberté ? Ne s'agissait-il que d'un enlèvement ? Comment savoir ? Il avait peut-être l'intention de la tuer ? Elle ne devait pas se laisser aller ! Pourtant, elle avait peur.

Cette nuit-là, elle essaya de s'enfuir. Elle n'ignorait

pas que sa tentative était vouée à l'échec, mais elle ne pouvait accepter l'idée d'être livrée au « Boucher ». C'était le tour du petit homme au poncho de monter la garde. Lorsque ses deux compagnons furent endormis, elle se jeta sur lui. Surpris, il lâcha le fusil. Elle s'en saisit. Diego et « Zarape », qui s'étaient réveillés, souriaient.

— Il est vide, mademoiselle, dit « Zarape ».
— Vide ?

Il haussa les épaules.

— Nous sommes à découvert. Si quelqu'un arrivait, nous le verrions facilement et nous aurions le temps de charger, si c'était nécessaire. Inigo n'aime pas les armes. Il ne charge jamais la sienne à moins d'y être contraint.

Inigo était le nom du petit Mexicain.

Elle regarda ses ravisseurs. Elle braqua le fusil sur le pied de « Zarape », pressa la détente. Rien. Il était vide.

— Espèce de lâche !
— Allons, dit « Zarape ». Vous feriez mieux de dormir.
— Allez donc au diable !

Elle jeta l'arme et se rua sur les chevaux. C'était maintenant ou jamais. Surtout ne pas prendre l'étalon blanc qui s'arrêtait quand on sifflait... Elle n'en eut pas le temps. Un bras la saisit par la taille, elle se retrouva sur sa couverture. Elle se releva et frappa « Zarape » à la mâchoire. Le rire de Diego résonna. « Zarape » ne broncha pas. Il se contenta de lui saisir les mains et de les lier avec son foulard.

— Non !

Il fit un nœud solide.

— Ce n'est pas de la corde qui écorcherait votre jolie peau, mademoiselle. Remerciez-moi au moins de cette attention.
— Plutôt mourir !
— C'est vous qui m'obligez à prendre ces mesures.

105

— Avez-vous l'intention de me ligoter aussi les pieds ?

— Puisque vous le dites... C'est une excellente idée. Il reste peu de temps pour nous reposer, et j'aimerais ne plus être réveillé.

Elle lui lança un regard féroce. Il alla chercher la corde. Elle se démena mais il réussit à l'attacher.

— Vous n'êtes qu'un misérable !

— Pourquoi m'insulter ? J'obéis à des ordres. On me paye pour un travail. Gardez vos injures pour le chef.

La colère de Samantha tomba. Il s'en aperçut et sourit.

— Ne désirez-vous pas le rencontrer ?

— Non.

Comme il se redressait, elle lui demanda :

— Je vous en prie. Dites-moi... ce qu'il va se passer là-bas.

— Vous serez son invitée.

— Sa prisonnière ! Qu'attend-on de moi ?

— On ne vous fera aucun mal, si c'est ce qui vous tourmente.

Il le dit avec gentillesse et elle se méprit.

— Vous poseriez aussi des questions si vous étiez à ma place !

— Ce ne serait pas pour me déplaire que vous soyez mon geôlier.

Et il rit.

— Vous pouvez bien me dire le contenu du message laissé à mon père...

— Je l'ignore.

— Vous mentez.

— Et vous, vous m'agacez. Dormez maintenant !

Il s'éloigna.

Ses efforts avaient été vains. Elle était toujours prisonnière et ne savait rien de plus. Comment croire qu'il n'y avait rien à craindre de « El Carnicero » ? « Zarape » était pourtant sympathique. Il était presque amical et ne cachait pas qu'il la trouvait belle. La lueur d'admiration dans ses yeux ne lui avait pas échappé. Elle pourrait s'en servir...

18

Le lendemain ils chevauchèrent toute la journée, ne faisant qu'une courte halte au début de l'après-midi. Ils ne paraissaient plus se soucier d'éventuels poursuivants et semblaient pressés de regagner leur camp. Ils s'arrêtèrent pour la nuit au pied d'un plateau. Ils étaient aux contreforts de la Sierra Madre. La plaine était loin derrière eux. Les arbres alentour apportaient un peu de fraîcheur.

Samantha regardait avec envie l'eau du torrent. Quel bien-être ce serait de pouvoir s'y baigner ! Elle était sale mais n'avait pas grande confiance en ses ravisseurs. Elle se rafraîchit seulement le visage et les mains.

Après quelques heures de repos, ils changèrent de route et longèrent la montagne en direction du nord. Samantha se sentit rassurée parce qu'ils se rapprochaient de chez elle. Mais le lendemain, à l'aube, ils prirent une piste qui conduisait au cœur de la masse rocheuse, et bifurquait vers le sud-ouest. Elle s'inquiéta. Pourquoi ne lui bandait-on pas les yeux ? Ou bien c'était un campement provisoire, ou bien « El Carnicero » n'avait pas l'intention de la relâcher...

Ils gravirent un sentier étroit dominant un canyon. Elle avait peur. La nuit tombait. Diego, en tête, alluma une torche. Même éclairé, le chemin était plein d'embûches. Les chevaux étaient fourbus par ces trois jours de chevauchée. Ils avaient probablement été volés au ranch de son père et on ne les jugeait pas irremplaçables !

La piste s'élargit enfin et elle se détendit. Mais ils bifurquèrent aussitôt pour longer un précipice plus profond que le premier. A leur droite, sur une bande de terre stérile entourée de falaises, apparut un village : une demi-douzaine de maisons délabrées entourant les ruines d'une église. Tout était calme. Quelques lumières brillaient mais il n'y avait personne. Diego cria :

— Ohé, nous voilà !

Des fenêtres s'éclairèrent. Des portes s'ouvrirent. Samantha se raidit.

— Sommes-nous arrivés ? demanda-t-elle à « Zarape ».

— Oui.

— Est-il là ?

Il releva son chapeau pour voir son visage.

— Si vous voulez parler du chef, il sera là, c'est sûr.

— Dois-je le rencontrer ? Je veux dire... Est-ce nécessaire ?

— Il veut vous voir pour savoir si votre père acceptera ses conditions.

— Mon père fera ce qu'il faut pour me retrouver !

— Le chef sera content. Comme vous ignorez le contenu du message adressé à votre père, vous y verrez plus clair quand il vous aura fait part de ses exigences.

— Sans doute, quelqu'un d'autre pourrait...

Il l'interrompit.

— Pourquoi avoir peur ? On ne vous fera aucun mal. « El Carnicero » me l'a promis.

— Avez-vous confiance en lui ?

— Bien sûr. Sinon, je ne vous aurais jamais enlevée. Je ne fais pas de mal aux femmes.

Elle pensait aux atrocités qu'on mettait au compte de « El Carnicero ». Elle demanda :

— Êtes-vous depuis peu avec eux ?

— Oui.

— Lorenzo ! On attend. Amène-nous la récompense !

Elle tressaillit. L'homme parlait en espagnol. Il lui serait peut-être utile de prétendre ignorer cette langue.

— Qu'a-t-il dit ?
— Qu'il nous attendait.
— Vous vous appelez Lorenzo ? Je préférais « Zarape ».

Il la regarda.

— Je vous expliquerai. Et comment appelez-vous votre chef ?
— Rufino.
— Est-ce son vrai nom ?
— Sans doute pas. Il y en a peu qui choisissent cette vie et gardent leur vrai nom. En tout cas, c'est le seul que je lui connaisse.
— Et vous ! Quel est votre vrai nom ?...
— Ce n'est pas Lorenzo.
— Lorenzo !

On l'appela de nouveau avec impatience et Samantha eut un mouvement de recul.

— Allons, mademoiselle Kingsley.

Il pressa son cheval et se dirigea vers l'une des habitations au porche éclairé.

— Un repas chaud et un bon lit vous attendent. Croyez-moi, il vaut mieux que vous rencontriez le chef dès maintenant. Vous verrez que vous n'avez aucune raison de le craindre.

Il sauta à terre. Elle fit de même, bien à contre-cœur. Inigo s'éloigna avec les chevaux. Une dizaine d'hommes étaient dans la cour, d'autres assis sur les marches de la maison. Tous la dévisageaient. Elle était terrifiée. L'un d'eux avança la main pour toucher les broderies de son gilet. Elle fit volte-face. Le dos à la maison, elle restait immobile, soutenant leurs regards et essayant de rassembler le peu de forces qu'il lui restait.

— Elle est belle.
— Superbe.

On chuchotait. On examinait sa tenue et l'étui à revolver qui pendait de son ceinturon. « El Carnicero » était-il parmi eux ? Lequel de ces hommes était le tueur ?

— Es-tu sûr d'avoir enlevé la fille de Kingsley et pas son fils, Lorenzo ?

Un rire général les secoua. Elle se retourna, mais ne put distinguer sur le seuil de la porte qu'une mince silhouette. Les torches n'éclairaient que le devant de la maison.

Sa panique se mua en colère. Elle était épuisée, elle avait faim et on la faisait attendre dehors, dans la nuit, sous le regard de ces brutes. Elle s'adressa à Lorenzo :

— Vous m'aviez promis un repas et un lit. Va-t-on me faire languir ici jusqu'à ce que chacun de vos hommes m'ait inspectée tout son saoul ? Où est votre chef ? Je veux lui parler.

— Vous n'avez donc plus peur ? dit-il en souriant.

Mais elle s'emportait.

— Il y a des limites à ce que je peux supporter. Je...

— Bon Dieu !

Le juron venait du porche. Tout le monde se tut. Elle se tourna lentement. L'homme n'était plus sur le seuil, il était rentré dans la maison. Elle fixait les ténèbres, tandis qu'un flot de souvenirs l'envahissait. Cette voix... Ce n'était pas possible ! Des exclamations de rage lui parvinrent.

— Seigneur ! dit Lorenzo. Pourquoi est-il soudain de si mauvaise humeur ?

Elle ne lui prêta aucune attention. Cette voix lui était familière. Dans un état second, elle monta les marches. Lorenzo l'attrapa par le bras.

— Attendez. Ce n'est peut-être pas le bon moment. Venez, je vais vous conduire chez moi, vous pourrez vous reposer.

Sans un regard, elle se dégagea. Du seuil de la pièce éclairée, elle vit enfin l'inconnu qui allait et venait, hors de lui. Lorenzo voulut la retenir :

— Mademoiselle, je vous en prie. Venez. Il semble que vous l'ayez mis dans tous ses états.

En une fraction de seconde, elle se tourna et glissa la main vers son ceinturon. Avant qu'il ait pu réagir, elle reculait, revolver en main.

— Doux Jésus !

Elle visait l'homme dans la pièce. Le coup de feu partit, mais la balle se logea dans le plafond. Lorenzo avait dévié le tir en heurtant son bras. Il tenta de la désarmer mais elle se débattait avec énergie.

— Non ! Lâchez-moi ! Ou je vous tue !

On lui arracha le revolver des mains. Hank Chavez était devant elle, le regard sombre. Elle ne se laissa pas intimider. Avoir manqué sa cible la mettait en colère ! Elle donna un coup de pied à Lorenzo pour se libérer, et frappa Hank au visage. Il la prit au poignet et lui tordit avec violence le bras derrière le dos.

— Le diable vous emporte ! dit-elle.
— Taisez-vous !

Puis, à Lorenzo qui assistait, stupéfait, à la scène :

— Comment as-tu pu te tromper ? Ce n'est pas elle !
— Ce n'est pas elle ?
— Non. Elle s'appelle Samantha Blackstone. Je la connais.
— Oui. Samantha... Blackstone... Kingsley.

Hank se tourna vers Samantha.

— Est-ce vrai ?
— Misérable !

Il la secoua.

— Est-ce vrai ?
— Oui !

Il la lâcha et elle vacilla.

— Emmène-la à côté et veille à ce qu'elle y reste.
— Tu as l'intention de la garder chez toi ?
— Je la connais, Lorenzo. Je sais de quoi elle est capable et je veux la surveiller.
— Non ! Lorenzo, vous m'avez promis qu'on ne

me ferait aucun mal. Il a manqué me casser un bras. Vous ne pouvez pas me laisser seule avec lui. Je veux voir votre chef.

Hank partit d'un rire cruel.

— Et à quel propos désirez-vous me voir, ma jolie ?

Elle le regarda.

— Vous... « El Carnicero » ? Mais on dit qu'il est petit, laid....

— Il vous terrorise ?

— Non, bien sûr que non. Les histoires qu'on raconte sur lui sont effroyables... Mais...

Elle manquait de conviction.

— Peut-être. La plupart des gens le craignent et cela m'arrange.

— Vous n'êtes pas « El Carnicero »...

— Non.

— Mais existe-t-il ?

— Il n'a pas quitté le sud du Mexique et ignore que j'ai emprunté son nom.

Elle le regarda avec mépris.

— Vous êtes donc un bandit ! J'aurais dû m'en douter après ce qui s'est passé.

— N'importe quel homme aurait agi comme moi.

Samantha rougit. Il valait mieux ne pas évoquer de tels souvenirs. Lorenzo les regardait avec curiosité.

— Est-ce vraiment votre chef, Lorenzo ?

— Oui.

— Je peux vous donner beaucoup d'argent si vous m'emmenez loin d'ici — beaucoup plus qu'il ne peut vous promettre.

— Taisez-vous ! dit Hank.

— Quoi, Rufino ? Craignez-vous qu'il ne se laisse séduire par mon offre ?

— Je ne peux pas vous aider, mademoiselle, dit Lorenzo.

— Vous ne pouvez rompre votre contrat ?

— C'est cela.
— Vous me direz peut-être un jour pourquoi.
Elle était sarcastique et Hank contenait mal sa colère.
— Va, Lorenzo, emmène-la. Je ne veux plus entendre cette langue de vipère.
— Et moi, je ne peux plus souffrir votre présence !
Lorenzo l'entraîna, elle avait eu le dernier mot. Ils passèrent dans une petite pièce qui contenait un lit étroit, une vieille malle et une table de toilette. Le sol était nu, la fenêtre, dépourvue de rideau, était fermée pour que l'air frais n'y pénétrât pas.
— Est-ce qu'il dort ici, Lorenzo ?
Elle regardait les draps fripés.
— Oui, c'est sa chambre.
— C'était.
Elle se dirigea vers le lit, arracha draps et couvertures et les jeta à terre.
— Je ne dormirai pas dans les mêmes draps que lui.
— Pourquoi le détestez-vous ?
Il était hors de question de raconter à Lorenzo ses démêlés avec Hank Chavez.
— Pouvez-vous m'apporter des draps propres ?
— Et un repas chaud, je n'oublie pas.
— Laissez le repas, je ne pourrai rien avaler.
— Comme vous voulez.
Il s'apprêtait à sortir, elle le saisit par le bras.
— Ne me quittez pas, Lorenzo. Restez avec moi.
Elle paraissait désemparée.
— Ici ?
— Oui. Je n'ai pas confiance en lui.
— C'est impossible.
— Je vous en supplie. Ne me laissez pas seule avec lui.
— Vous n'avez rien à craindre de lui.
— Comment le savez-vous ? Vous l'avez vu me brutaliser et si vous n'aviez pas été là...

— C'est vous qui l'avez attaqué. Je n'aurais pas été si patient si vous aviez essayé de me tuer.

— Vous le soutenez, hein ! Il n'est même pas blessé.

— Il s'en est fallu de peu !

— Fichez le camp ! Laissez-moi tranquille ! Vous ne pouvez pas comprendre. Vous n'êtes qu'un bandit comme lui.

Et elle lui tourna le dos.

Il resta immobile, puis sortit et ferma la porte doucement.

Debout, les mains appuyées au manteau de la cheminée, Hank contemplait le feu qu'il venait d'allumer. Lorenzo s'avança. Il eut un petit rire.

— Alors ? La princesse exige des draps propres ? On les a changés hier, pourtant.

Lorenzo haussa les épaules.

— Elle refuse de dormir dans les mêmes draps que toi. Pourquoi a-t-elle voulu te tuer ?

Hank évita son regard.

— Je ne pense pas que ce soit très intéressant.
— Tu la hais ?
— Oui.

Lorenzo secoua la tête.

— Je n'ai jamais vu de femme aussi belle, dit-il.
— Elle est peut-être belle mais elle est ignoble.
— Oh, je ne te crois pas. Comment peux-tu la détester ? Je ne te comprends pas.
— Sa beauté t'aveugle. Méfie-toi, Lorenzo. Elle se sert des hommes. Elle s'amuse à leurs dépens, elle les piétine et les rejette ensuite.

Lorenzo sourit.

— Ah, je vois. Tu étais amoureux d'elle.
— Bon sang ! Jamais je ne pourrais aimer cette mégère. Ne me parle plus d'elle.

Lorenzo fronça les sourcils devant ce mouvement de colère.

— Elle veut que je reste avec elle pour la protéger.

Elle n'a pas confiance en toi. Je commence à comprendre pourquoi.

Hank eut un rire sans joie.

— Ton travail est fini. Tu me l'as amenée, elle est sous ma responsabilité.

— Tu ne lui feras aucun mal ?

— Si elle se tient tranquille.

— Ce n'est pas très convaincant ! Tu m'as sauvé la vie, je t'en suis reconnaissant, mais j'espère que je n'aurai pas à le regretter.

Hank s'impatientait.

— Cesse de t'en faire ! Elle ne mérite pas qu'on s'inquiète pour elle et je t'assure qu'elle peut se défendre toute seule.

— Promets-moi de ne pas lui faire de mal.

— Laissons ça, Lorenzo, veux-tu ? Elle t'a séduit, mais c'est une intrigante et elle peut tuer. Si elle met de nouveau la main sur une arme, je t'en tiendrai pour responsable.

Lorenzo rougit.

Il n'arrivait pas à croire Hank. Elle avait voulu le tuer. Mais elle était dans une situation désespérée et on l'avait enlevée sous la menace des armes. Il aurait voulu faire quelque chose pour la protéger.

Hank était silencieux. Il quitta la pièce sans être assuré de rien.

19

Au matin, la porte s'ouvrit brusquement. Samantha s'assit dans son lit, raide. Elle remonta les couvertures sous son menton. Elle n'était vêtue que de la chemise de dentelle et de la culotte bouffante qu'elle portait sous sa jupe. Elle se serait couchée tout habillée si elle avait pu penser que Hank ferait irruption dans sa chambre.

— Je veux une serrure à cette porte, dit-elle.

Il regarda les vêtements posés sur la malle et sourit.

— D'accord, mais je garderai la clé.
— Alors, c'est inutile.
— Non, non, j'insiste. On s'en occupera tout à l'heure. Par la même occasion, je ferai clouer une planche à cette fenêtre. Vous n'aurez plus à craindre qu'on vous attaque.
— Vous êtes abject ! Pourquoi ne pas me ligoter sur le lit aussi ?
— Si vous m'y obligez, ce sera avec plaisir !
— Je n'en doute pas, dit-elle. Mon Dieu ! Pourquoi vous ai-je manqué ce jour-là ?

Il serra les poings. Il aurait aimé la gifler. Mais jamais plus il ne la toucherait.

— Une de vos balles a trouvé moyen de me blesser au côté. Soyez rassurée !
— Vous êtes toujours en vie !
— Voilà bien la plus sanguinaire...
— Je n'ai jamais souhaité la mort de quelqu'un jusqu'à ce que je vous rencontre. J'ai prié pour vous revoir, mais derrière les barreaux d'une prison. Et pourquoi avez-vous déclaré la guerre à mon père ?
— Ce n'est pas une guerre.
— Pourquoi voulez-vous l'obliger à quitter le Mexique ? Que vous a-t-il fait ?

Il hésita. Il avait usurpé l'identité du bandit légendaire mais elle connaissait son nom. Il lui serait facile de le dénoncer. Il était essentiel qu'on ne pût établir aucun lien entre le ravisseur de Samantha et l'inconnu qui rachèterait les terres de son père.

— A moi, rien, Samantha, dit-il. C'est à mon cousin qu'il a causé du tort.
— C'est faux !
— Si vous ne voulez pas m'écouter, je me tais.

— De quoi l'accusez-vous ?

— Il y a quelque temps, mon cousin, Antonio de Vega y Chavez, a voulu acheter le ranch et votre père a refusé son offre.

— Pourquoi devrait-il accepter ? Il ne désire pas vendre.

— Ces terres ne vous appartiennent pas, Samantha. Elles sont à mon cousin.

Elle éclata de rire.

— Vous êtes fou ! Mon père a acheté ce domaine et l'a payé. Il...

— Il l'a acheté bon marché au gouvernement mexicain sous prétexte que c'était un bien d'Église. A cette époque, les biens confisqués se vendaient une misère parce qu'ils risquaient, avec un changement de régime, de retourner à l'Église. Le droit de leur nouvel acquéreur est nul.

— Mon père n'a volé personne.

— Les terres qu'on lui a vendues n'appartenaient pas à l'Église, mais à la famille Vega y Chavez qui en avait été dépossédée.

— Je ne crois pas cette histoire.

— Vos voisins, les Galgo et les Baroja, ne vous ont jamais parlé des propriétaires précédents ? Ils doivent pourtant se souvenir du massacre de « l'hacienda des fleurs ».

— Un massacre ?

— Oui. Les soldats de Juarez arrivèrent un jour pour saisir l'hacienda. Le père d'Antonio fut tué parce qu'il restait. Sa grand-mère mourut dans ses bras. Tous les hommes furent enrôlés dans l'armée ou fusillés. Inutile de vous préciser le sort qu'on réserva aux femmes et aux jeunes filles de la maison.

Il se tut, bouleversé.

— Et votre cousin ?

Elle était horrifiée.

— L'armée le recruta. Il fut jeté en prison pour

insubordination. Pendant son incarcération ses terres furent vendues à votre père. Les soldats avaient détruit son titre de propriété. Seuls les gens qui le connaissaient pouvaient l'aider. Mais ces témoignages ne pesaient rien face aux autorités corrompues. Antonio vécut dans l'espoir de racheter un jour son domaine. Cela a été son seul rêve.

— Êtes-vous son cousin germain ?

— Non, mais vous connaissez assez le Mexique pour savoir que les membres d'une famille sont tous solidaires, quel que soit leur degré de parenté. Antonio est comme un frère pour moi et son infortune est devenue la mienne.

L'ironie de ces paroles échappa à Samantha et elle eut un élan de pitié.

— Je suis désolée, Hank. Mais vous savez bien que mon père n'est pas responsable de ce drame. Il n'a pas volé votre cousin. C'est en toute bonne foi qu'il a acheté le ranch.

— Voulez-vous dire qu'Antonio doit renoncer aux terres qui, des générations durant, ont appartenu à sa famille ? Il y est né, il y a grandi. Combien d'années y avez-vous habité, vous ?

— Le problème n'est pas là, Hank. Mon père en est le propriétaire actuel. Vous n'avez pas le droit de l'obliger à vendre et à quitter ce pays.

— Antonio n'y renoncera pas. Cela fait si longtemps qu'il veut réaliser ce rêve ! Il est prêt à en donner beaucoup plus que sa valeur réelle, vous savez.

— Mon père refusera de vendre !

— Eh bien, s'il désire vous retrouver, il faudra bien qu'il s'incline.

Elle le regarda, stupéfaite.

— Misérable ! C'est pour cela que vous me retenez prisonnière.

— Calmez-vous, Samantha. Je n'apprécie pas plus que vous le tour qu'ont pris les événements.

Votre père est têtu, et mes hommes n'ont pas aimé qu'on envoyât des soldats à leurs trousses.

— Il avait de bonnes raisons.

— Peut-être, mais mes hommes étaient furieux. Ce sont eux qui ont eu l'idée de vous kidnapper.

— Comment ? Voulez-vous dire que vous me faisiez surveiller ?

— Bien sûr. Vous étiez tous surveillés. Nous ignorions que Kingsley avait une fille jusqu'au jour où nous vous avons vue arriver avec six hommes d'escorte. Nous nous sommes renseignés pour savoir qui vous étiez. Mais, croyez bien que si j'avais su que Samantha Blackstone était la fille de Kingsley, vous ne vous trouveriez pas ici. Vous êtes bien la dernière personne que je désirais revoir, Sam !

— Je vous interdis de m'appeler ainsi ! Seuls mes amis en ont le droit.

— Et nous ne sommes pas amis. Mais, vous voyez, je préfère ne pas vous appeler mademoiselle Kingsley. J'en suis venu à prendre ce nom en grippe. Pourquoi m'avez-vous caché votre véritable identité ? Nous n'en serions pas là !

— Cela n'aurait rien changé. Vous auriez harcelé mon père de la même façon.

— Oui, mais sans vous mêler à cette histoire. Dites-moi, pourquoi cachiez-vous votre nom ?

— Je voyage toujours sous le nom de jeune fille de ma mère. Mon père juge plus prudent de ne pas garder celui de Kingsley, précisément pour prévenir tout risque d'enlèvement. Quelle ironie du sort ! D'ailleurs, vous pouvez parler, vous qui prenez tant de fausses identités, Rufino !

Il sourit, amusé.

— Bien dit, Samina.

Le regard de Samantha devint dur.

— Je vous interdis de m'appeler ainsi. Je vous ai déjà prévenu.

Moqueur, il leva la main pour mettre fin à ses protestations.

— Vous allez m'excéder à force de récriminations. Je vous appelle comme il me plaît, Samina, mignonne... ou garce !

— Vous êtes un mufle. Sortez !

Il leva un sourcil.

— Voilà que vous donnez des ordres, dans ma propre maison ?

— Si je suis votre prisonnière, je ne suis cependant pas tenue de supporter votre détestable compagnie ! Que faites-vous dans ma chambre ?

— Je voulais savoir si vous aviez faim. Vous n'avez rien mangé hier soir.

— Bien sûr que j'ai faim. Quelle question idiote ! Dites plutôt que vous cherchiez à m'humilier en me surprenant au lit. Vous êtes odieux et répugnant !

La bouche de Hank n'était plus qu'un trait dur. Il lui était impossible de garder son calme. Le dédain qu'elle affichait le blessait toujours autant. Bon sang ! Il ne la laisserait pas faire !

Il fit un pas en avant. Elle recula vers le haut du lit, lâchant le revers du drap. Quelle importance s'il la voyait déshabillée ? L'essentiel était de s'éloigner le plus possible. Elle resta tapie contre le mur.

Hank recouvra son sang-froid. La colère de Samantha provoquait la sienne mais son effroi l'émouvait.

— Il est mieux que vous me craigniez, dit-il. Souvenez-vous de ce qui s'est passé la dernière fois que vous m'avez provoqué.

— Je ne vous crains pas. Je vous hais. Ne me touchez pas ou je crie ! Vous me dégoûtez !

Il éclata de rire.

— Vous ignorez sans doute de quoi vous avez l'air ! Rassurez-vous. Je n'ai pas l'intention de me salir les mains. Vous êtes bien trop dépenaillée.

— Je vous rappelle qu'on m'a traînée à cheval de

jour comme de nuit. Je n'ai eu ni l'occasion de me laver ni celle de me reposer. Qu'espériez-vous ? Que je sois fraîche comme une rose et parfumée ?

— A dire vrai, telle que vous êtes, vous ne me déplaisez pas tant que ça !

Elle se croisa les bras sur la poitrine.

— Oh, laissez-moi tranquille ! Partez et ne revenez plus ! Quelqu'un d'autre peut s'occuper de moi.

— Je crains que vous n'ayez mal compris. Ce n'est pas vous qui commandez ici. Il est temps que vous réalisiez votre situation dans cette maison. J'ai un certain plaisir à vous tenir à ma merci. Après tout, Samina, vous me devez bien ça.

Il montra du doigt la blessure à son côté et sortit.

Elle se jeta sur le lit en sanglotant. Ce n'était pas dans ces conditions qu'elle avait pensé le retrouver. Elle était sa prisonnière alors qu'elle rêvait de l'humilier.

Inigo lui apporta un petit déjeuner consistant. Se restaurer ne lui fut d'aucun réconfort. On vint clouer une solide planche de bois à sa fenêtre, puis on fixa une serrure à la porte.

Le déjeuner fini, elle ferma à clé et resta assise, le regard fixe. La fenêtre obturée ne laissait filtrer qu'un rai de lumière, elle se sentait sale et la chaleur dans la pièce devenait étouffante. Elle se mit à tambouriner de toutes ses forces sur la porte.

— Ouvrez-moi ! Je voudrais prendre un bain !

Personne ne vint.

Au bout d'une heure de ce tapage, elle s'allongea sur son lit et sombra dans le sommeil.

20

Des cris réveillèrent Samantha. Une femme pleurait et se lamentait. Que se passait-il ? Était-ce Hank qui la terrorisait ? Bientôt, les gémissements cessèrent. Les pleurs persistèrent quelque temps encore, puis le calme revint.

Le cœur de Samantha battait fort. C'était le seul bruit qu'elle entendait, bruit exaspérant dans l'obscurité de sa chambre, dans le silence de ce village abandonné. Des visions atroces traversaient son esprit. Elle était en danger, à la merci de ces brutes, et ignorait le sort qu'on lui réservait. La précarité de sa situation lui apparaissait pour la première fois.

Elle serra les poings jusqu'à ce que ses ongles s'enfoncent dans ses paumes. Elle haïssait cette peur qui la gagnait. Il fallait qu'elle se domine, sous peine de perdre la face. Mieux valait la colère.

— Hank ! Hank, répondez !

Elle se précipita sur la porte qu'elle se mit à marteler.

— Hank ! Ouvrez !

Hank était assis sur les marches du porche. Il prêtait une oreille distraite au vacarme de Samantha, un sourire satisfait aux lèvres. Il n'avait pas l'intention de lui répondre. Confortablement installé au soleil, les jambes allongées, il réfléchissait. Une légère brise taquinait ses cheveux. Une mèche lui tombait dans les yeux. Il l'écarta, observa deux de ses hommes qui s'apprêtaient à partir. Petit à petit, ses compagnons, bandits ou paysans qui avaient servi sa cause, s'en retournaient dans leurs villages. Leur travail était terminé. La vente du bétail volé avait permis de bien les payer. Il n'avait plus besoin d'eux. Désormais, il avait la fille de Kingsley.

Son sourire s'accentua. En définitive, c'était peut-être une bonne chose que Samantha fût la fille de l'Américain. Au cours de ces deux derniers mois, il avait pensé à elle. Son souvenir l'avait hanté. Il ne réussissait pas à l'oublier. Il la désirait, et pourtant, il ne pouvait s'empêcher d'avoir envie de se venger. De la punir du mal qu'elle lui avait fait, qu'elle lui faisait encore.

Il se demandait ce qui s'était passé entre Adrien et Samantha après son départ d'Elisabethtown. Aimait-elle toujours cet individu ? Voilà ce qui n'avait cessé de le tracasser au cours de son voyage vers Santa Fe. Il s'y était arrêté pour faire soigner sa blessure. Un médecin avait extrait la balle qui s'était logée au côté droit. Il avait gardé la petite bille métallique. Elle lui rappellerait comme il était dangereux de succomber aux charmes d'une trop belle femme.

Il était resté deux jours à Santa Fe pour reprendre des forces car sa blessure l'avait affaibli. C'était là qu'il avait acheté El Rey, son étalon blanc. Grâce à ses deux montures, il avait gagné le Mexique assez rapidement.

Être de retour dans son pays l'avait réconforté. La chance allait peut-être revenir. Après son entrevue avec Kingsley, ce fut l'impasse. Le refus de l'éleveur de considérer sa proposition changeait tout. Il but pendant trois jours. Ce fut alors que l'idée lui vint de recourir à la force pour obliger Kingsley à vendre ses terres. Il se souvint de son ami Lorenzo, et le projet prit forme.

— Si tu as besoin de moi, n'hésite pas. Je suis à Chihuahua...

Lorenzo lui devait la vie. C'était aux environs d'El Paso. Hank était intervenu au moment où quatre cow-boys ivres s'apprêtaient à le lyncher, pour avoir volé du bétail. Hank n'avait pas cherché à savoir la vérité.

Un homme ne méritait pas la pendaison pour un délit mineur — il ne s'agissait pas d'un meurtre. Des coups de feu avaient été échangés. Il avait perdu un cheval, mais Lorenzo avait été sauvé. Ensemble, ils avaient fait un bout de chemin avant de se séparer.

Une semaine plus tard, il rencontrait Lorenzo à Chihuahua. Son ami accepta de faire la guerre au riche éleveur. Lorenzo et les hommes qu'il recruta n'aimaient pas les Américains. Trois d'entre eux étaient en prison. Il fallut les faire évader. Les autres étaient des amis. Ils réunirent ainsi une douzaine de Mexicains.

Obliger Kingsley à céder n'était pas facile. Il ne s'était laissé intimider ni par le saccage des récoltes, ni par les incendies, ni par les menaces du « Boucher ». Quand ils apprirent qu'il avait une fille, ils surent la partie gagnée.

Hank avait l'intention de rendre une seconde visite à Kingsley. Il lui dirait qu'il connaissait ses ennuis et réitérerait son offre d'achat. Kingsley ne manquerait pas de sauter sur l'occasion. S'il voulait retrouver sa fille, il faudrait bien qu'il se soumette ! Le titre de propriété serait au nom de Hank et rien ne permettrait d'établir un lien entre l'honorable acquéreur et le ravisseur de Samantha. Si elle rentrait au Mexique pour revoir son ancienne propriété, il s'arrangerait pour l'éviter.

Kingsley ne serait pas perdant dans cette transaction. Hank était prêt à faire une offre élevée. Il ne pourrait payer tout de suite. Il faudrait attendre que la mine qu'il possédait avec Pat McClure rapporte. Mais Kingsley, soucieux de la sécurité de sa fille, ne se formaliserait pas de ce retard. Il était temps de prévenir Pat qu'il aurait bientôt besoin d'argent. Diego irait en ville envoyer un télégramme. Cela lui ferait du bien de s'éloigner quelques jours après la dispute avec sa femme. Restait à régler le problème de la libération de Samantha. Il fallait rester vigilant au cas où Kingsley préparerait une revanche.

— Hank ! Je sais que vous êtes là. Ouvrez cette porte !

Le martèlement s'accentua. Avec quoi frappait-elle ? Il n'était pas décidé à lui ouvrir. Personne ne lui répondrait. Lorenzo, le seul à se laisser attendrir, n'était pas là. Il était parti vérifier qu'ils n'avaient pas été suivis et que Samantha n'avait laissé aucune trace de leur passage. Il ne rentrerait que le lendemain. Son absence tombait à propos. Hank aimait le jeune homme mais ne supporterait pas qu'il soit dupe de Samantha. Il n'était pas douteux qu'elle essaierait de profiter de sa gentillesse. Elle était prête à tout.

— Rufino ! dit-elle.

Il sourit.

— Lorenzo !

Il se rembrunit. Le martèlement se fit lointain. Elle s'attaquait à la fenêtre.

Il ouvrit la porte, elle s'éloigna de la fenêtre, tenant à la main une botte. Elle s'était habillée et avait laissé son ceinturon et son étui à revolver, désormais inutile, sur la malle. Elle avait les cheveux en bataille, les joues rouges et ses yeux lançaient des flammes. Il s'arrêta sur le seuil. Elle était très belle, et il oublia son mouvement d'humeur.

— Je vais confisquer ces choses-là, dit-il, montrant les bottes. Je n'ai pas fait clouer une planche à la fenêtre pour que vous vous amusiez à l'arracher.

— Non !

Elle recula. Même une chaussure pouvait servir d'arme. Il était hors de question qu'on les lui prenne.

— Où donc étiez-vous ? dit-elle. Cela fait des heures que j'appelle.

Il haussa les épaules.

— J'étais occupé.

Comme elle semblait se détendre, il lui demanda avec courtoisie :

— Que voulez-vous, Sam ?
— Je voudrais prendre un bain.
— Je serais heureux de vous conduire à la rivière au bout du village.
— Je veux prendre un bain chaud, un vrai bain.
— Il serait plus simple de vous accompagner à la rivière.
— Je ne veux pas le savoir.
— Évidemment, ce n'est pas vous qui allez transporter le tub jusqu'ici ni faire chauffer l'eau.
— Vous refusez ?
— Vous pourriez le demander gentiment au lieu d'exiger...

Elle lui lança un regard glacial. Demander gentiment ! Plutôt lui jeter sa botte au visage ! Pourtant, elle avait besoin d'un bain. Il lui fallait s'incliner.

— Pourrais-je prendre un bain dans la chambre, s'il vous plaît ?
— Ah ! Je savais que vous pouviez être agréable.

Il sourit.

Elle attendit un moment.

— Alors ?
— D'accord. Mais il faut que je trouve un tub.

Il sortit, ferma la porte à clé, et revint une heure plus tard avec une vieille cuve de bois. Il apporta assez d'eau chaude pour remplir la moitié du baquet, du savon, une serviette, une brosse et des vêtements propres. Elle lui sut gré de cette attention mais ne le lui dit pas.

Il posa les affaires sur la malle, et s'assit avec nonchalance sur le lit. Il s'adossa au mur, décidé à rester.

— Que faites-vous ?
— Je n'ai jamais regardé une femme prendre son bain. Cela peut être amusant.
— Amusant ! Fichez le camp !

Et elle lui montra la porte.

Il secoua la tête.

— Non.

— Alors, je ne me baigne pas.

— Comme il vous plaira.

D'un bond, il se leva et, attrapant le seau vide, il entreprit de vider l'eau du tub.

Elle lui retint le bras.

— Arrêtez! Vous aimez tant m'humilier?

— Oui, mon petit, c'est vrai et je l'avoue.

Elle lui tourna le dos et arracha ses habits. Elle décida de garder ses vêtements de dessous. Un peu de savon ne leur ferait pas de mal! Elle entra dans le tub. Des mains la saisirent à la taille, elle poussa un cri. Hank tirait sa chemise de lin par le haut. Elle lui fit face, explosant en injures. Mais, déjà, sa culotte bouffante tombait. Elle voulut le frapper. Il la repoussa dans l'eau.

— Comment osez-vous?

Il se pencha sur elle. Elle s'affola.

— Non, laissez-moi!

Lorsqu'elle fut nue, il dit d'une voix neutre:

— Prenez un vrai bain.

Et d'un bond, il reprit sa place sur le lit.

Il ne l'avait pas touchée! Elle lui jeta un regard plein de mépris, puis tourna le dos et commença de se savonner.

Il se mit à rire.

— Vous n'êtes pas drôle!

— Vous n'avez pas une parcelle de décence, Hank Chavez. Je croyais que vous étiez un gentleman...

— Seulement avec une dame.

— Espèce de sauvage!

— J'en ai assez de vos injures, Sam. Je vais être obligé de répondre sur le même ton et je crains que cela ne soit guère à votre goût.

Elle poursuivit avec désinvolture:

— Vous savez, j'ai rêvé plusieurs fois que je vous faisais fouetter avant de vous tuer.

— Vraiment !

— Vous m'avez fait du mal, Hank. J'ai peut-être été un peu coquette avec vous mais c'était en toute innocence.

— Vous m'en tenez toujours rigueur. Voilà qui ne m'empêchera pas de dormir.

— Vous changerez d'avis quand les chasseurs de primes vous retrouveront. Savez-vous que vous êtes recherché ?

— Ce ne serait pas la première fois.

Bien que le ton fût indifférent, la nouvelle l'avait pris au dépourvu.

— Vous serez moins insouciant quand j'aurai augmenté la prime. Tous les hors-la-loi seront à vos trousses. Vous ne leur échapperez pas.

— Il faudrait encore que vous soyez libre.

Elle se raidit. Elle se rappela la femme qui pleurait. Il valait mieux ne pas le provoquer.

— Il y a une autre femme dans le village ?

— Plusieurs. Ce sont les compagnes de mes hommes.

— J'ai entendu une femme pleurer. Que s'est-il passé ?

Il n'avait aucune raison de lui cacher la vérité.

— Son mari l'a battue.

— Pourquoi ?

— Elle le trompait. Tout le monde le savait. Aujourd'hui, Diego a retrouvé les bottes de son amant sous leur lit.

— C'est la femme de Diego !

— C'était, il l'a répudiée.

— Oh ! dit-elle. Il la bat et la rejette ensuite.

— L'infidélité n'est pas une faute d'après vous ?

— Non, ce n'est pas ça... J'estime qu'on ne doit pas battre une femme.

— Même si elle le mérite ?

— S'il l'a battue, il n'aurait pas dû la répudier. Pourquoi la punir deux fois ?... Comment va-t-elle ?
— Elle s'en remettra.

Son indifférence réveilla la colère de Samantha.

— Vous n'avez donc pas de pitié ? J'imagine que vous n'avez même pas essayé de raisonner Diego !
— Je ne m'immisce jamais dans les affaires des autres. J'aurais eu la même réaction.
— Et dire que vous m'avez demandé de vous épouser ! Je présume que vous m'auriez battue aussi ?
— Certes... Vous cherchez à séduire tous les hommes que vous croisez !
— C'est faux !
— Ah bon ? Êtes-vous donc restée fidèle à Adrien ?
— Vous êtes abject !

Il eut un petit rire. Elle se tut et reporta son attention à sa toilette. Se laver les cheveux dans un espace aussi réduit était presque impossible. Elle réussit à les mouiller en mettant ses mains en coupe pour recueillir l'eau. Soudain, elle reçut un seau d'eau froide sur la tête. Elle suffoqua.

— Sortez, Sam ! dit Hank d'un ton glacial. Il est bientôt l'heure de dîner. Venez préparer le repas.

Il quitta la pièce, laissant la porte ouverte. Elle poussa un soupir de soulagement. Elle avait décidé de s'attarder dans son bain tant qu'il ne lui accorderait pas un peu d'intimité. Elle sortit du tub et après s'être habillée, lava rapidement sa chemise de soie puis, à l'aide d'une serviette, nettoya sa jupe de cuir. Ses vêtements mouillés sur le bras, elle entra dans l'autre pièce. Il y avait une table et quatre chaises et dans un coin une selle de cheval et une couverture roulée. Près de la cheminée, des étagères avec de la vaisselle et quelques provisions garnissaient les murs au-dessus d'un comptoir.

— Puis-je étendre mes vêtements dehors sans crainte qu'ils ne disparaissent dans la nuit ?

Hank était assis à la table.

— A condition que vous n'alliez pas plus loin.

Elle les posa sur la balustrade. Le soleil venait de disparaître derrière la falaise. Il faisait encore jour. Qu'y avait-il au bout de l'étroite vallée ? Elle ne distingua aucun chemin, une maison lui cachait la vue. Un homme traversa la ruelle un peu plus loin. Il la regarda avec curiosité. Elle rentra à l'intérieur.

Hank la suivait des yeux, et elle se sentit soudain intimidée. Ses vêtements ne lui allaient pas. La blouse blanche avait un décolleté trop profond, et le foulard vert autour de sa taille ne faisait qu'accentuer sa poitrine. La jupe, elle, était trop courte.

— Je peux vous aider à vider l'eau du tub, si vous voulez, dit-elle.

— Rien ne presse.

Elle se tourna vers les étagères.

— Que désirez-vous pour dîner ?

— Il y a des haricots et un poulet qui vient de chez votre père. Dans quelques jours, nous serons plus riches.

Il se vantait de ses pillages. Elle se raidit, mais ne dit rien. Il se leva et vida l'eau du tub. Puis, il sortit une bouteille de vin et emplit leurs verres.

— Je n'ai pas vu Lorenzo, dit-elle, le repas fini.

— Il est parti.

— Parti ? Mais comment ? Il a quitté le village... définitivement ?

— Pourquoi cet intérêt ? Est-ce votre prochaine conquête ?

— Je ne cherche pas à faire de conquête. Mais, si tel était mon but, je le préférerais à vous. Où est-il ?

— Il va revenir, mais je ne pense pas que je l'autoriserai à vous voir.

— Avez-vous l'intention de me séquestrer ici,

entre ces quatre murs, avec vous pour seule compagnie ?

— Quel dommage que vous soyez déjà lasse de moi ! Je commençais à apprécier votre présence dans une maison.

— Ne vous méprenez pas, Hank. Cela m'est égal de faire la cuisine pour vous, mais ma patience a des limites.

— Nous verrons, mon petit.

Il sourit.

— Je ne plaisante pas.

— Savez-vous que vous êtes belle quand vos yeux brillent ? Et vous avez un corps parfait. Je ne sais combien de temps je saurai résister à la tentation...

Sans un mot, elle se leva et se dirigea vers sa chambre. La porte claqua.

Hank était préoccupé. Il avait prononcé ces derniers mots en espagnol, sans raison, pour plaisanter. Or, elle réagissait comme si elle avait tout compris. Elle avait dû, jusque-là, faire semblant de ne pas connaître cette langue.

Il demeura assis tard dans la nuit. Lorsqu'il se leva enfin, la bouteille de vin était vide. Après avoir verrouillé la porte de Samantha, il s'allongea sur le sol et s'endormit.

21

Pendant deux jours, Hank ne laissa personne approcher Samantha. Elle accepta sans rechigner cette solitude forcée. Elle avait peur. Elle n'avait pas pensé qu'il la désirait toujours.

Elle releva ses cheveux en un chignon sévère et enfila ses vieux vêtements. Sa blouse, portée sans ceinture retombait sans grâce sur sa jupe. Les efforts qu'elle faisait pour s'enlaidir étaient inefficaces, Hank avait toujours le même regard... Le soir du quatrième jour, il lui apprit qu'il allait s'absenter pour une semaine. Elle aurait dû en être soulagée, mais elle s'alarma et lui demanda :

— Où allez-vous ?

Il rit.

— On dirait que je vais vous manquer.

— Ne soyez pas idiot. Vous m'avez surprise, voilà tout.

— Vous me faites de la peine. J'avais espéré que vous finiriez par m'apprécier.

Elle releva le menton d'un air de défi.

— Cessez de m'importuner et dites-moi où vous allez.

— Vous exigez des réponses, encore et toujours ! Quand donc apprendrez-vous à demander gentiment ? La leçon du bain ne vous a pas suffi ?

— Je vous déteste quand vous êtes ainsi !

— Je croyais que vous me détestiez tout le temps.

Il s'amusait... Il semblait prendre plaisir à la mettre en colère.

— Allez au diable ! Ne me dites rien. D'ailleurs, je m'en moque. Et j'espère que vous ne reviendrez pas.

Elle se précipita dans sa chambre et claqua la porte.

Cette nuit-là, elle ne trouva pas le sommeil. Pourquoi partait-il ? Où allait-il ?

Au matin, il entra dans sa chambre. Il avait envie de la revoir, de lui parler avant de s'en aller. Il ne chercha pas à analyser ce besoin.

Elle était près de la fenêtre. La lumière qui filtrait au travers du volet cloué donnait à ses cheveux une teinte fauve. Même dans ses vêtements défraîchis, elle était ravissante. Elle se tourna vers lui.

— Vous partez ?

— Oui.

Il attendit mais elle ne posa pas d'autre question.

— Je reviens dans une semaine, dit-il. Le grand-père d'Inigo s'occupera de vous en mon absence.

— Comme c'est attentionné !

— De l'amertume ? Peut-être vous manquerai-je... un peu ? Avec qui vous battrez-vous si je ne suis pas là ?

— Pourquoi Lorenzo ne reste-t-il pas avec moi ?

Il fit quelques pas en avant.

— Vous l'auriez préféré, n'est-ce pas ? Vous auriez eu plusieurs jours pour le convaincre de vous aider.

— Vous n'avez pas confiance en lui ?

— C'est de vous que je me méfie, Sam. N'espérez pas sa visite. Il m'accompagne.

— Vous pouvez me laisser seule avec des inconnus, cela m'est bien égal. Quand serai-je libre ?

— Tout dépend de votre père. Je vais m'assurer qu'il suit mes instructions.

— Ah... Vous allez chez moi ?

— Oui.

— Pourriez-vous prendre des nouvelles de Ramon ?

— Ramon Baroja ?

— Le connaissez-vous ?

Elle était étonnée.

— Je l'ai connu quand il était enfant. Par mon cousin, bien sûr. Pourquoi cet intérêt pour lui ?

— Nous étions ensemble le jour où vos hommes m'ont enlevée. Diego l'a blessé. Ne vous l'a-t-il pas raconté ?

— Il m'a dit en effet avoir tiré sur quelqu'un qui faisait mine de sortir son arme. C'était donc Ramon...

— Oui. J'aimerais savoir comment il va.

— Mais qu'est-il pour vous ?

— Si vous le connaissez, vous devez savoir qu'il est mon voisin. C'est un ami.

Le regard de Hank devint aigu.

— Aucun homme ne peut être seulement votre ami, Sam.

Elle baissa les yeux.

— Prendrez-vous des nouvelles de Ramon ?

— C'est trop risqué.

— Je vous en prie, c'est la seule chose que je vous demande. Il était blessé, il est peut-être mort... Je dois savoir.

— Très bien. Mais en retour, donnez-moi votre parole que vous ne tenterez pas de vous échapper pendant mon absence.

— Je...

Elle se mordit les lèvres. Comment promettre une telle chose ?

— Je peux vous enfermer à clé dans votre chambre, si vous préférez.

— Bon. Vous avez ma parole.

Il hocha la tête.

— Alors, au revoir, Samina.

Et il ne put résister à la tentation de la prendre dans ses bras. Ce qu'elle avait tant redouté arrivait. Il l'embrassait et elle s'abandonnait. Avec effort, il se détourna. Il n'avait plus envie de partir. Il songea : Voilà qui la réjouirait si elle savait.

— Vous saurez à quoi vous attendre à mon retour, dit-il en espagnol.

En quittant la chambre, il souriait. Il était évident qu'elle l'avait compris. Il n'en doutait plus, elle comprenait l'espagnol ! Ce qui n'avait rien d'étonnant. Elle avait vécu assez longtemps au Mexique pour en apprendre la langue. Elle était enfin démasquée et il y aurait plusieurs façons d'utiliser ce qu'il savait. Plusieurs...

22

— Monsieur Chavez, n'est-ce pas ? dit Hamilton Kingsley.

Il lui tendit la main et lui désigna un siège.

— En effet, répondit Hank. Je n'étais pas sûr que vous vous souviendriez de moi.

— Votre première visite, quoique brève, est récente. Depuis, bien des événements ont eu lieu...

Hamilton Kingsley n'était plus le propriétaire arrogant et sûr de lui qu'avait rencontré Hank. Les épreuves semblaient avoir eu raison de lui. Kingsley avait le regard d'un homme aux abois, mais Hank ne voulut pas se laisser attendrir.

— Je ne m'attendais certes pas à vous revoir, monsieur Chavez, dit Kingsley. A notre dernière entrevue, vous sembliez plutôt... euh... ennuyé.

— Déçu.

— Enfin, j'espère que vous ne m'en voulez pas. On ne peut tenir rigueur à un homme qui refuse de se séparer de ce qui lui est cher.

Hank se rembrunit.

— Êtes-vous très attaché à ce domaine ?

— Oh, non. J'ai toujours été un nomade. J'ai beaucoup voyagé aux États-Unis et en Europe. Je m'adapte facilement à un endroit, et peux le quitter aussi vite. Je suis ainsi.

Voilà qui était nouveau. Kingsley avait jusque-là refusé son offre parce que la valeur de son domaine était inestimable à ses yeux. Or, il venait d'affirmer à l'instant que ses terres n'avaient aucune importance pour lui !

— Pourquoi alors refusez-vous de vendre ? Vous pourriez en tirer un bon profit.

— Voyons, Chavez, nous n'allons pas reprendre

cette discussion stérile. Vous devriez apprendre à traiter vos affaires avec un peu plus de sang-froid. Je vous reçois aujourd'hui bien que votre première visite se soit avérée fort pénible. J'espère que vous n'allez pas me faire regretter mon hospitalité.

Hank se ressaisit et prit un air contrit.

— Excusez-moi, monsieur Kingsley. D'ordinaire, je ne suis pas si prompt à m'emporter. Je ménage toujours mon adversaire, comme disent les Américains.

Kingsley éclata de rire.

— Vous avez failli m'avoir !

Hank fit la grimace.

— C'est une affaire importante pour moi.

— Je l'ai bien compris.

— Pour vous, ces terres ne représentent rien. Je...

— Attention ! Je n'ai jamais dit ça. J'ai acheté ce ranch lorsque ma fille est venue vivre avec moi. C'est sa maison, c'est là qu'elle aime vivre, c'est là qu'elle fondera un foyer. Si je tiens à cette propriété, c'est uniquement pour elle.

— J'ignorais que vous aviez une fille.

— Elle était absente lors de notre première entrevue. Elle...

Mal à l'aise, Kingsley se tut. Il y eut un silence pénible. Il connaissait la raison de l'émoi de son hôte. Cet homme adorait sa fille. Il était prêt à tout pour la retrouver.

Hank essaya de donner à la conversation un tour plus anodin.

— Elle n'a pas toujours habité chez vous, si je comprends bien.

— Ma femme m'a quitté et a emmené les enfants. Ma fille avait neuf ans quand je l'ai retrouvée.

— Et sa mère ?

— Elle est morte peu de temps après notre séparation. Samantha a été élevée par ses grands-parents.

— Je suis désolé. Je sais ce que c'est que de grandir sans sa mère. La mienne est morte à ma naissance. Ma grand-mère s'est occupée de moi, mais ce n'est pas la même chose.

— J'espère qu'elle était plus sympathique que celle de Samantha !

Hank se mit à rire.

— C'était une femme gentille, un peu distraite et grincheuse en vieillissant... Elle est morte dans cette maison.

— Seigneur ! Vous ne m'aviez pas dit que votre famille avait vécu ici.

— Vous ne m'en avez pas laissé le temps. Je crois que nous avons tous deux perdu notre calme lors de ma première visite.

Kingsley eut un air gêné.

— Je comprends maintenant pourquoi ces terres vous tiennent tant à cœur, mais essayez de partager aussi mon point de vue.

Hank se raidit.

— Vous ne m'avez pas demandé la raison de ma venue.

— J'imagine sans peine qu'il ne s'agit pas d'une simple visite de courtoisie ! dit Kingsley.

— Je serai franc avec vous. J'ai entendu parler de vos ennuis avec des bandits qui ne cessent de vous harceler. Je reconnais avoir espéré profiter de votre infortune.

Kingsley éleva la voix.

— « Harceler » n'est plus le mot juste, monsieur Chavez. Ces misérables ont enlevé ma fille.

Hank prit une mine consternée.

— Mon Dieu ! Je n'en savais rien. Vous devez être affreusement inquiet.

— Oui. Je suis inquiet. Je tuerai leur chef. Le « Boucher », comme on l'appelle. Et si jamais il ose faire du mal à ma fille...

— Mais comment ? Vous ne la laissiez pas se promener seule ?

— Malheureusement si. Quelques hommes l'accompagnaient mais elle les a distancés. Inutile de prendre des précautions avec Samantha quand elle en a décidé autrement. Elle est si têtue ! Je l'avais pourtant avertie du danger. Mais non, il a fallu qu'elle fasse la course avec Ramon !

— Ramon ?

— Baroja, un voisin, peut-être mon futur gendre, dit Kingsley. Quand ils se sont fait surprendre, ils étaient loin de l'escorte.

— Y a-t-il eu des blessés ?

Apprendre que Ramon était le prétendant de Samantha l'irritait. Elle lui avait donc menti en disant qu'il n'était qu'un ami d'enfance.

— Ramon a été blessé mais il se remet. Le pauvre garçon est profondément atteint. Il ne cesse de se reprocher cet accident.

— Quel insensé d'avoir écouté votre fille !

Hank se souvenait bien de Ramon. Déjà, enfant, il ne savait pas prendre ses responsabilités.

Kingsley se renfrogna.

— Vous ne connaissez pas ma fille. Moi-même, je n'ai jamais pu la contraindre à quoi que ce soit. Je ne peux tenir Ramon pour responsable.

— Pardonnez-moi, répondit Hank. Je n'avais pas l'intention de vous blesser. C'est une épreuve terrible et je compatis à votre douleur. J'espère que vous retrouverez votre fille. Ces bandits exigent sans doute une rançon ?

— Ah ! Si vous pouviez dire vrai ! Mais ce n'est pas de l'argent qu'ils veulent. Ils m'ordonnent de quitter le Mexique. C'est à peine croyable.

— Je sais que c'est déjà arrivé. Ce bandit vous en veut-il pour un motif particulier ? Avez-vous déjà eu affaire à lui ?

— Je ne l'ai jamais rencontré. On dit qu'il hait les gringos, mais ne sommes-nous pas plusieurs milliers à nous être installés dans ce pays ? Pourquoi moi et pas un autre ? Cela n'a aucun sens, à moins qu'il ne convoite mes terres. Il est vrai que ce ranch est bien placé, en bordure de la frontière.

— C'est possible, dit Hank. Et... qu'allez-vous faire ?

— M'incliner. Je pars cet après-midi. Vous avez failli trouver la maison vide, monsieur Chavez.

— Mais, vous ne pouvez déjà avoir un acquéreur ! Hank était inquiet.

— Un acquéreur ? Non, je...

— Alors, acceptez-vous mon offre ?

— Vous vous méprenez. Je ne vends pas.

— Mais... vous partez pourtant...

— Oui, pour revenir dès que ma fille me sera rendue. Je vous l'ai dit, elle est très attachée à ce ranch. Elle aurait bien trop de peine si je m'en défaisais.

Hank était en colère. Il avait fait une grande erreur. Kingsley n'avait jamais eu l'intention de céder.

— Je ne vous comprends pas. Vous dites aimer votre fille et pourtant, vous envisagez de revenir vous installer au Mexique. Ce serait la mettre de nouveau en danger. Que feriez-vous si ses ravisseurs avaient le sentiment d'être joués et la tuaient ?

— Une fois Samantha libre, « El Carnicero » sera un homme mort. J'ai fait appel aux meilleurs chasseurs de primes. Je peux vous assurer qu'il ne touchera plus jamais à ma fille !

— Vous avez parlé de votre futur gendre. Pourquoi vous obstiner à garder cette propriété alors que votre fille risque de se marier et de quitter le pays ?

— Le problème n'est pas là. A son mariage, le ranch lui appartiendra. La donation est réglée depuis longtemps. Cette maison sera toujours la sienne. Un lieu privilégié en quelque sorte où elle pourra toujours se réfugier, quel que soit l'endroit où elle s'établira.

— Et vous resterez ici à l'attendre ?
— Non, ce sera son domaine. Je possède des terres de l'autre côté de la frontière. J'ai l'intention de m'y retirer. C'est un peu pour cette raison qu'une union avec Ramon Baroja me ferait plaisir. Les deux propriétés seraient ainsi réunies et je ne serais qu'à une semaine de cheval de l'une ou de l'autre.

Kingsley se tut quelques instants, perdu dans sa rêverie. Puis il reprit :

— Je suis désolé, monsieur Chavez. Je me rends compte de la valeur sentimentale que ce ranch a pour vous. Mais dites-moi, comment votre famille l'a-t-elle perdu ?

— Dans les circonstances actuelles, je crains que cela ne soit pas d'un grand intérêt pour vous. Pensez-vous que votre fille accepterait de vendre, quand les terres seront à elle ?

— Cela dépendra d'elle et de son mari. Mais j'en doute, Samantha aime ce pays.

— Peut-être devrais-je l'épouser...

Le sarcasme de cette remarque échappa à Kingsley qui se mit à rire, soulagé de voir son interlocuteur accepter son échec avec humour.

— Voilà qui ne me plairait guère si vous agissiez dans le but de vous approprier ces terres, monsieur Chavez. Il vous serait facile de tomber amoureux de Samantha et le ranch ajouterait à votre bonheur... si elle voulait de vous, bien entendu.

Hank prit congé de Kingsley pendant qu'il se sentait encore maître de lui.

Si Samantha avait accepté de l'épouser, il aurait eu les terres dont il rêvait, et la femme qu'il désirait ! S'il avait pu se faire aimer et si elle ne s'était pas entichée d'un autre, tout aurait été simple.

Il n'y avait plus que de la haine entre eux et un étrange besoin qu'il comprenait mal. Malgré son ressentiment, il la désirait. Mais il résisterait et se ferait craindre. Elle n'aurait pas la satisfaction de mesurer son pouvoir.

Et Kingsley qui projetait de rentrer aux États-Unis ! Le problème restait entier. A aucun moment, il n'avait songé à cette possibilité. Il aurait dû exiger qu'il vende son ranch avant de quitter le pays.

Il ne savait que faire pour se sortir de cette impasse.

23

Hank et Lorenzo regagnèrent le village abandonné après deux jours et demi d'absence.

Le soleil couchant disparaissait derrière les montagnes tandis qu'ils gravissaient le sentier escarpé qui longeait le canyon. Le crépuscule tombait vite, mais ils n'allumèrent pas de torche. Ils seraient arrivés avant la nuit. Il faisait encore jour pour distinguer le cavalier solitaire qui surgit à un détour du chemin et s'attaqua à la dangereuse descente. Lorenzo s'écria :

— Mon Dieu ! C'est elle !

Les deux hommes lui barraient le passage et Samantha dut s'arrêter. Pendant quelques instants, ils restèrent tous trois sans bouger. Puis elle s'affola et essaya de faire reculer sa monture. Le chemin était trop étroit pour effectuer un demi-tour. Ce fut en vain. L'animal n'avait pas l'habitude de cet exercice. Alors, elle tenta l'impossible. Elle obligea le cheval à se dresser sur ses pattes arrière et le fit lentement pivoter sur lui-même. Le risque était grand. S'il retombait, cavalier et monture finiraient des centaines de pieds plus bas, au fond du précipice. Lorenzo cria :

— C'est de la folie !

Hank pensait que l'attitude de Samantha était

stupide. Pourtant, elle réussit sa manœuvre. Quelques secondes plus tard, elle galopait en direction du village, comme si elle avait eu le diable aux trousses. Et c'était bien le diable qui était à sa poursuite ! Hank donnait libre cours à sa colère, il jurait et pestait. Elle allait voir de quel bois il se chauffait !

A l'autre extrémité du village, coulait une rivière parsemée de grosses pierres. Elle menait hors de la vallée. C'était un chemin dangereux que Samantha n'hésiterait pas à prendre si elle en connaissait l'existence.

Elle traversa le village sans ralentir son allure, priant que la vallée offrît une issue. Pascual, qui sortait de chez lui, la vit passer. Mais cela lui était bien égal. C'était de l'homme derrière elle, sur son puissant étalon, qu'elle avait peur. Son plan aurait été parfait s'il n'était revenu si tôt. Elle avait été si près du but !

La vallée se rétrécissait. Les arbres projetaient d'immenses ombres et plongeaient le ravin dans l'obscurité. Le mustang était à bout de souffle. Jamais elle ne pourrait semer l'étalon blanc.

Elle poussa un cri. Une corde venait de s'enrouler autour d'elle. Elle tenta de se dégager, mais le lasso se tendit, la tirant en arrière. Elle faillit être désarçonnée.

— Doucement, Sam.

La voix de Hank était tout près. Les larmes aux yeux, elle immobilisa sa monture. Il ne la verrait pas pleurer. Il n'aurait pas cette joie. Elle essuya ses larmes et le regarda approcher à pas lents. Avec son poncho et son sombrero, sa barbe de plusieurs jours, il avait l'air plus menaçant que jamais. Lorenzo ne l'accompagnait pas. Ils étaient seuls.

— Descendez !
— Non.

Il tira d'un coup sec sur la corde. Elle lança vivement une jambe par-dessus son cheval et mit pied à terre.

— Qu'allez-vous faire ?
— Je vous ramène au village.
— Alors pourquoi me faire descendre de cheval ?
Il faisait un grand effort pour se maîtriser.
— Vous n'avez pas le droit de le monter, dit-il. Vous l'avez effrayé avec votre manœuvre idiote au bord du canyon. Vous auriez pu vous tuer.
— Je savais ce que je faisais.
— Vous m'aviez donné votre parole de ne pas essayer de vous enfuir.
Elle pâlit.
— Je ne suis pas tenue par une promesse faite à un bandit !
Ce fut dit avec un dédain glacé.
— Vous ne tarderez pas à changer d'avis. Montez !
Il lui tendit la main.
— Je préfère marcher.
Il fit faire volte-face à son étalon et le lasso s'enroula autour de sa taille. El Rey se mit à trotter. Elle dut courir pendant plus d'un kilomètre. Elle était fourbue. Plutôt mourir que de demander à Hank Chavez de s'arrêter. Il n'avait aucune pitié et elle était trop fière pour l'implorer.

Elle trébucha et tomba. Comme elle n'avait pas la force de se relever, elle se laissa traîner sur plusieurs mètres. Une pierre lui enfonça les côtes et elle cria. Il s'arrêta. Elle s'assit en gémissant. Les larmes ruisselaient sur ses joues.
— Voulez-vous monter ?
Elle ne voulait pas céder.
— Je ne supporte pas d'être près de vous, dit-elle. Je marcherai.
Et elle se releva. Ses jambes la soutenaient à peine.
Elle repartit. La corde se tendit de nouveau et elle chancela. El Rey avançait cependant plus lentement et elle put marcher. S'arrêter pour reprendre du

souffle était toujours impossible et, au moindre faux pas, elle risquait d'être traînée sur le sol. Hank n'avait pas le droit d'exiger qu'elle montât sur le même cheval que lui.

Elle tomba une fois encore avant d'atteindre le village. Hank ne s'arrêta pas et elle dut se remettre debout sans aide. Ses vêtements en lambeaux laissaient voir des contusions. Ses mains cuisaient à force de tenir la corde. Quand ils arrivèrent au village, elle se laissa choir sur les genoux. Les compagnons de Hank s'étaient rassemblés dans la rue et regardaient, médusés. L'un d'eux, Pablo, tenait une lanterne qui projetait une lumière désagréable.

Lorenzo attrapa Hank par le bras. Il paraissait furieux.

— Tu as osé la maltraiter. Pourquoi ?
— Ne te mêle pas de ça, Lorenzo.
— Tu as vu dans quel état tu l'as mise ?

Hank se tourna vers la jeune femme. Elle lui jeta un regard meurtrier.

— C'est un peu de fatigue, voilà tout, dit-il. Elle l'a voulu.
— Elle a seulement tenté de s'échapper. Tu ne peux le lui reprocher.
— J'avais sa parole.
— C'est ridicule ! Mais pourquoi l'avoir obligée à marcher ? Tu l'avais rattrapée, elle ne pouvait aller plus loin.
— Elle a refusé de monter sur mon cheval. C'est sa faute.
— Je ne te crois pas.
— Demande-lui.

Samantha fit signe que non.

— Elle ment, dit-il, comme elle a menti en me promettant de rester ici et comme elle a déjà menti pour beaucoup d'autres choses.

Elle regrettait d'avoir tenté d'opposer les deux amis. Cela ne faisait qu'aggraver la situation.

— Pablo, va mettre de l'eau à chauffer, dit Hank. La demoiselle a besoin d'un bain.

Il congédia ses hommes.

Inigo prit les rênes de l'étalon, les autres regagnèrent leurs maisons. Lorenzo ne bougea pas.

— La conversation n'est pas finie, Rufino.

— Il n'y a rien d'autre à dire. Je n'ai aucun compte à rendre. Si tu n'aimes pas la façon dont je traite notre invitée, tu es libre de partir. Je ne te retiens pas.

— Laissez, Lorenzo, dit Samantha. Je vous en prie.

— Mais...

— Non, c'est vrai, j'ai menti.

Lorenzo adressa un regard d'excuse à Hank.

— Nita va venir s'occuper d'elle, dit-il.

— Non.

— Il faut que quelqu'un l'aide à prendre son bain et que l'on soigne ses blessures.

— J'y veillerai moi-même, répondit Hank.

— Mais c'est une femme qui doit l'aider!

La colère gagnait Lorenzo.

— Ça suffit! Je connais cette fille, comprends-tu, Lorenzo?

La stupeur et l'embarras se peignirent sur le visage du Mexicain. Samantha rougit. Hank n'aurait pas dû parler de ce qui s'était passé entre eux. Il n'en avait pas le droit. Qu'allait penser Lorenzo?

— Allez-y, n'hésitez pas à vanter vos exploits!

— Non, racontez-les vous-même, répondit-il. Mais n'omettez rien non plus des vôtres!

Elle se tut. Elle ne pouvait l'accuser de l'avoir contrainte alors qu'elle ne s'était pas débattue. Elle l'avait blessé de plusieurs balles, et il estimait avoir payé.

— Je ne comprends pas, dit Lorenzo.

Alors elle répondit d'un ton coupant:

— Cela ne vous regarde pas.

Avec un effort désespéré, elle se redressa. Les deux hommes s'avancèrent pour l'aider.

— Ne me touchez pas !

Hank la souleva pourtant dans ses bras tandis qu'elle agrippait la rampe de bois pour se hisser sur les marches.

— Espèce de monstre ! Reposez-moi à terre.

— Il n'en est pas question, mon petit.

Et sans ajouter un mot, il la porta dans sa chambre.

Samantha n'oublierait pas cette nuit-là. Épuisée, elle ne put qu'accepter ses soins.

Il la déshabilla et la fit asseoir, des heures, pensa-t-elle, dans l'eau brûlante du tub. Ses forces l'avaient abandonnée et elle pleurait en silence. Puis, il l'allongea sur le lit et l'essuya avec une patience infinie.

Elle essaya de protester.

— Je n'ai pas mal aux bras.

Mais ses mains écorchées à vif étaient douloureuses. Il appliqua avec douceur un baume calmant sur ses égratignures et massa ses jambes raidies de fatigue. Son visage était impénétrable. Il aurait pu tout aussi bien soigner une inconnue !

Quand il eut terminé, il la regarda quelques instants, et elle reconnut dans ses yeux gris la lueur de désir qu'elle y avait vue souvent. Il la couvrit.

— Dormez bien, mon petit.

Il avait parlé en espagnol. Il referma la porte. La chambre était obscure.

Elle se demanda pourquoi il lui parlait si souvent en espagnol, puisqu'il ignorait que cette langue lui était familière.

Elle voulait rentrer chez elle et oublier cet homme.

24

— Pourquoi ne portez-vous jamais votre arme quand vous venez me voir, Hank ?

Samantha était assise sur le lit, adossée au mur, les jambes repliées sous sa jupe de paysanne. Elle avait passé toute la journée précédente couchée, bien que, grâce au bain chaud et au massage de Hank, ses courbatures aient presque disparu. Aujourd'hui, elle se sentait mieux, mais de méchante humeur. Hank l'avait humiliée et elle ne lui pardonnait pas.

— Craignez-vous que je ne m'en empare ?

Il ne répondit pas.

Il posa sur la malle le plateau qu'il lui amenait, croisa les bras, et la regarda attentivement. Sa chemise s'ouvrait sur un torse tanné par le soleil. Elle chercha les marques de ses ongles, mais ne les vit pas. Ne lui avait-elle pas laissé de cicatrices ? Elle se mordit les lèvres de dépit.

— Devrais-je me méfier de vous ? dit Hank.

— Ne pouvez-vous répondre à une question ?

— Si vous me parlez gentiment...

— Bon. Combien de temps allez-vous me garder ici ? Cela fait bientôt deux semaines.

— Une semaine et demie, dit-il.

— C'est-à-dire presque deux semaines ! Cessez de discuter et répondez-moi.

— Vous ne vous plaisez donc pas ici, Sam ?

Elle lui lança un regard noir.

— Je ne suis pas d'humeur à plaisanter, Hank Chavez.

Il haussa les épaules.

— Je ne peux rien vous assurer. Vous devez attendre... comme moi.

Elle se rembrunit.

— Mais, vous êtes bien allé voir mon père ? Qu'avez-vous appris ?

— Beaucoup de choses intéressantes, entre autres qu'il pense pouvoir me tromper.

Elle bondit du lit.

— Que voulez-vous dire ? N'est-il pas parti comme vous le lui aviez ordonné ?

— Si, il a bel et bien quitté le Mexique.

— Alors, vous devez me libérer. Qu'attendez-vous pour me ramener près de lui ?

— Il est parti, Sam, mais sans vendre. Il a l'intention de revenir. Ce qui ne me convient pas.

— Qu'espériez-vous donc ? Je vous avais prévenu qu'il ne céderait jamais à votre chantage !

— Il le faudra bien, sinon, il ne vous reverra plus.

— Qu'allez-vous faire à présent ?

— J'ai envoyé un autre message.

— Qui disait ?

— Que j'ai compris son jeu et qu'il doit vendre ou renoncer à vous revoir.

— Cela ne marchera pas. Vous perdez votre temps. Mon père n'est pas homme à se laisser intimider.

— Alors, il devra se faire une raison et vous oublier.

— Oh, non ! Père vendra, bien sûr, et probablement à votre cousin. C'est bien ce que vous avez prévu ? Votre cousin fait une offre d'achat que mon père, acculé, est contraint d'accepter, c'est bien ça ? Cependant, votre cousin ne restera pas longtemps propriétaire du ranch.

— Antonio sera en possession d'un acte de vente signé de la main de votre père.

— Il sera facile de l'annuler. Il aura été signé sous la menace et mon père pourra se servir de votre message pour le prouver.

— Ce ne sont que des suppositions. L'acte sera

valable. Antonio n'est pas impliqué dans cette affaire.

— C'est ce que pensera mon père, mais je serai là pour rétablir la vérité.

— Mon cousin n'est au courant de rien !

— Qui le croira ? Moi déjà, je mets votre parole en doute.

— C'est pourtant vrai.

— Peut-être, mais il suffira d'associer votre nom au sien, et tout sera fini !

Il l'attrapa par le bras et elle poussa un cri. Elle regrettait ses menaces.

— Si vous êtes morte, vous ne direz rien.

Elle pâlit. Il ne cherchait qu'à l'effrayer !

— Vous ne me tuerez pas.

— En êtes-vous sûre ?

— Vous ne m'avez jamais frappée.

— Il y a un début à tout, ma mignonne.

— Non, vous en êtes incapable.

Il la repoussa.

— C'est vrai. Il m'est impossible de tuer une femme, même vous. Mais un homme, Samantha Kingsley, je n'hésiterai pas.

— Et alors ?

Il s'approcha d'elle et lui toucha la joue. Elle détourna le visage, décidée à ne pas se laisser intimider.

— Sam, aimez-vous votre père ?

— Quelle question !

— Et s'il mourait ?

— Vous me dégoûtez !

Elle se jeta sur lui, les ongles en avant. Les bras de Hank l'enserrèrent. Elle se débattit.

— Misérable ! Vous ne le tuerez pas, vous ne le pourrez pas.

— Si je peux voler des poulets qui piaillent et laisser ma marque sur les portes du ranch malgré la surveillance d'une vingtaine de vaqueros, je pense pouvoir m'approcher d'un homme pour l'abattre. Cela résoudrait sans aucun doute le problème.

Elle s'affola.

— C'est impossible ! Et cela ne vous servirait à rien.

— Il va de soi que j'attendrai qu'il vende sa propriété pour le tuer.

— Je suis sa fille. Je vous traînerai en justice. Vous irez en prison.

— Peut-être, mais votre père sera mort à cause de votre obstination. C'est ce que vous voulez ?

— Allez au diable !

Elle s'effondra sur le lit.

— Encore une chose, Sam. Mettez-vous bien dans la tête que si votre père a l'intention de recourir à la justice, je n'hésiterai pas à le tuer. Si vous l'aimez, vous saurez le convaincre de se tenir tranquille.

Et il sortit.

Elle regarda le plateau de son repas, elle n'avait plus faim.

Le cauchemar continuait. Si elle avait su taire ses intentions, Hank l'aurait libérée. Elle aurait fait échouer son projet, et il aurait été inutile de menacer son père. A présent, il menait le jeu. Il lui fallait renverser la situation...

25

Ce soir-là, Hank invita Diego à venir dîner.

Samantha était intriguée. Sa présence la mettait mal à l'aise et elle espérait bien ne pas être obligée de rester en leur compagnie.

Elle mit son repas sur un plateau et s'apprêtait à regagner sa chambre, quand Hank avança une chaise et l'invita à la table. Puis, il l'ignora.

Ils se mirent à parler en espagnol. Samantha rougit : ils parlaient d'elle. Diego se répandait en éloges grossiers sur sa beauté, Hank, lui, était carrément injurieux. Blessée, elle aurait voulu les insulter en retour. Elle dut se contenir. Elle était censée ne pas comprendre un mot de cette langue.

A bout de patience, elle finit par se lever et sans un mot elle se dirigea vers sa chambre. Si seulement elle avait pu se défendre !

Hank la suivit et retint la porte qu'elle allait refermer.

— Pourquoi nous quittez-vous si tôt, Sam ? Votre compagnie m'était agréable.

— La vôtre... et la sienne me sont odieuses. Je ne tolère pas que l'on parle de moi dans mon dos ! Je préfère m'en aller.

— Et comment savez-vous que nous parlions de vous ?

— Vous n'avez pas dit deux mots sans tourner la tête vers moi. Je ne suis pas stupide !

— J'aime peut-être vous regarder.

— Hypocrite !

Les yeux de Hank étaient moqueurs.

— Vous êtes belle, vous savez !

— Je sais que vous me haïssez autant que je vous hais. Si votre présence m'est insupportable, j'imagine que la mienne vous l'est autant. Cessez de vous amuser à mes dépens. Vous dépassez les bornes.

— Si je m'amuse de temps à autre, ce n'est que justice, Sam.

— Vous l'avez déjà eue, votre vengeance !

Elle ajouta à voix basse pour que Diego n'entende pas :

— Vous m'avez pris ce que je ne vous aurais jamais donné.

Il la saisit par les épaules et sa voix devint menaçante.

— C'est faux et les marques que vous m'avez

faites le prouvent. Peut-être devrais-je vous rafraîchir la mémoire et vous rappeler ce qu'était ce moment que vous me reprochez tant ?

— Si vous me touchez, je vous griffe jusqu'au sang ! Je vous jure que je vous mettrai en lambeaux.

Il rit et desserra son étreinte.

— J'en doute, mon petit. La prochaine fois, vous ronronnerez comme un chat.

— Un chat sort ses griffes, Hank. Maintenant, laissez-moi. J'en ai assez de vos menaces.

Elle ferma la porte et attendit qu'il donne un tour de clé. Il n'en fit rien. Elle l'entendit s'éloigner en riant, et la conversation reprit entre les deux hommes. Elle se mit à arpenter la chambre.

Elle ne pourrait s'endormir avant que cette porte ne fût fermée à clé. Il n'était pas question de faire confiance à Hank.

Les heures passaient. Les hommes parlaient toujours. De temps en temps, on entendait un grand éclat de rire ou le bruit d'une bouteille sur la table... Ils étaient peut-être ivres ? Elle se demandait de quoi était capable un homme comme Hank quand il avait bu. Oublierait-il sa haine pour la rejoindre dans sa chambre ? Elle s'assit sur le lit, puis se redressa. Il lui fallait une arme. Mais il n'y avait que le chandelier qui n'était pas assez lourd.

Il devait être tard, aux alentours de minuit. La chandelle s'était consumée. Elle s'approcha de nouveau de la porte, et ne perçut qu'un murmure. N'iraient-ils jamais se coucher ? La porte d'entrée claqua. C'était Diego qui partait. Elle courut à son lit, moucha la bougie et se glissa dans les draps qu'elle remonta pour cacher qu'elle était encore habillée. S'il entrait, il la croirait endormie depuis longtemps. Pourvu qu'il verrouille la porte !

Osant à peine respirer, elle attendit. Pas de bruit de clé ! Il devait être trop ivre pour se lever. C'était là l'occasion inespérée de s'enfuir...

Elle rejeta ses couvertures, se précipita vers la porte et l'ouvrit avec précaution, retenant son souffle. Son cœur se serra. Hank était toujours à table, deux bouteilles vides devant lui. Les bougies s'étaient éteintes. Seul, le feu éclairait la pièce.

— Où allez-vous ?

Elle sursauta.

— Venez, Sam, je vous attendais...

Il ne semblait pas ivre.

— Que voulez-vous dire ? Qu'est-ce qui vous fait croire que je ne dormais pas ?

Il eut un rire triste.

— Votre bougie a brûlé toute la soirée. On voyait un rai de lumière sous la porte, et votre ombre qui allait et venait.

Elle rougit.

— Je n'avais pas sommeil.

— Je ne suis pas idiot, Sam. Ne me racontez pas d'histoires.

— Eh bien, j'attendais que vous fermiez la porte à clé.

— Cela n'aurait pas dû vous empêcher de dormir.

Elle s'approcha de la table et lui fit face, le menton levé.

— Encore faudrait-il que je vous fasse confiance !

Une lueur amusée passa dans les yeux de Hank.

— Vous vous sentez en sécurité quand je vous enferme ? Je peux ouvrir votre porte si je le veux.

— Vous ne l'avez jamais fait.

— C'est vrai.

— Qu'attendiez-vous ?

— Oh, rien ne pressait...

Sa désinvolture irrita Samantha.

— Vous auriez pu boire et tomber ivre mort.

— Et vous en auriez profité pour vous enfuir ? Rassurez-vous, un peu de tequila ne me soûle pas. D'ailleurs, c'est Diego qui boit. Je n'ai fait que lui tenir compagnie. Sa femme lui manque depuis qu'elle est partie.

153

— Je crains de ne pouvoir compatir.
— C'est parce que vous n'avez pas de cœur.
— Est-ce pour l'écouter parler de ses problèmes conjugaux que vous l'avez invité ce soir ?
— Non, Sam. Il était là pour m'aider à vous oublier et à ne pas...

Elle frémit. Elle aurait préféré ne pas comprendre. Diego était venu pour empêcher Hank de la rejoindre dans sa chambre. Mais Diego était parti...

Il se leva avec lenteur.
— Je me disais que vous alliez vous endormir, et je n'aurais pas osé vous déranger...
— Il fallait fermer la porte à clé !
— J'espérais que peut-être vous m'attendiez...

Elle l'observa.
— Il faut oublier...
— J'aimerais, Sam, mais c'est impossible. C'est vrai.

Il s'avança vers elle.

Effrayée, elle courut à sa chambre. Il la suivit et la bouscula comme elle tentait de fermer la porte. Elle perdit l'équilibre et tomba sur le lit.

Du seuil, il la regardait, les yeux brillants. Elle tressaillit. Il s'avança en enlevant sa chemise. Elle recula et se trouva acculée au mur.

Une étrange émotion l'envahit. Elle haïssait cet homme. Il la séquestrait et menaçait son père. Pourtant il l'attirait. Elle n'avait pas l'habitude de se cacher la vérité et elle savait qu'elle le désirait en dépit de tout.

Elle tourna la tête et feignit l'indifférence. Il ferait le premier pas ! Il avait tant de pouvoir sur elle qu'il était préférable qu'il l'ignore. Il retira une botte, puis l'autre. Elles tombèrent sur le plancher avec un bruit mat. Ses pantalons glissèrent à terre. Il les écarta du pied.

— Avez-vous tellement besoin d'une femme que vous ne puissiez attendre celle qui vous aimera ?

Il s'allongea à côté d'elle et lui ôta sa blouse.

— Depuis que je vous ai rencontrée, je n'ai songé qu'à vous, dit-il. Vous m'avez tout pris et je vous veux. Une autre femme ? Non, Sam chérie, elle ne me serait d'aucun secours !

— Non... Vous êtes immonde... dit-elle.

Il n'y avait pas beaucoup de force dans sa protestation.

— Vous n'avez rien à craindre...
— Ce...
— N'allez-vous donc jamais cesser de parler, Samina chérie ?

Doucement, il s'étendit sur elle. Ils étaient nus. Elle aima sa chaleur. Il la regarda. Elle ne détourna pas les yeux. Elle sentit la caresse de son visage tout près et ferma les paupières. Il embrassa sa nuque, puis sa poitrine. Elle se serra contre lui. Son esprit refusait d'admettre ce que son corps demandait. Elle l'attendait.

— Votre peau est douce, dit-il. Je n'ai pas oublié...

Elle ne résistait plus.

Samantha promenait ses doigts dans les cheveux de Hank. Il avait posé la tête sur son épaule. Il se releva sur les coudes pour la contempler et, dans la pénombre, il vit briller des yeux où il aurait pu se perdre s'il ne s'était montré prudent.

Il effleura sa joue de la main et dit avec tendresse :

— Vous m'avez griffé.
— Je sais.

Elle toucha les cicatrices de son torse.

— Je vous marquerai chaque fois. Ne l'oubliez pas.
— Vous ne semblez pas en colère.

Elle eut un léger sourire.

— Je ne suis pas tenue de m'énerver tout le temps. Il suffit que vous sachiez que je ne plaisante pas.

Il sourit aussi.

— Ces nouvelles blessures, je les accepte avec joie, car vous me les avez faites en...
— Taisez-vous !
Elle se raidit et pressa ses ongles contre son torse en signe d'avertissement.
— Soit ! De toute façon, je sais et je m'en souviendrai.
Le regard de Hank s'assombrit. Le changement d'humeur de Samantha l'irritait.
— Oh ! Fichez-moi la paix ! dit-elle. Vous avez eu ce que vous vouliez. Maintenant, partez !
Il se leva et elle frissonna en sentant l'air frais sur son corps nu. Il l'observa quelques instants en silence, puis sortit et claqua la porte. Elle poussa un soupir de soulagement, et se tourna contre le mur.
La clé tourna dans la serrure.

26

L'assiette de fer heurta la table. Hank jeta un regard à Samantha. Elle se tourna vers le comptoir pour prendre le plat de chili qu'elle posa avec bruit devant lui. Puis elle s'assit.
Il remarqua d'un ton détaché :
— Vous vous êtes levée tard. Trop tard, c'est ça ? Vous n'êtes pas de mauvaise humeur sans raison. Dois-je deviner ?
— Qu'espériez-vous ? Une trêve ? Vous n'avez fait qu'aggraver la situation.
Elle parlait d'une voix basse, pleine d'amertume.
Il tressaillit.
— Excusez-moi, Sam. Je suis désolé.
— Ne soyez pas hypocrite.
Elle aurait voulu oublier la nuit précédente, mais c'était impossible. Elle n'avait pu oublier la première

fois non plus ! Quel était ce pouvoir qu'il avait sur elle et qui la laissait à sa merci ? Comment pouvait-elle le désirer malgré sa haine ?

— Vous ne m'avez pas demandé des nouvelles de votre ami.

Elle releva la tête et remarqua qu'il s'était rasé. Ses favoris descendaient jusqu'aux joues. Les boucles noires qui tombaient sur ses tempes lui donnaient l'air d'un enfant. Il était beau.

— Sam ?

Elle le regarda, puis baissa les yeux.

— Mon ami ?

— Ramon Baroja.

— Oh !...

— Vous m'avez supplié de prendre de ses nouvelles. Cela fait trois jours que je suis revenu et vous ne m'avez rien demandé.

Elle refusait de reconnaître qu'elle n'y avait plus songé.

— Je... J'avais peur, dit-elle. Peur que vous n'apportiez de mauvaises nouvelles.

— Je comprends, dit-il.

Il la dévisageait avec attention.

— Que voulez-vous dire ?

— Vous m'avez menti. Ce gamin est plus qu'un ami.

— Ce n'est pas un gamin et j'ignore de quoi vous parlez !

— De la forte probabilité qu'il devienne votre mari.

— Qui vous a raconté pareille bêtise ?

Il haussa les épaules.

— Je l'ai entendu dire.

— Il ne faut jamais se fier à la rumeur publique qui ne colporte que des ragots. De toute façon, cela ne vous regarde pas.

— Disons que ça m'intéresse. Est-ce la vérité ?

Un léger sourire se dessina sur les lèvres de Samantha.

— Et si c'était vrai ?
— Cela me déplairait beaucoup, mon petit.
Elle rit.
— Ah ! Et pourquoi ?
— Vous semblez oublier dans cette histoire que je vous veux pour moi, Sam.
Elle reprit son sérieux.
— Plus maintenant.
— Quand je vous ai proposé de vivre avec moi, vous disiez aimer Adrien. Vos sentiments changent bien facilement...

A la mention d'Adrien, elle explosa.
— Je me fiche de ce qui vous plaît ou non !
— Aimez-vous Ramon ?
Samantha était surprise, il semblait en colère.
— Regardez-vous, Hank ! Il vous est insupportable de penser que je vous ai repoussé et déjà remplacé !

Il se leva et elle fit de même. Ils demeurèrent quelques minutes immobiles, à se regarder. Puis, il repoussa la table et la prit sans douceur dans ses bras.

— Vous avez peut-être raison, Sam. Si je ne vous avais pas désirée aussi fort, rien de tout cela n'aurait d'importance. Nous aurions pu être bien ensemble. Vous le savez comme moi.

Il mit ses lèvres sur les siennes. Elle se débattit un peu puis céda et s'abandonna. La colère de Hank l'avait bouleversée et sa tendresse l'émouvait. Il y avait aussi le souvenir de la nuit précédente...

— Sam ! Je peux encore faire de vous ma femme. Je peux vous garder ici, ne jamais vous laisser partir.
— Non ! C'est trop tard.

D'un geste las, il se passa la main dans les cheveux et la contempla avec tristesse. Il se dirigea vers la porte ouverte et demeura sur le seuil. Il ne voyait ni la rue ni la montagne.

— Vous n'êtes pas sérieux... n'est-ce pas ? Vous n'avez pas l'intention de me retenir ici ?
— Non.
Sentant le besoin de faire quelque chose, elle remit la table à sa place et disposa les chaises autour.
— Hank, pourquoi avoir dit ça ?
Il soupira.
— Ce ne sont que des mots dits dans un élan de passion. N'y pensez plus, Sam.
— Vous n'avez que de la haine pour moi... n'est-ce pas ?
Il se retourna et la regarda droit dans les yeux.
— Que dois-je répondre ?
— La vérité.
— La vérité est que votre présence me bouleverse. Lorsque je vous vois, je... Mais je crains que ce ne soit pas là ce que vous espériez entendre. Vous préférez sans doute croire que je vous déteste.
— C'est plus simple, et c'est aussi vrai !
Il s'avança et lui prit le menton dans la main.
— Les sentiments changent. La première fois que je vous ai prise dans mes bras, je vous haïssais, et vous savez pourquoi.
— Vous vous êtes totalement mépris, Hank. Je n'ai jamais voulu vous faire croire que nous pouvions être plus que des amis.
Il secoua la tête.
— En cherchant à rendre Adrien jaloux, vous m'avez laissé entrevoir que je vous plaisais. J'ai compris que je vous désirais. Je n'ai jamais éprouvé un tel sentiment auparavant.
Elle se dégagea.
— Et Angela ?
— Je suis étonné que vous vous souveniez d'elle. (Il sourit.) C'est vrai, je l'ai désirée, mais avec vous, je l'ai oubliée.
— L'avez-vous contrainte également ?

Le regard de Hank devint d'un gris acier.

— Elle ne m'a pas trompé. L'homme qui l'aimait n'aurait pas hésité à me tuer si j'avais osé la toucher. Dommage que votre amoureux n'ait pas cherché à vous venger ! Enfin, vous vous êtes fort bien défendue toute seule !

— Pas assez bien, à mon gré ! D'ailleurs, je n'en ai pas fini avec vous !

— Ah, oui ! Les hordes de tueurs que vous avez lâchées à mes trousses ! Votre vengeance sera la cause de beaucoup de morts, Sam, car je me défendrai.

— Ce n'est pas à ça que je pensais.

— A quoi alors ? Espérez-vous m'abattre vous-même ?

— Exactement, et vous mourrez en sachant que toutes vos manœuvres ont échoué. Votre cousin ne gardera pas ce ranch. J'y veillerai !

Il se raidit.

— Je croyais que nous étions tombés d'accord. Vous n'avez pas pris mon avertissement au sérieux ?

— Oh, si, bien sûr. Mais je peux aussi vous tuer. Dans ce cas, je n'aurais plus rien à redouter.

— Et si vous me manquez ou si vous ne me retrouvez pas ?

— J'attendrai. Je me tairai pour ne pas mettre la vie de mon père en danger. Le jour où il mourra, j'attaquerai votre cousin en justice, et je gagnerai, Hank. Je ne suis pas pressée.

— Trop de temps se sera écoulé. On ne vous écoutera pas.

— Les hommes de loi peuvent beaucoup. Je vais consigner dès à présent vos menaces. Je dénoncerai la pression que vous avez faite sur mon père et sur moi dans le but de vous approprier ce qui m'appartient de droit.

Il y eut un silence.

— Ces terres ont donc tant de valeur pour vous ?
— Oui, et peu importe le temps qu'il me faudra pour les reconquérir.

Elle le regarda d'un air triomphant. Il était clair que ses paroles avaient ébranlé Hank. Elle ajouta avec méchanceté :

— Ce ne sont pas les enfants de votre cousin qui hériteront de ce ranch, Hank, mais les miens. Je vous le promets.

Puis elle tourna les talons et se retira dans sa chambre.

27

Les jours suivants, la mauvaise humeur de Hank ne fit qu'empirer, ce qui réjouit Samantha. Elle avait réussi à l'inquiéter. Il n'avait aucun moyen de l'empêcher de mettre ses menaces à exécution. Tous ses efforts seraient réduits à néant, et son enlèvement aurait été inutile. Elle jubilait. Mais la situation restait pour l'instant inchangée. Hank demeurait le maître. Son cousin aurait le ranch. Et ceci pendant de nombreuses années, car elle souhaitait que son père vive encore longtemps. La victoire de Hank n'irait pas au-delà.

Ce projet de vengeance calmait son ressentiment. Elle pensait au jour où elle l'aurait à sa merci. En fait, elle pensait tout le temps à lui et pas forcément avec rancœur. Il lui avait demandé de venir avec lui au Mexique. Quelle vie aurait-elle eue si elle l'avait suivi ? Tout aurait été différent si elle ne s'était pas crue amoureuse d'Adrien et si Hank lui avait proposé de l'épouser... Elle aurait sans doute accepté... Il était beau et séduisant — « muy guapo », comme dirait Froilana.

Dès leur première rencontre, elle avait été attirée, fascinée même... Elle ne pouvait non plus ignorer ce qu'elle ressentait dans ses bras. Si seulement elle pouvait écouter son cœur! Mais c'était impossible. Elle devait le combattre. Il ne pourrait jamais en être autrement. Comme il savait être agréable parfois! Lorsque ses yeux s'éclairaient, on ne pouvait que sourire à son tour.

Certes, elle le connaissait mal. Elle n'arrivait pas à comprendre pourquoi il risquait sa vie pour un simple cousin par exemple. Tant de dangers pour n'en retirer aucun profit! A moins qu'il ne lui ait menti. Mais dans quel intérêt? Qu'est-ce qui pourrait expliquer un tel dévouement pour cet Antonio Chavez?

Assise sur le perron, elle s'appuya en arrière sur les mains, et allongea les jambes.

Le soleil du matin n'atteignait pas encore les marches et la fraîcheur était agréable. Le jour promettait d'être chaud. Les montagnes qu'elle aimait se dressaient devant elle. Elle n'aurait jamais imaginé passer tant de jours à leur pied. Et pour combien de temps encore?

Parfois, comme à cet instant, cette incertitude lui était égale. Le sentiment de liberté qu'elle éprouvait devant ce paysage suffisait à la calmer.

Toute promenade lui était interdite et Hank la surveillait sans cesse. En ce moment même, de la cuisine, il ne la quittait pas des yeux.

Il devait faire la grimace. Elle rit tout bas. Elle avait laissé brûler — sans le vouloir — son petit déjeuner. Il avait explosé, croyant qu'elle cherchait à l'agacer. Quel mauvais caractère! En fait, c'était le doute qu'elle avait semé dans son esprit qui le rongeait.

Elle s'étira avec paresse, puis sauta sur ses pieds et grimpa les trois marches qui menaient à la maison. Elle s'arrêta sur le seuil, s'adossa au montant de la porte et le regarda effrontément. Il se rembrunit. Comme c'était amusant de voir à quel point elle pouvait le troubler !

— A quoi pensez-vous, Sam ?
— A vous.
— Oh !
— Je me demandais... Si j'avais accepté de vivre avec vous, auriez-vous aidé votre cousin à récupérer son domaine ?

Il se renversa sur sa chaise et, pour la première fois depuis deux jours, sourit.

— Si vous étiez mienne, Sam, je vous serais fidèle avant tout.

Elle fronça les sourcils.

— M'auriez-vous emmenée dans ce village abandonné ? Est-ce là le genre de vie que vous m'auriez offert ?

Il eut un rire sans joie.

— Les choses auraient été différentes. Mais inutile d'en parler. Vous m'avez repoussé et ce sont des circonstances tout autres qui nous ont réunis.

— Bien sûr. Mais ne vous ennuyez-vous pas à passer des journées entières, assis sur une chaise ?

— Je n'ai rien à faire, tant que je n'ai pas l'assurance que votre père a reçu mon message. Nous attendons tous notre heure ! Cela me déplaît tout autant qu'à vous.

Elle s'avança dans la pièce et s'arrêta devant lui.

— Vous pourriez renoncer, vous savez.
— Parce que vous êtes sûre de votre victoire ? Vous n'êtes pas éternelle, Sam, et si votre père vivait plus longtemps que vous, mon cousin aurait le dessus.

— C'est risqué.
— Mais possible.
— Vous pouvez toujours espérer si cela vous rend heureux.

Elle sourit.

Il s'éclaircit la gorge avant de poursuivre.

— Il y a encore deux choses qui peuvent m'assurer que le ranch restera la propriété des Chavez. Je doute qu'elles soient de votre goût.

Elle attendit.

— Lesquelles ?

— Eh bien, d'abord, nous pourrions avoir un enfant, si ce n'est pas déjà fait.

Elle le regarda, interloquée.

— Je n'y ai pas vraiment pensé, mais puisque vous avez juré que seuls vos enfants hériteront de ces terres, ce serait, à mon sens, la solution idéale...

— Jamais ! Vous entendez ? Jamais !

— Ce n'était... qu'une idée.

Il sourit.

— Jamais je n'aurai un enfant de vous !

Les yeux de Samantha flambaient.

— On ne choisit pas toujours.

— C'est insensé. De toute façon, c'est votre cousin qui veut le ranch, pas vous. Pourquoi envisager une chose aussi monstrueuse ? Et pourquoi êtes-vous si sûr que je garderais un enfant de vous ? Je vous hais.

— Je sais bien que votre cœur est de glace quand il s'agit de moi. Mais nous parlons d'un enfant, du vôtre. Je ne crois pas que vous le détesterez, même si j'en suis le père.

— Vous êtes fou ! Je ne vous laisserai pas faire.

— Il suffit d'une fois, Sam chérie, dit-il.

— Cela n'arrivera pas.

— Je peux essayer encore...

Elle comprenait trop bien le fond de sa pensée.

— Vous êtes réellement fou, dit-elle. Me désirer est une chose, mais vouloir faire venir au monde un innocent pour servir vos intérêts...

Elle recula en le voyant se lever.

— N'approchez pas. Si par malheur j'attendais un enfant de vous, je l'élèverais peut-être, mais je n'hésiterais pas à le déshériter. Est-ce clair ? Vous seriez encore perdant.

— Voyons, Sam, vous n'en ferez rien. D'ici là, vous m'aurez oublié, et vous l'aimerez. Vous ne le déposséderez pas.

Il fit un pas en avant.

— Non ! Laissez-moi !

Et elle se précipita dehors en courant. Elle ne savait pas où aller, mais il fallait fuir, lui échapper...

— Eh ! Où courez-vous ?

Une main l'agrippa par la taille et elle tourna sur elle-même, cherchant à se dégager.

— Bon sang ! Que vous arrive-t-il ?

— Dieu merci ! Vous voilà, Lorenzo. Je croyais... Ne le laissez pas faire, je vous en supplie ! Je ne veux pas retourner dans cette maison.

Et elle le saisit par son habit.

— Rufino ?

— Bien sûr. Qui d'autre pourrait me poursuivre ?

— Mais... personne ne vous poursuit.

Elle jeta un coup d'œil en arrière. Appuyé à la rampe de l'escalier, Hank l'observait, narquois.

Elle le foudroya du regard.

— Où alliez-vous, mademoiselle ?

Elle poussa un soupir agacé et lâcha Lorenzo.

— Je ne sais pas, et pour l'amour du ciel, cessez de me dire « mademoiselle ». La courtoisie n'a pas sa place ici. Appelez-moi Sam. Il le fait bien, lui.

— Mais...

— Et si vous m'appelez Samina, vous ne serez plus mon ami.

Étonné, Lorenzo recula. Pourquoi passait-elle sa colère sur lui ?

— Excusez-moi, dit-elle, je ne devrais pas vous parler sur ce ton. Je ne sais plus ce que je fais ni ce que je dis. C'est à cause de lui... J'ai peur.

— Sam... Que s'est-il passé ?

— Il...

Elle se tourna vers la maison. Hank n'avait pas bougé. Sûr de lui, il attendait qu'elle revienne.

— Je ne veux pas rester seule avec lui, Lorenzo, dit-elle. Il... il est fou.

— Qu'a-t-il fait ?

— Quelle question ! Je vous en prie, Lorenzo. Gardez-moi avec vous.

— C'est impossible, dit-il. Nous en avons déjà parlé. Je ne vais pas me battre avec mon ami parce que vous ne le supportez pas.

— Vous ne comprenez pas. C'est plus grave que ça.

— Venez, allons régler cette histoire.

Il la prit par le bras.

— Lorenzo, non ! Ne me ramenez pas dans cette maison.

— Vous vous conduisez comme une enfant.

Il commençait à s'impatienter.

Elle laissa éclater sa rage.

— Il m'a fait violence, et ce serait arrivé de nouveau, si je ne m'étais pas échappée.

Cela lui était égal que Hank l'entendît.

Lorenzo lui serra le bras et elle grimaça de douleur.

— Voilà une grave accusation. Si vous mentez, je ne vous le pardonnerai pas.

— Croyez-vous que j'avouerais une chose aussi humiliante si c'était faux ?

Il poussa un juron et se dirigea à grands pas vers Hank.

Elle le suivit des yeux. Ils allaient se battre. S'il ne gagnait pas, elle se retrouverait face à Hank qui lui en voudrait.

Hank attendait, les jambes écartées. Lorenzo se jeta sur lui et ils roulèrent dans la poussière. Hank prit le dessus. Il se mit à cheval sur Lorenzo, mais ne le frappa pas.

Samantha les observait. Elle s'avança, les voyant

parler. Ils se relevèrent, puis époussetèrent leurs vêtements. Elle n'entendit que la fin de la conversation.

— Sera-t-elle d'accord ?
— Oui.
— Oui quoi ? dit-elle.

Hank s'efforçait au calme.

— Ah, vous voilà.
— Quels mensonges avez-vous bien pu raconter, Hank ?
— Aucun.
— Niez-vous m'avoir fait violence ?
— Rufino ne nie rien, dit Lorenzo, mais il réparera ses torts.

Elle se tourna vers le jeune Mexicain.

— Pourriez-vous m'expliquer cette phrase ridicule ?

Il garda le silence et, gêné, s'éloigna.

— Que lui avez-vous dit, Hank ?
— Vous le saurez bien assez tôt.
— J'exige...
— Taisez-vous. Nous quittons cet endroit à l'instant. Je n'ai ni le temps ni l'envie de satisfaire votre curiosité.
— Nous partons ? Mais vous disiez qu'il fallait attendre...
— J'ai changé d'avis.
— Vous allez me rendre ma liberté ?
— Les explications sont pour plus tard.

Il avait parlé en espagnol.

Et il rentra dans la maison.

Elle demeura immobile. Il refusait de répondre. L'idée d'être enfin libre et de revoir son père ne lui apportait aucun soulagement. Elle se sentait gagnée par l'inquiétude.

Que cachait cette décision soudaine ?

28

Hank et Samantha quittèrent le village abandonné avec Lorenzo, Inigo et Diego. Le soir, ils firent halte dans la plaine, sans se cacher. Ils dressèrent le camp au pied d'un rocher qui ne pouvait les dissimuler. Inigo fit la cuisine. Samantha, inquiète, se sentait plus en sécurité près du feu. Elle avait peur de Hank. Elle avait encore en mémoire la conversation du matin. Quelle était cette seconde solution dont Hank l'avait menacée et qui assurerait aux Chavez la propriété du ranch ?

Depuis, il ne lui avait pas adressé la parole et avait rassemblé ses affaires en silence. Pour sa part, les préparatifs avaient été rapides. Elle avait laissé son habit de cuir abîmé, et s'était contentée de boucler son ceinturon sur sa blouse. Elle avait enfilé sa chemise de soie en guise de veste au cas où le vent se lèverait.

Elle fut obligée de monter le même cheval que Hank, et fit tout le voyage droite comme un I. Sa fierté lui interdisait de s'appuyer contre lui. Elle était pleine de courbatures.

Elle finit son vin et reposa la tasse. Leur repas terminé, Diego et Inigo ramassèrent leurs couvertures et s'installèrent derrière le rocher. Lorenzo but une gorgée de tequila. Il ne l'avait pas regardée de toute la journée. Qu'avait pu lui dire Hank au cours de leur altercation ? Elle n'osait le questionner. Il semblait gêné.

Hank déroula sa couverture près du feu.

— Quelqu'un en a-t-il une pour moi ? dit-elle.

Personne ne lui répondit.

Lorenzo observa Hank en silence, puis il se leva et s'éloigna.

— Lorenzo, où allez-vous ? Lorenzo !
— Laissez-le, Sam.
Hank avait parlé si bas qu'elle l'entendit à peine.
— Mais où va-t-il ?
Elle craignait le pire.
— Dormir plus loin.
— Pourquoi ?
— Du calme !
— Expliquez-vous !
Comme il approchait, elle recula.
— Que craignez-vous, Sam ?
— Vous le savez bien.
Il fit non de la tête.
— Dites-le-moi.
— J'ai peur de vous et de vos idées insensées.
Il s'arrêta.
— Ah ! Vous m'avez cru, dit-il.
Il semblait s'amuser.
— Bien sûr que non, mais je n'aime pas que vos compagnons nous laissent seuls.
— Je suis là pour veiller sur vous. Un homme suffit pour que vous ne vous échappiez pas.
— Mais...
— Je voudrais dormir, Sam. Couchez-vous maintenant.
— Allez-vous me ligoter ?
— Le devrais-je ?
— Non.
— Alors, je n'en ferai rien. Voilà une couverture. Tenez.

Elle hésita. Son instinct lui disait de ne pas se fier à lui. Il avait raison, elle ne pouvait s'enfuir, elle était à sa merci. Relevant le menton, elle avança, et lui arracha la couverture des mains. Il laissa échapper un rire qui l'agaça, elle n'en montra rien et lui tourna le dos. Elle avait la ferme intention de s'installer aussi loin que possible. Alors il la saisit par les épaules, l'obligea à s'asseoir sur la couverture qu'il avait dépliée.

— Vous avez menti, dit-elle. Vous prétendiez avoir sommeil.

— Je dormirai... après.

— Après m'avoir fait un enfant ?

— Après vous avoir donné du plaisir, Sam.

— Vous croyez que je prends plaisir à vos caresses ?

Il sourit d'un air tranquille.

— Et maintenant, qui est-ce qui ment ?

— Misérable !

Elle essaya de le griffer.

Il l'attrapa par les poignets, il lui maintint les bras au-dessus de la tête. Il la toisait avec dureté.

— Mon visage me plaît comme il est, dit-il d'un ton glacial. Si jamais vous me défiguriez, je vous grifferais jusqu'au sang. Réfléchissez-y, Sam.

— Vous êtes cruel, Hank. Vous ne me laissez pas une chance.

— Et quelle consolation ai-je eue quand j'ai commencé de vous aimer ?

Elle le regarda et vit qu'il était sincère.

— Votre cœur est dur et empli de rancune. Moi, ce que j'ai perdu, c'est pour toujours. Vous avez gagné, Hank. Votre soif de vengeance n'est-elle pas assouvie ?

— Il ne s'agit pas de vengeance. Je suis fou de vous. Vous devriez vous réjouir du pouvoir que vous avez sur moi.

— Au contraire. Je souffre à cause de vous.

— Vous ignorez ce qu'est la souffrance, Samina. Je ne vous ai jamais brutalisée, même la première fois. Ce jour-là, vous étiez bien plus bouleversée par ce que je vous avais révélé au sujet d'Adrien.

— Vous n'avez aucun égard envers mes sentiments. Je vous hais.

— Sauf quand je vous fais l'amour.

— C'est faux.

Il sourit et, de la main, effleura sa joue.

— Je sais fort bien ce que vous éprouvez quand je vous prends dans mes bras, Sam chérie. Pourquoi vous obstiner à prétendre le contraire ?

Le visage empourpré, elle détourna la tête.

— Quand nous sommes ensemble, vous ne pouvez plus feindre l'indifférence. C'est votre fierté qui vous trompe. Vous refusez la vérité et c'est ça qui vous fait souffrir.

Il l'embrassa. Elle ne chercha pas à résister. Il avait discerné en elle ces sentiments contradictoires qu'elle croyait lui avoir cachés. Dans ses bras, elle se sentait vulnérable. Il semblait si bien la connaître. C'était sa force.

La première pensée qu'elle eut fut qu'elle ne l'avait pas griffé. Cependant, il se frottait l'épaule gauche.

— Petit tigre ! Vos dents sont aussi acérées que vos ongles. L'amour avec vous est dangereux !

Elle rit. Elle l'avait mordu et ne s'en souvenait même pas.

— Je suis désolée. Voulez-vous que je regarde votre blessure ?

— Je m'en occuperai moi-même, merci, comme je l'ai fait jusqu'à présent, dit-il.

— Alors, si vous n'avez pas besoin de mon aide, laissez-moi me relever.

Il se poussa sur le côté mais passa un bras possessif autour de ses épaules.

— Dormez avec moi !
— C'est ridicule.
— Je suis sérieux, Sam. Vous partagerez ma couverture qui est plus confortable que le sol.

— Cela m'est égal. Plutôt dormir dans un lit de cactus que passer la nuit auprès de vous !

— Je me fiche de vos préférences. Je veux que vous restiez avec moi. Inutile de discuter. Vous ne profiterez pas de mon sommeil pour vous échapper.

Il se rhabilla, puis se pencha sur elle pour reboutonner sa blouse. Elle voulut l'en empêcher.

— Vous êtes impossible !

Elle lui tourna le dos.

Il remonta la couverture sur eux, s'étendit contre elle et l'enlaça.

— Quand vous êtes en colère, vous êtes très belle. Trop belle pour moi.

— Vous cherchez à m'irriter, n'est-ce pas ?

— Oui. J'adore vous provoquer. Mais savez-vous ce que j'aime encore plus ?

— Je ne veux pas le savoir.

Puis elle demanda :

— Qu'est-ce que c'est ?

Il caressa sa poitrine.

— Vos yeux brillent lorsque...

— Taisez-vous !

Elle se couvrit les oreilles des mains. La voix de Hank la poursuivait.

— La prochaine fois, vous ne me repousserez pas. Promettez-le-moi.

Elle ne répondit pas. Elle feignait l'indifférence, mais elle était en proie à la plus grande confusion. Bientôt, elle ne verrait plus Hank Chavez.

29

Six jours plus tard, Samantha et ses ravisseurs longeaient la propriété de Kingsley. Son ancienne maison. Son père avait sans doute vendu puisqu'elle allait être libérée. Elle se sentait abattue à la pensée de quitter le pays où elle avait grandi. Ils évitèrent le ranch et se dirigèrent vers la frontière.

Hank n'était guère pressé, encore moins inquiet. Il traînait même, tardant à se lever le matin, faisant halte pour la nuit tôt dans la soirée. Ils avaient perdu deux jours, et l'éventualité que Kingsley se soit mis à la recherche de sa fille ne semblait pas le tracasser.

A la nuit tombante, ils arrivèrent dans un village qu'elle ne connaissait pas. Elle était épuisée. La vue de l'église la réconforta. Des chrétiens ne pourraient refuser de lui porter secours. Il suffirait de parler à l'un des villageois à l'insu de Hank.

Ils s'arrêtèrent devant une auberge et elle reprit espoir. Hank mit pied à terre et pénétra dans la maison. Elle attendit dehors avec les trois Mexicains. La rue était sombre malgré quelques taches de lumière qui venaient des fenêtres et une torche allumée à l'entrée de l'église. C'était un petit village d'ouvriers et d'artisans. Ils étaient sans doute tous couchés.

Un quart d'heure plus tard, Hank revint. Il l'aida à descendre de cheval. Diego et Lorenzo les suivirent à l'intérieur, tandis qu'Inigo menait les chevaux à l'écurie.

La salle était à peine éclairée. Posée à l'extrémité du comptoir, près d'un escalier, une bougie se consumait. Un feu brûlait dans l'âtre, sous une marmite. Une femme d'âge indéterminé était penchée au-dessus et y mettait du bois. Assis à une table, un homme aux cheveux blancs somnolait.

La Mexicaine se retourna en souriant et leur indiqua une table. Elle allait leur servir à dîner. Le repas serait bientôt prêt. Diego et Lorenzo prirent place. Ils ôtèrent leurs chapeaux et posèrent leurs sacoches de selle et leurs fusils à terre. Hank prit la bougie et conduisit Samantha à l'étage.

— Allons-nous passer la nuit ici ? dit-elle.

— Oui. Il y a seulement deux chambres, mais la señora Meija a la gentillesse de nous prêter la sienne.

— C'est la personne qui nous a accueillis en bas ?

— Oui, c'est elle qui tient cette auberge. Elle est veuve.

Il faudra parler à la señora Meija, pensa-t-elle. Et si Hank l'enfermait ?

— N'ai-je pas le droit de dîner avant que vous ne me séquestriez ?

Il eut un petit rire amusé.

— J'ai pensé que vous aimeriez prendre un bain. Vous nous rejoindrez ensuite pour le repas.

Ils étaient sur le palier. Un jeune garçon sortit de l'une des pièces, deux seaux vides à la main.

— Votre bain est prêt, dit Hank.

Dans la chambre, une vieille lampe diffusait une lumière agréable et un petit tub que l'on venait de remplir d'eau bouillante fumait. Elle sourit. On avait mélangé à l'eau son parfum préféré.

— Est-ce pour moi ?

Elle montrait la jupe et la blouse blanche, garnies de volants de dentelle, et la mantille, posée sur le lit.

— Oui.

— Est-ce notre hôtesse qui me les prête ?

— Non, c'est à la fille d'une amie qui est à peu près de votre taille. Ces vêtements sont neufs et vous pouvez les garder.

— Les avez-vous achetés ?

Il fit signe que oui.

— Et l'eau de rose, une de vos idées également ? C'est gentil. Vous vous êtes donné du mal ! Pourriez-vous appeler quelqu'un pour m'aider à prendre mon bain ?

— Je serais heureux de vous aider.

— Alors, n'en parlons plus !

Il sourit.

— A tout à l'heure !

Et il sortit.

Elle courut à la fenêtre. A nouveau, elle voulait fuir. La façade de la maison n'offrait aucune prise. Il était impossible de s'échapper par là. Il ne lui restait plus qu'à prendre son bain et essayer de parler à l'aubergiste.

Une heure plus tard, elle gagnait la salle, détendue. Le bain lui avait fait du bien. Elle avait lavé ses cheveux et sa toilette lui allait bien. Elle espérait que la jeune fille qui lui avait donné cette robe pourrait s'en racheter une autre. La mantille était de la même dentelle fine que celle qui ornait la jupe et le corsage. Elle avait l'impression de s'être faite belle pour retrouver un prince charmant. Mais c'était son ravisseur qu'elle rejoignait ! Pourquoi était-il soudain plein d'attentions ? Son comportement était curieux.

Hank était seul avec son hôtesse. Ils bavardaient près du feu, comme de vieux amis après une longue absence. Il portait le costume noir qu'il avait au restaurant, le soir de leur premier baiser. Le soir où elle avait compris qu'il était amoureux d'elle. Quelle idée de s'être obstinée à vouloir rendre Adrien jaloux ! Cela ne lui avait attiré que des ennuis.

Il s'avança et, la prenant par la main, la conduisit à une table éclairée d'une bougie. On y avait disposé deux couverts, une bouteille de vin et un panier de fruits. On leur apporta un ragoût de bœuf et de riz.

— Où sont les autres ?
— Ils ont déjà dîné.

Il servit le vin.

Elle se rembrunit. L'attitude de Hank lui déplaisait. Pourquoi avait-il commandé ce repas pour eux seuls ?

— Quelque chose ne va pas, Sam ?

Il était inutile de lui dire ce qui la tracassait, cela ne ferait que l'amuser.

— Je me demande pourquoi vous semblez détendu. Ne craignez-vous pas que je vous dénonce ? Il me serait facile de vous faire arrêter, maintenant que nous sommes dans un pays civilisé. Je n'ai qu'à ouvrir la bouche, tout le monde saura que vous m'avez enlevée et que vous me retenez prisonnière.

— Personne ne parle anglais ici.

Il sourit.

— Comment le savez-vous ?

— Je connais ce village et tous ses habitants. Ils travaillaient chez les Chavez à « l'hacienda des fleurs ».

— Chez votre cousin ?

— Lorsque son père fut tué à la révolution, tous les hommes furent enrôlés de force dans l'armée. Les vieillards, les femmes et les enfants qui survécurent au massacre vinrent habiter ce village. Certains rejoignirent leurs familles après la guerre civile. Il n'y avait plus de travail pour eux à l'hacienda, votre père avait ses employés. Même le prêtre avait servi notre famille.

Elle resta sans voix. Elle qui avait espéré trouver de l'aide parmi ces villageois ! Ils la haïraient s'ils apprenaient qui elle était. Cela expliquait la désinvolture de Hank.

— Pourquoi ne pas m'avoir prévenue ?

Il feignit d'être étonné.

— Vous n'aviez pas besoin de le savoir.

Elle ne répondit pas et s'attaqua à son repas. Sa colère tomba. Après le troisième verre de vin, elle se résigna à passer une semaine de plus en compagnie de Hank, le temps de rejoindre la frontière. Un jour ou l'autre, il paierait le mal qu'il lui avait fait.

— Venez, Sam. Allons nous dégourdir les jambes.

Il lui tendit la main.

— Je préférerais rester ici et boire pour oublier.

Comme elle faisait mine de se resservir du vin, il écarta la bouteille.

— Non, allons d'abord nous promener.

— Mais je ne veux aller nulle part avec vous.

— J'insiste. N'est-ce pas là une raison suffisante ?

— Oh !

Elle refusa son aide et sortit.

La rue était dans l'obscurité. C'était une nuit sans lune et sans étoiles, fraîche et immobile comme avant un orage. Il pleuvrait avant le lever du jour.

— Par ici, Sam.

Il lui donna le bras. Ils dépassèrent l'épicerie, la forge et quelques habitations. Il y avait un peu de lumière sur la petite place où se dressait l'église.

Grisée par le vin, elle se laissa conduire. Hank marchait avec lenteur, elle accorda son pas au sien, se cramponnant à son bras pour ne pas perdre l'équilibre. Il ne disait rien.

— Où m'emmenez-vous, Hank ?
— Nous allons nous marier.

Il parlait en espagnol.

Elle s'arrêta net, le souffle coupé.

— Nous marier ?
— Ne criez pas, je vous en prie.

Il parlait toujours en espagnol.

— Je me fiche de réveiller les gens. Vous êtes fou !

— Et vous, vous comprenez fort bien l'espagnol.

Il avait un léger sourire.

— Vous plaisantez, j'espère ? De tous les mauvais tours que vous m'avez joués, c'est bien le plus odieux ! Tout ça pour me faire avouer que je comprends l'espagnol. Eh bien, oui, c'est vrai ! Et vous l'avez toujours su.

— Oui.
— Et quelle différence cela fait-il ?
— Aucune.
— Alors, pourquoi cette comédie du mariage ?
— C'est la vérité, Sam. Nous allons nous marier. Ce soir. Et dans quelques minutes.

Il parlait avec sérieux. Mais comment le croire ?

— Ce... ce n'est pas vrai, Hank ?

Elle s'affolait.

— Mais si. Les circonstances m'obligent à prendre cette disposition.

— Quelles circonstances ?
— Celles que vous avez provoquées. Ce mariage me déplaît autant qu'à vous. Croyez-vous que je

désire épouser une mégère ? Nous finirons par nous entre-tuer.

— Alors, pourquoi ? Vous avez pris cette décision quand vous vous êtes battu avec Lorenzo, n'est-ce pas ? C'est pour cela qu'il s'est calmé, parce que vous lui avez promis de m'épouser.

— Oui, vous m'avez réduit à cette extrémité. Lorenzo est un ami que je ne veux pas perdre. C'est une solution que j'avais déjà envisagée, puis rejetée... En fait, ce n'est pas une si mauvaise idée. Ce mariage résout mes problèmes. Et je sors gagnant de cette aventure !

Elle se raidit.

— Vous oubliez une chose... mon cher. Il vous faut mon consentement.

— Je l'aurai.

— Jamais de la vie.

— Si vous refusez, Sam, Diego part pour abattre votre père.

— Vous... vous êtes...

— Résolu.

— Misérable !

— Sam...

— Goujat !

— Assez ! Malgré notre haine réciproque, nous nous marierons. C'est décidé.

— C'est insensé ! Si vous croyez qu'en devenant votre femme, je serai à vous, vous vous trompez. Jamais je ne vivrai avec vous !

— Rassurez-vous, je ne vous le demande ni ne le désire. Vous retournerez auprès de votre père comme convenu.

Elle retrouva son calme.

— Alors, je divorcerai. Tous vos efforts seront réduits à néant.

— Je vous suggère de patienter un mois ou deux avant de prendre cette décision. Vous serez peut-être contente d'être mariée.

Elle rougit.

— Au cas où j'attendrais un enfant ? Rien ne m'empêchera de divorcer.

Il haussa les épaules.

— Cela n'aura plus aucune importance, alors.

— Pourquoi ?

— Allons, venez. Lorenzo et Inigo nous attendent.

Ils arrivèrent devant l'église bien trop vite au gré de Samantha. Lorenzo évita son regard. A partir du moment où elle devenait l'épouse de Hank, tout était permis. Le mariage réparait tous les torts, rachetait toutes les fautes ! C'était si simple !

— Tout est prêt, dit-il.

— Bien, répondit Hank. Alors, finissons-en.

Et vite, pensa-t-elle. Dès qu'elle serait en sécurité auprès de son père, elle divorcerait. Elle ne se battrait pas maintenant. Elle attendrait son heure.

La cérémonie fut courte. En quelques minutes, le vieux prêtre récita les phrases rituelles, et l'unit devant Dieu et pour la vie à Enrique Antonio de Vega y Chavez. Elle ne prêta aucune attention à ces paroles, pour elle vides de signification. Quand vint son tour de prononcer le « oui », Hank dut la pousser du coude.

— Oui, dit-elle.

Il y eut un silence. Hank posa un baiser rapide et courtois sur ses lèvres. Elle était de glace. Ils sortirent. Le prêtre fit une remarque sur le beau couple qu'ils formaient.

— Ils se détestent, dit Lorenzo.

Elle imagina la stupéfaction du vieil homme. Il ne devait pas comprendre. Elle non plus d'ailleurs. Elle se sentait lasse. Ainsi, elle était mariée...

30

— Samantha Chavez! dit Samantha. Madame Chavez! Ce nom me déplaît. C'est le nom de quelqu'un que je hais.
— Vous êtes ivre, Sam.
— Oui, je l'avoue.

Elle ricana, et se laissa tomber sur le lit, les bras écartés. Un peu de vin de la bouteille qu'elle tenait se renversa. Elle ne s'en rendit pas compte. Hank la fixait. Il était impénétrable. Cela la fit rire.

A la sortie de l'église, il l'avait raccompagnée à l'auberge et l'y avait laissée. Pour oublier la confusion de cette soirée, elle s'était empressée d'ouvrir une des bouteilles de vin qu'elle avait trouvées dans la chambre. Quand Hank revint, elle entamait la deuxième.

Elle ferma un instant les paupières pour faire cesser le vertige qui la gagnait. Quand elle les rouvrit, Hank se penchait au-dessus d'elle. Elle vit son torse nu et rougit. Il souriait. Elle referma les yeux pour se protéger de ce sourire.

— Allez-y, Hank. Je ne me souviendrai de rien.
— De quoi parlez-vous ?
— De votre affreux désir.
— Nous sommes mariés, désormais.
— Sachez que ce mariage auquel vous m'avez contrainte n'a rien changé pour moi. Je ne suis toujours pas consentante.
— Allons, détendez-vous. Je veux vous aider à vous dévêtir. Vous serez plus à l'aise pour dormir.

Il la releva et la désagréable sensation de vertige s'accentua. Il lui apparut flou et déformé.
— Cessez donc de bouger, dit-elle.

Il sourit. Elle ferma les paupières. Son malaise se dissipa et ses pensées retrouvèrent un peu de leur cohérence. Elle savait ce qui se passait. Elle était ivre et Hank la déshabillait pour la coucher. Elle sentit l'air frais sur son corps nu, puis les draps que l'on tirait sous elle. Enfin, il remonta la couverture et la borda.

Elle attendit, ne doutant pas un instant qu'il chercherait à profiter d'elle. Si elle avait bu, c'était pour se donner du courage. Cette précaution s'avéra inutile. Il ne se passa rien.

— Hank, où êtes-vous ?
— Ici, Sam chérie.

Sa voix était tout près. Elle tourna la tête et découvrit son visage à côté d'elle, sur l'oreiller. Il l'attira contre lui. Elle savait bien qu'il mentait et qu'il ne laisserait pas passer cette occasion !

— Faites vite, je vous en prie.
— Maintenant que vous êtes ma femme, vous méritez un peu de considération.
— Vous ne me voulez pas ?
— Cette nuit de noces ne rime à rien si vous l'oubliez. Je préfère attendre.
— Je ne veux pas attendre. Je vous en supplie, Hank.
— Implorez-vous enfin mon amour, Samina ?

Devant ce ton moqueur, elle se raidit. C'était en effet ce qu'elle était en train de faire. Elle enfonça ses ongles dans sa paume. Puis, sa main se détendit, son souffle devint régulier. Elle dormait.

Il soupira. Ce mariage insensé, les raisons qu'il lui avait données... La poitrine de la jeune femme se soulevait contre lui. Il ne pouvait dormir. Ce corps chaud contre le sien le bouleversait. Mais il se refusait à la prendre dans ses bras. Leur première nuit ensemble devait être parfaite. Il attendrait.

Il n'aurait pas dû la laisser seule après la cérémonie. Il avait voulu la tourmenter. Il n'avait pas pensé que Mme Meija mettrait des bouteilles de vin dans leur chambre pour qu'ils puissent fêter leur mariage. Il ne savait pas non plus qu'il changerait d'avis et souhaiterait faire la paix avec Samantha. Il était las de leurs querelles. Il voulait qu'elle cesse de le repousser.

Elle remua et glissa une jambe contre la sienne. Il se dégagea et se leva. Il la regarda. Elle ne s'éveilla pas. Ses cheveux s'étalaient sur l'oreiller. Une mèche tombait sur ses seins. Jamais elle n'avait été aussi belle, aussi paisible. Il se faisait violence pour ne pas la toucher.

— Elle me rend fou !

Il sortit à grands pas.

La nuit serait longue comme tant d'autres depuis qu'il avait rencontré Samantha.

31

— Notre nuit de noces est finie, Hank, dit Samantha. Vous avez laissé passer votre chance.

— Qu'importe la lumière du jour aux amoureux ?

— Aux amoureux ? Seigneur !

Elle s'efforça de le repousser.

Il rit.

Les caresses de Hank l'avaient tirée de son sommeil. Elle avait cru rêver. Elle découvrait avec horreur qu'il n'en était rien. Elle dit d'un ton où perçait l'ennui :

— Bon, allez-y. Je sais bien qu'il est inutile de vous résister. Je suis fatiguée d'essayer.

— Espérez-vous me blesser ?

Elle le regarda droit dans les yeux.

— Cela vous ferait-il souffrir ?

Il prit un air entendu.

— Ce serait une consolation, n'est-ce pas ? Peine

perdue, Sam. Votre froideur à mon égard ne peut durer et vous le savez.

Il effleura sa bouche. Puis, il la prit dans ses bras. Il promena ses lèvres sur son visage et sur son cou. Elle ne pouvait plus lutter. Elle allait céder. Ne finissait-il pas toujours par gagner ? C'était son mari, désormais. Son mari...

Et elle dit à voix haute, sans s'en rendre compte :

— Mon mari !

Elle l'enlaça et lui mordit le lobe de l'oreille.

— Vous vouliez que je n'oublie pas, dit-elle, vous aussi, vous vous souviendrez.

Elle le sentit trembler et cela lui plut. Il était plein de violence et d'amour. Lorsque le plaisir vint, elle en savoura chaque instant.

Elle s'endormit, la tête de Hank sur sa poitrine...

— Il est temps de se lever, Sam.

Hank, déjà habillé, lui secouait l'épaule. Il se détourna, ce dont elle lui fut reconnaissante. Le souvenir de leur intimité la faisait rougir et elle ne voulait pas qu'il vît son embarras. Il semblait d'ailleurs afficher le plus grand détachement à son égard. Avait-il déjà oublié ?

Elle se sentait différente. Il lui apparaissait sous un jour nouveau. Elle n'avait pas compris à quel point il pouvait être aimant. Elle se surprit à songer avec malaise à l'hostilité qu'elle lui avait manifestée. Mais... Que se passait-il ? Elle perdait la raison ? Il était dangereux de penser à lui de cette façon. Elle devait à tout prix chasser de son esprit ce moment. C'était ce qu'il avait fait, lui.

— Je vous ramène chez votre père, dit-il.

Il lui tendit ses vêtements de voyage qu'une bonne âme avait eu l'amabilité de laver. La robe de dentelle blanche, sa tenue de mariée, avait disparu. Elle ne demanda pas ce que l'on en avait fait.

Elle sortit du lit en lui tournant le dos.

— Vous m'avez épousée pour me renvoyer chez moi !

Il ricana.

— Au moins, vous ne serez jamais vieille fille.

— Aucune chance!

— Croyez-vous que votre Ramon vous épousera quand il vous verra porter l'enfant d'un autre? Peu d'hommes acceptent qu'on les ait précédés.

— Vous êtes abject! Et vous parlez de quelque chose qui ne se produira pas. Je n'avais pas besoin de vous pour sauver ma réputation et je ne vous remercierai pas de vos prétendus égards.

Il sourit. Ce visage... Ce regard... Elle recula. Hank la bouleversait.

— Vous ne m'avez toujours pas avoué la raison de ce mariage, dit-elle. Je ne crois pas que ce soit pour m'épargner la honte d'un scandale.

— Vous ne devinez pas?

— Vous le demanderais-je sinon?

— Vous comprendrez peut-être un jour!

— Pourquoi refuser de me dire la vérité? Vous ne pouvez m'empêcher de divorcer, ce mariage est donc inutile. Quel bénéfice en retirez-vous? Cela n'aidera pas votre cousin à retrouver son domaine.

— Je crains que vous ne désiriez pas le savoir, Samina, répondit-il. Je préfère me taire. Cela gâcherait votre journée!

— C'est déjà fait!

Dans la lumière du matin, les compagnons de Hank attendaient dehors, devant l'auberge. Les villageois s'étaient rassemblés pour saluer Hank. Ils l'appelaient Don Enrique. Ce nom lui sembla familier. Étonnée par cette démonstration d'amitié — ils paraissaient si heureux pour lui... —, elle attendait, raide, que Hank l'aidât à se mettre en selle. Ils partirent et les villageois agitèrent la main.

C'était plus qu'elle n'en pouvait supporter! Ces visages souriants l'avaient irritée et elle ne s'était jamais sentie d'humeur aussi sombre.

32

Le voyage jusqu'à El Paso fut court mais harassant. Hank menait la troupe à vive allure, comme s'il était impatient d'atteindre la frontière et de se débarrasser de Samantha.

Elle n'eut pas l'occasion de lui parler. Pendant qu'ils galopaient, il refusait de répondre à ses questions, et quand ils s'arrêtaient, c'était elle qui n'avait plus envie de l'interroger. La dernière nuit, ils firent halte à un mile des fleuves El Paso et Rio Grande. Ils savaient que c'étaient leurs derniers moments. Ils avaient envie de s'aimer...

Le lendemain, quand elle s'éveilla, il était parti. Lorenzo, Inigo et Diego erraient, désœuvrés. De toute évidence, ils ne s'apprêtaient pas à lever le camp. Hank ne lui avait pas dit adieu. Sa disparition la surprenait. Lorenzo lui apporta le café et elle lui demanda de lui tenir compagnie, espérant lui soutirer quelques renseignements.

— Où donc est parti Hank de si bonne heure ?
— A El Paso.
— Seul ? Son cousin Antonio l'y attend-il ? Doit-il le retrouver là-bas ?
— Son cousin ?

Elle soupira.

— Vous ne connaissez pas Antonio ? Mon Dieu ! Ignorez-vous la raison de mon enlèvement ?
— Je suis payé pour obéir. Je ne pose pas de questions.

Elle ne voulut pas heurter la sensibilité de Lorenzo et réprima son mouvement d'humeur.

— A-t-il laissé un message pour moi ?
— Oui. Il a dit de l'attendre dans six ou sept mois.

Elle fronça les sourcils.

— Qu'est-ce que ça signifie ?

Lorenzo haussa les épaules.

— Il pensait que vous comprendriez.

Elle rougit. Le sens du message était clair. Dans quelques mois, si elle était enceinte, cela se verrait. Jusqu'au dernier moment, il n'avait pu s'empêcher de se moquer d'elle.

— Il ne revient donc pas ici. Alors, quand me reconduit-on chez moi ? Comment saurez-vous que tout est arrangé entre mon père et Hank ?

— Nous devons attendre ici, Sam. Votre père viendra.

— Quand ?

— Peut-être aujourd'hui ou demain.

En se rendant à El Paso, Hank s'inquiétait. Comment s'y prendre pour que sa rencontre avec Kingsley ait l'air d'être fortuite, le fruit d'un « heureux » hasard ? Il était essentiel que sa présence dans la ville paraisse naturelle. En tombant sur Kingsley, il afficherait la plus grande surprise et expliquerait qu'il rendait visite à un cousin. Saurait-il être convaincant ?

Une seconde entrevue avec Kingsley après l'enlèvement de sa fille, ce n'était pas prudent. L'Américain pouvait le soupçonner, ou s'interroger sur le rôle qu'il jouait dans cette affaire. Après le second message, Hank avait eu l'intention de laisser passer un certain temps, quitte à prendre le risque que le ranch soit vendu. Mais tout avait changé à cause de Samantha. C'était une fille bien trop retorse, et il ne pouvait être certain que ce mariage lui assurât la possession des terres. En devenant son mari, il s'appropriait sa fortune, et divorcer n'y changerait rien. La loi était ainsi faite. Samantha pouvait faire annuler leur mariage, mais elle ne retrouverait jamais ses biens. Il ne se sentirait pas tranquille tant qu'il n'aurait pas entre les mains l'acte de vente signé par Kingsley.

Acheter ce domaine alors qu'il lui appartenait semblait contradictoire. Mais il lui était impensable d'acquérir un ranch sans le payer. Il en faisait une question d'honneur.

Il aurait dû être heureux ! Il avait atteint son but, réalisé son rêve ! Pourquoi ce regret ? Pourquoi ce besoin, ce désir de revenir sur ses pas pour retrouver Samantha et se faire pardonner ce qu'il avait fait ?

Il déraisonnait, pour songer encore à la gagner.

33

Samantha ne tenait pas en place. Déjà quatre jours, et personne n'était venu.

La chaleur du mois de mai devenait étouffante. L'eau que l'on allait chercher à la rivière avait un goût de rouille. Les réserves de nourriture diminuaient, et ses gardiens s'impatientaient. Il était impossible de se laver et elle fut bien obligée de constater qu'elle sentait aussi mauvais que les hommes. Le soleil avait brûlé son visage et ses mains. Elle était méconnaissable. Elle se confia à Lorenzo :

— Il s'est passé quelque chose. Pourquoi mon père tarde-t-il à venir ?

Lorenzo en savait aussi peu qu'elle.

— Peut-être ne se trouvait-il pas à El Paso.

— Hank serait revenu. Le ranch de mon père est à quelques heures de là à peine. Il est soit chez lui, soit en ville. On ne peut le manquer.

— Nous ne pouvons qu'attendre.

— Sans nourriture ? Non ! J'exige que vous me conduisiez immédiatement en ville. Nous finirons bien par découvrir ce qui se passe.

— J'ai ordre de ne pas bouger.

— Jusqu'à quand ? C'est ridicule ! Allez seul à El Paso, si vous préférez. Personne ne vous remarquera. Et tâchez d'apprendre où se trouve mon père.

Lorenzo secoua la tête.

— Mais enfin pourquoi ? Et s'il était arrivé quelque chose à Hank ? S'il lui était impossible de joindre mon père ? Nous attendons peut-être en vain.

Lorenzo semblait ébranlé.

— Il faut se renseigner pour savoir si mon père a vendu ses terres. L'acquéreur devrait être Antonio Chavez, le cousin de Rufino. Il suffira de demander autour de vous. Je vous en supplie, Lorenzo.

Il accepta. Le besoin urgent de nourriture servit de prétexte pour justifier son expédition auprès d'Inigo et de Diego.

Quand il fut parti, l'anxiété de Samantha redoubla. Cette attente, ajoutée à la crainte que Lorenzo ne revienne avec de mauvaises nouvelles, l'angoissait. Quelque chose s'était passé, cela ne faisait aucun doute.

Il lui fallut affronter les regards et les sourires de Diego. C'était la première fois qu'elle restait seule avec lui. La présence d'Inigo qu'elle avait toujours pris pour un lâche ne la rassurait pas plus. Si Diego s'en prenait à elle, Inigo ne la défendrait pas.

Elle fut soulagée lorsque Lorenzo apparut juste avant la tombée de la nuit. Il semblait las et soucieux. Malgré son impatience, elle attendit qu'il voulût bien parler. Il la regarda en silence, comme s'il se demandait par où commencer. Puis il dit enfin :

— Nous partons.
— Nous partons ? Comme ça ?

Samantha perdait son sang-froid.

— N'est-ce pas là ce que vous vouliez entendre ?
— Je veux d'abord savoir pourquoi mon père n'est pas venu au rendez-vous. Que lui est-il arrivé ?
— Autant que je sache, rien. Il était en ville et il est rentré chez lui.

— N'a-t-il pas vendu ? Suis-je encore prisonnière ?

— Il a vendu, il y a deux jours. L'acte de vente est enregistré. J'ai parlé à un clerc du tribunal qui se souvient de M. Kingsley et du nouveau propriétaire. L'annonce publique a eu lieu aujourd'hui.

— Rufino devait s'y trouver. Pourquoi ne l'a-t-il pas prévenu ? Mon père a pourtant fait ce qu'on exigeait de lui. Il a joué le jeu. Je ne comprends pas, Lorenzo. A moins... Mon Dieu ! Pourvu que père n'ait pas vendu à quelqu'un d'autre ! Hank serait fou si son cousin ne pouvait avoir le ranch. Cela expliquerait...

— Non, dit Lorenzo. L'homme que j'ai vu se souvenait de l'acquéreur. C'était bien Antonio Chavez.

— Je... dit-elle. Le misérable ! Il l'a fait exprès !

— Qui ?

— Hank ! Rufino ! Il n'a jamais eu l'intention de dire à mon père où j'étais. Vous ne comprenez pas ? Il a agi par dépit. Il est sans doute parti depuis longtemps avec son cousin, riant du tour qu'il m'a joué !

Lorenzo secoua la tête, un pli barrait son front.

— Il en est incapable.

— Vous ne le connaissez pas aussi bien que moi.

— Vous êtes sa femme !

— Quel rapport ? Il ne m'aime pas et m'a contrainte à ce mariage.

— C'est impossible, dit Lorenzo.

— Je vous assure que ce n'est pas l'homme que vous croyez. Il vous a peut-être sauvé la vie, mais cela ne le rend en rien plus respectable à mes yeux. Il a menacé de tuer mon père si je refusais de l'épouser. Pensez-vous que j'ai accepté de gaieté de cœur ? Croyez-vous qu'en me prenant pour femme il peut réparer le mal qu'il m'a fait ? Il ne pense qu'à lui et arrive toujours à ses fins. Il est rusé et sans scrupule !

— Assez !

— Non, je ne me tairai pas. Réfléchissez un peu. Hank a eu ce qu'il voulait et il a filé. Vous ne pouvez nier l'évidence. Cela fait deux jours que je devrais être libre et je suis toujours là. D'ailleurs, vous aussi ! Il nous a abandonnés, vous comme moi.

Le regard de Lorenzo devint glacial.

— Préparez-vous. Nous partons.
— Où ?
— Je vous ramène chez vous.
— Et les autres ?
— Ils retournent chez eux. Cette histoire est finie.

Elle était heureuse. Le cauchemar avait pris fin. Elle rentrait chez elle et allait retrouver son père.

On jeta un seau d'eau à la tête de Hank. Il reprit connaissance et suffoqua. On avait déjà essayé de le réveiller plusieurs fois, mais il était trop mal en point pour réagir. Il secoua la tête pour chasser l'eau qui coulait dans ses yeux. La douleur explosa dans son crâne. Il se souvint de tout.

On l'avait battu. Il avait un œil fermé, l'autre était aveuglé par l'eau et la sueur qui le piquaient. Il pouvait à peine ouvrir la bouche. Sa mâchoire devait avoir enflé sous les coups de poing. Du sang séché craquelait ses lèvres. Son nez avait beaucoup saigné mais n'était pas cassé, ses dents non plus, bien qu'il eût l'intérieur de la bouche tailladé. Il devait avoir des côtes fêlées. Il ne savait pas, tout son corps le faisait souffrir. Il se sentait oppressé. Les deux premiers doigts de sa main droite étaient insensibles : on les lui avait cassés.

Depuis combien de temps était-il ligoté ? La lanière de cuir lui sciait les poignets et empêchait le sang de circuler. La lumière des lanternes éclairait l'intérieur de la grange. Par la porte laissée ouverte il vit qu'il faisait nuit. Il n'avait pas mangé.

Le second jour de son arrivée à El Paso, il avait rencontré Hamilton Kingsley, comme il l'espérait. Il n'avait pas trouvé suspect de voir Chavez. Hank n'avait pas réitéré son offre d'achat jugeant préférable que Kingsley aborde lui-même le sujet, ce qu'il n'avait pas tardé à faire.

L'affaire avait été vite conclue et les papiers signés l'après-midi même. Hank avait l'acte de vente sur lui, dans la poche de sa veste. Et cela lui avait attiré tant d'ennuis depuis !

L'Américain l'avait trompé jusqu'au bout. C'est un peu plus tard que Hank aperçut Kingsley en conversation avec deux hommes. Il sentit sa confiance l'abandonner. Peu après, ces deux individus le rejoignirent à son hôtel. Kingsley l'invitait. Hank refusa de les suivre. Ils le menacèrent de leurs armes. Personne ne l'avait vu quitter la ville avec eux et il n'avait pas eu le temps de faire dire à Kingsley où l'attendait sa fille.

Le riche éleveur ne doutait pas un seul instant que sa fille ne lui fût rendue. Il voulait se venger, il voulait « El Carnicero » et il s'était laissé convaincre par ses hommes que Hank pourrait le conduire au Mexicain.

Hank se consolait en pensant qu'il n'était venu à l'idée de personne qu'il avait usurpé ce nom, qu'il était « El Carnicero ».

Il ne pouvait pas en vouloir à Kingsley. A sa place, il aurait tout fait pour conserver ses biens. Mais l'Américain ne s'était pas rendu compte que les hommes dont il avait loué les services étaient des brutes. Il avait été choqué en voyant l'état de Hank. Nate Fiske, leur chef, s'était défendu.

— Ce sont bien des aveux que vous voulez ? Une preuve que c'est lui qui vous menaçait ? Vous désirez retrouver vos terres ? Le « Boucher », si on ne l'attrape pas, recommencera. Ce Mexicain est avec lui.

— Et s'il était innocent ?

Kingsley doutait toujours.

Nate Fiske se mit à rire.

— Ce n'est pas ce que vous pensiez hier, monsieur Kingsley, lorsque vous lui avez vendu votre ranch. Vous étiez persuadé alors qu'il était de mèche avec les bandits.

— Vous m'aviez convaincu...

— Peut-être devrais-je vous rappeler plusieurs faits, dit Nate. Cet homme vous propose d'acheter votre propriété. Vous refusez et vos ennuis commencent. Des bandits exigent que vous quittiez le Mexique. Voyant que vous ne vous laissez pas intimider, ils enlèvent votre fille. A ce moment-là, le Mexicain réapparaît. Un hasard ? Peut-être. Mais vous commettez l'erreur de lui révéler vos intentions, et les bandits changent d'exigences. Si vous ne vendez pas, vous ne reverrez pas votre fille. Et qui réapparaît à point nommé à El Paso ? Ça ne prend pas, monsieur Kingsley. Chavez a payé ces bandits, ou alors, il travaille pour eux. D'une façon ou d'une autre, il dira où se cache le « Boucher ». C'est bien ce que vous voulez ? Ça vous coûtera plus cher que prévu à cause des aveux, mais vous pouvez vous le permettre, n'est-ce pas ?

A contrecœur, Kingsley avait accepté que Nate Fiske fît le nécessaire. Il fermait les yeux sur les moyens employés.

Que faire ? se demandait Hank. Continuer à résister ? Faible et diminué, il sentait que, peu à peu, il abandonnait la lutte. Les tueurs, las de son entêtement, donnaient des signes d'impatience qui ne laissaient présager rien de bon. S'il tenait le coup et persistait à plaider son innocence, on finirait peut-être par le laisser tranquille ? A moins que Kingsley ne renonçât à sa vengeance. Mais il ne croyait guère à cette éventualité.

Quant à s'évader, inutile d'y songer. Ils étaient sept à s'occuper de lui, et de la pire espèce. Hank connaissait ce genre d'individus sans scrupule, attirés par l'argent facile et capables de tuer. Il les détestait tous, Nate, celui qui avait vu clair dans son jeu, et Ross, le gros Texan qui lui avait brisé deux côtes au premier coup de poing. Il y avait aussi Sankey, celui qui avait ricané en lui cassant les doigts. Il avait déclaré, en outre, que la torture était le seul moyen de le faire parler.

Hank ignorait les noms des trois autres, ceux qui montaient la garde et ne participaient pas à l'interrogatoire.

Celui qu'il détestait le plus, c'était Camacho, un Mexicain costaud et sournois, au faciès plat. Il lui parlait en espagnol, feignant d'être inquiet de son sort. Sa voix doucereuse lui était insupportable. Il lui demandait :

— Tu es réveillé, l'ami ? Les gringos s'impatientent. Je ne peux pas t'aider à moins que tu ne leur dises ce qu'ils veulent savoir.

Hank s'efforça de ne pas laisser cette voix l'influencer. Il distinguait mieux le décor. Tout le monde dormait, sauf Sankey qui, accroupi près du feu, tenait un couteau au-dessus des flammes.

— Tu vas avouer que tu es coupable ? dit Camacho.

— Coupable de quoi ?

— Tu es idiot, dit-il. Si Nate se met en colère, il laissera Sankey faire à son idée. Si le vieux Kingsley retrouve ses terres grâce à ton aveu, cela veut dire plus d'argent pour eux. Tu comprends ? Ils veulent plus d'argent. Alors ?

Hank garda le silence. Sankey appela :

— Il en a assez, Camacho ?

Le Mexicain secoua la tête d'un air las.

— Je ne crois pas. Il est fou.

— Allez, pousse-toi de là. C'est mon tour maintenant.

— Attends, Sankey, dit Nate. Je t'ai dit qu'il n'en était pas question. Il ne survivrait pas.

— Bon Dieu ! Ils le font bien en Orient et ils s'en remettent. Sauf qu'ils ne sont plus vraiment des hommes. Pousse-toi, Nate. Je te garantis qu'il crachera tout quand il sentira la lame sur sa peau.

— Le vieux ne veut pas qu'il meure et on a intérêt à l'écouter si on tient à être payés. Compris ?

Sankey sortit son arme et tira avant que Nate pût l'en empêcher. Hank tressauta quand la balle perfora sa cuisse, mais il ne cria pas. La douleur, d'abord vive, se transforma en une brûlure sourde. Son corps se détendit et devint lourd. Il se mit à divaguer.

Il revoyait le mineur de Denver qui, blessé, battait en retraite. Samantha était là, menaçante, braquant son arme sur lui, un sourire aux lèvres. Samantha ne le manquerait pas. Il était à sa merci... Samantha le tuait...

Ce fut sa dernière pensée. Tout devint noir.

34

Le cheval de Lorenzo n'était pas arrêté que Samantha glissait à terre. Elle grimpa les marches du perron, puis se retourna. Elle l'avait oublié.

— Attendez-moi un moment.

— Non, Sam. Tenez, Rufino m'a demandé de vous donner ceci.

Elle attrapa au vol le paquet qu'il lui lançait et reconnut la robe de dentelle de son mariage. Sa gorge se noua. Pourquoi Hank voulait-il qu'elle la gardât ? En souvenir ? Il s'immisçait une fois de plus dans sa vie. Elle devait le chasser de ses pensées et, surtout, rester maîtresse d'elle-même. Elle n'attachait aucune valeur à ces effets. Elle les fourra sous son bras, et monta le petit escalier.

— Vous ne pouvez vous en aller ainsi, Lorenzo. Laissez-moi voir mon père et je reviendrai vous dire adieu. Nous sommes passés par tant d'épreuves ensemble !

— C'est dangereux ici, pour moi.

— Il ne vous arrivera rien. Vous m'avez raccompagnée chez moi. Mon père vous en sera reconnaissant.

— Non, Sam.

Elle soupira.

— Bon, Lorenzo. Vous savez, votre présence m'a redonné courage à plusieurs reprises. C'est de cela que je veux vous remercier.

— Adieu, Sam.

— Adieu, Lorenzo.

Immobile, elle regarda le cavalier s'enfoncer dans la nuit. Son dernier lien avec cette terrible aventure. Son cœur se serra. C'était fini. Il fallait oublier. Son père l'attendait.

Elle se détourna et entra dans le vieux ranch qu'elle n'avait pas revu depuis des années. L'endroit lui était toujours familier. Il faisait noir, mais elle retrouva sans peine le chemin jusqu'à la chambre de son père. Ce n'était pas ainsi qu'elle avait imaginé leurs retrouvailles. Peu importait. L'essentiel était d'être de nouveau auprès de lui. Elle avançait dans l'obscurité, ses bottes martelaient le plancher. La porte de la pièce était entrebâillée.

— Père ?

Le clair de lune pénétrait dans la chambre par les vitres sales. Il n'y avait personne. Dans un coin se trouvaient une couverture, une bougie et une vieille caisse. Samantha fronça les sourcils et appela de nouveau. Elle se dirigea vers la pièce voisine, puis vers la suivante. Toujours personne. Elle se précipita dans la salle principale. La maison était vide, inhabitée. Son père n'y avait jamais vécu longtemps, et les meubles de l'autre ranch n'étaient pas encore arrivés. Mais cela n'expliquait pas son absence. Où était-il ?

Un coup de feu éclata. Elle lâcha le paquet qu'elle tenait sous le bras, et porta la main à sa bouche pour étouffer un cri. Elle retint son souffle. Lorenzo ? Un piège ? Oh, Dieu ! Son père l'aurait-il tué ?

Revolver au poing — Lorenzo le lui avait rendu au moment de traverser le fleuve —, elle se rua vers le hall, ouvrit la porte d'entrée et s'immobilisa sur le seuil, épiant l'obscurité. Il était difficile de rien distinguer au-delà de la cour. Des nuages cachaient la lune. Elle fut sur le point d'appeler, mais se retint. Elle ignorait d'où venait le coup de feu. Mieux valait se montrer prudente. Sa première supposition ne tenait pas. Jamais son père n'aurait tendu de piège à ses ravisseurs, pas ici du moins. Et s'il s'était posté en embuscade, il serait sorti de sa cachette en la reconnaissant.

Elle ne savait que faire. Le ranch était désert. Pourtant, un coup de feu avait été tiré...

Elle entendit le galop d'un cheval. Le bruit s'amoindrit ; ce fut le silence. Il n'y avait personne.

— Tout va bien, Sam ?

Elle sursauta.

— Lorenzo ! Vous m'avez fait mourir de peur !

— Excusez-moi. Je vous voyais seule devant l'entrée. J'hésitais à avancer.

— Mon père n'est pas là.

— Est-ce pour cela que vous avez tiré ?

— Je n'ai pas tiré. Et vous non plus...

— J'ai cru que vous étiez en difficulté.

— Non, je... Il faut fouiller le ranch. Si mes souvenirs sont exacts, il y a une grange et une remise par-derrière. Les habitations des employés sont plus loin. A moins que mon père n'ait emménagé dans une de ces maisons. Vous disiez qu'il n'était pas en ville aujourd'hui.

— Il a pu y retourner.

— De toute façon, il y a quelqu'un ici. Voulez-vous rester avec moi ?

Il accepta.

— Il le faut bien. Je vous préviens, Sam, je n'ai pas envie de me trouver face à un père en colère.

— Dès que je l'aurai trouvé, vous pourrez disparaître.

— C'est ce que je ferai.

Elle se dirigea vers l'arrière de la maison. Le jardin était envahi de mauvaises herbes, et ils durent contourner un massif d'arbres dont elle n'avait aucun souvenir. Ils entendirent des éclats de voix et aperçurent de la lumière dans la grange.

Lorenzo posa sa main sur l'épaule de Samantha. Elle se dégagea. Son père devait se trouver là. On entendait comme un bruit de dispute.

Elle s'immobilisa sur le seuil. Il y avait plusieurs hommes. L'un d'eux, ligoté à un pilier, blessé, semblait évanoui. Ce n'était pas possible ! Jamais son père n'aurait participé à une telle action !

Elle se glissa sur le côté, faisant signe à Lorenzo de se cacher derrière elle.

— Votre père est là ?
— Non, non...
— Alors...

Elle frissonna. Les inconnus parlaient :

— Voyons, vous vous disputez pour rien. Il a perdu connaissance.

— Tu en es sûr, Camacho ?
— Mais oui, il respire.
— Tu vois, Nate. Je t'avais dit qu'il n'était pas mort. Maintenant, il a peut-être compris la leçon.

— Tais-toi, Sankey ! dit Nate. J'en ai assez de toi. Encore un de tes coups et tu t'en vas !

— Tu ne tireras rien de ce minable si tu ne lui fais pas peur.

— Ça suffit ! Estime-toi heureux que le vieux soit

retourné en ville ce soir. S'il avait entendu le coup de feu...

— Et alors ? Je ne l'ai pas tué.

— Camacho, fais-lui un bandage avant qu'il ne perde tout son sang, dit Nate.

— Moi, je dis qu'il faut le réveiller. Il est temps qu'il comprenne qu'on ne plaisante pas.

— Qui est d'accord ?

Il y eut un silence. Puis, le Mexicain prit la parole :

— Il vaudrait mieux le laisser tranquille. Mort, il ne nous apprendra rien.

— C'est vrai, Nate. Attendons jusqu'à demain.

— Ross ?

— Je voudrais dormir...

— Voilà qui règle l'affaire.

— Et s'il n'avoue toujours pas demain ? Combien de temps allons-nous encore attendre ?

— Ce qu'il faudra, dit Nate.

Lorenzo poussa Samantha du coude.

— Voilà qui ne me plaît guère, dit-il. Qu'avez-vous vu ?

— Cela ressemble à un interrogatoire. Ils sont plusieurs, six ou sept... Celui dont ils parlent est attaché à un pilier. Ils l'ont battu. Il saigne d'une jambe. Il doit souffrir.

— Ces hommes travaillent pour votre père ?

— Comment osez-vous imaginer qu'il puisse se servir de telles brutes ? Jamais il ne serait complice de pareille cruauté !

— Ils se trouvent pourtant dans votre ranch et ils ont parlé de quelqu'un en ville.

— Il ne s'agit pas de lui. C'est impossible.

Déjà, elle entrait dans la grange, revolver au poing.

Personne ne regardait de son côté. Hésitante, elle fit un pas en avant. Lorenzo demeura dans l'ombre.

Les hommes s'étaient couchés à l'exception de deux d'entre eux, assis près du feu. Le métis releva la tête et la vit. Son visage exprima la surprise, mais il ne broncha pas, et se contenta de l'observer.

— Monte la garde le premier, Camacho, dit son voisin. Tu me réveilleras dans quelques heures.

Camacho sourit, ce qui révéla des dents hideuses.

— Je crois que tu devras attendre pour te reposer, Nate, répondit-il. Nous avons de la visite.

Nate se tut et suivit le regard de son compagnon.

— Qui êtes-vous ?

— Ce serait plutôt à moi de vous poser la question, dit-elle.

Elle était très calme. Entendant une voix de femme, les tueurs se redressèrent. Ils sourirent. Seul, Nate avait toujours l'air furieux.

— Tu es seule ?

— Que fait-elle ici ?

— Bon Dieu ! Le Seigneur m'a exaucé !

Il y eut un éclat de rire général. Elle se raidit.

— Vous êtes sur une propriété privée, dit-elle, et ce que vous avez fait est monstrueux.

Elle regarda l'homme sans connaissance attaché à un pilier. Sa tête penchait sur le côté.

— Il vous intéresse ?

La question de Nate la surprit.

— Par pure humanité ! dit-elle.

— C'est peut-être une amie à lui, dit Sankey. Elle pourrait nous donner des renseignements. Laisse-moi cinq minutes avec elle.

— Ne te mêle pas de ça, Sankey ! dit Nate. Et vous, expliquez ce que vous faites ici.

— Vous vous trouvez chez mon père et je vous ordonne de quitter cet endroit.

— Vous êtes Samantha Kingsley ?

— Vous connaissez mon père ?

Elle était stupéfaite. Nate se détendit.

— On travaille pour lui. Vous vous énervez pour rien, mademoiselle. On fait notre boulot, c'est tout.

— Vous mentez !

Nate se raidit et son regard s'assombrit.

— Je pourrais dire la même chose pour toi, fillette. Sankey a peut-être raison. Tu dois faire partie de la bande des ravisseurs. Tu viens au secours de ton ami ?

— Les ravisseurs ? Mon Dieu ! Vous...

— Kingsley nous a demandé de retrouver les bandits qui ont enlevé sa fille et l'ont obligé à vendre ses terres à l'homme qui est là.

Elle se sentit glacée.

— Qui est-ce ?

— Il s'appelle En... oh, flûte, un de ces noms espagnols qui n'en finissent pas, quelque chose suivi de Chavez.

— Antonio !

— Tu vois, Nate, elle le connaît.

— Pourquoi l'avez-vous roué de coups ? Je ne peux croire que mon père vous ait autorisés à torturer un homme.

Elle ne regardait pas Antonio. Elle en était incapable.

— Kingsley veut le « Boucher ». Ce que l'on fait pour le retrouver lui est égal, c'est notre affaire, et ce Chavez-là nous mènera au bandit.

Elle faisait un effort pour garder son calme.

— Je ne crois pas. Vous allez le laisser partir, sinon je vous fais tous renvoyer. Je connais mon père et je vous assure qu'il n'apprécierait pas le travail que vous faites.

— Un instant...

— Ne l'écoute pas, Nate. Ce n'est pas la fille de Kingsley. Regarde comme elle est habillée ! C'est une des leurs !

— Elle peut être qui elle veut, je m'en fiche ! Moi, je ne reçois pas d'ordre d'une femme.

— Voyons, dit Nate. Vous feriez mieux de nous laisser. Si vous êtes Samantha Kingsley, allez à El Paso, votre père s'y trouve.

— Je ne partirai pas d'ici avant que vous n'ayez libéré cet homme. Il a besoin de soins. Je le conduirai chez un médecin.

Elle aurait le temps, plus tard, de regretter cette décision. Elle ne pouvait abandonner quelqu'un dans cet état.

— Et comment !

Sankey s'avançait. D'instinct, elle fit feu. Il s'écroula. Elle braqua son arme sur les autres. Elle s'adressa à Nate :

— Allez-vous le détacher ?

— Il y a trop d'argent en jeu et vous ne pouvez pas tous nous tuer.

— Vous croyez ?

C'était une bravade. Le coup de feu avait réveillé les deux hommes endormis et ils étaient désormais six contre elle.

Lorenzo attendait-il toujours dehors ? Elle, qui d'ordinaire réfléchissait vite, ne savait que faire. Ils n'hésiteraient pas à tirer sur une femme. Il était encore temps de battre en retraite.

— Mon Dieu !

L'exclamation de Lorenzo la fit sursauter.

— Je n'ai jamais été aussi heureuse de vous voir, dit-elle. Je craignais que vous ne soyez parti.

Il lui répondit :

— Comment pouvez-vous rester impassible alors qu'il est ligoté à ce poteau ? Ne l'avez-vous pas reconnu ?

Cette agressivité inattendue la déconcerta.

— Mais... je n'ai jamais vu Antonio Chavez... Et je suis loin d'être détendue !

— Bon sang ! Regardez-le de plus près. C'est Rufino.

Elle se tourna vers le blessé.

— Non ! Non ! Ce n'est pas vrai...

Ce corps meurtri, ce visage tuméfié... Elle courut à lui. Elle avait oublié la présence des tueurs et tenait mal son arme. Ce n'était pas possible ! Et pourtant, les vêtements maculés de sang étaient ceux que Hank portait le soir du mariage...

Les mots tournaient dans sa tête. Elle écarta la chemise du blessé. Oui, les petites cicatrices étaient là. Le sang se retira de son visage et elle cria. Elle se jeta à ses pieds, elle sanglotait.

Lorenzo tenait en respect les six hommes, un pistolet à six coups dans chaque main, le doig sur la gâchette.

— Que lui arrive-t-il ?

— Discute un peu avec celui-là, dit Nate à Camacho. Tu parles sa langue. Explique-lui qu'on fait notre boulot et qu'on se passerait bien de leur présence.

Lorenzo lui répondit :

— Inutile. On va attendre que la jeune femme reprenne ses esprits.

— Eh bien moi, je ne vais pas rester ici selon le bon plaisir d'une femme ! dit Ross.

Nate chercha à l'apaiser :

— N'y va pas trop fort, Ross. Tu veux finir comme Sankey ?

— Ce Mexicain n'est pas comme cette folle. Il sait bien qu'il ne peut rien contre nous.

— Vous aimeriez peut-être avoir mon avis ? dit Lorenzo.

Camacho retint Ross.

— Calme-toi. Il est comme moi. Il n'a pas peur de se battre.

— Tu crois qu'un maigrichon de son espèce me fait peur ?

— Bien sûr que non, dit Camacho, mais ses revolvers, eux, ne sont pas si maigrichons.

Nate lui demanda :

— Quel intérêt as-tu dans cette affaire ? Quel rôle joues-tu ?

— Je suis là pour que vous relâchiez le prisonnier.

— Et après ?

Lorenzo eut un sourire inquiétant.

— Vous n'avez rien à craindre de moi. Chavez est un ami, mais je ne suis pas homme à me venger.
— Et elle ?
— C'est un autre problème.
— Elle prétendait ne pas le connaître, dit Camacho. Elle a perdu la tête ?

Il jeta un coup d'œil anxieux vers Samantha. Il ne connaissait rien aux femmes et encore moins à celles qui portaient des armes. Celle-ci l'effrayait. N'avait-elle pas tiré sur son ami de sang-froid ?

— Ce n'est pas étonnant qu'elle ne l'ait pas reconnu, dit Lorenzo. Vous l'avez drôlement arrangé. C'est bien la fille de Kingsley et elle connaît votre prisonnier. Mais ce qu'elle éprouve pour lui... Je ne peux...
— Lorenzo, vous parlez trop.

Samantha le foudroya du regard. Il sourit. Il l'avait provoquée afin qu'elle se ressaisît. Il avait besoin de son aide pour les tenir en respect.

— Ce n'est qu'une supposition, Sam, dit-il. Voyez-vous, je ne sais que penser... Vous prétendiez le haïr et...

Elle le regarda, livide.
— Taisez-vous !

Et à l'adresse des tueurs, elle dit entre ses dents :
— Ordures ! Oh ! J'avais espéré, souhaité même que cela arrive...
— Du calme, Sam, dit Lorenzo.

Elle se tourna vers lui. La colère la soulageait. Son sentiment de culpabilité était plus tolérable ainsi.
— Surveillez-les, Lorenzo. Je vais libérer Hank, et si l'un d'eux fait un mouvement, tirez.
— Tu la laisses faire, Nate ? dit Ross.

Samantha braqua son arme sur le gros Texan dont les yeux s'agrandirent. Ross voulut riposter. Elle lui accorda le temps de sortir le colt de son étui puis, d'un coup de feu, le lui fit sauter des mains.

— Si vous ouvrez encore la bouche, ce seront vos dernières paroles, dit-elle. Cet avertissement est valable pour tous. Vous, venez m'aider !

Elle fit signe à Camacho. Le Mexicain avança. Il n'avait pas envie d'approcher cette furie ! Elle recula d'un pas, l'invitant à détacher Hank sous la menace de son arme. Il coupa la lanière de cuir et soutint Hank qui s'affaissa sur lui. Puis il l'étendit sur le sol.

— Son cheval, où est-il ? dit-elle.
— Derrière. Je vais le chercher.
— Non, ne bougez pas d'ici.

Elle se précipita dehors. Elle revint avec El Rey. Elle regardait Hank toujours inconscient, comme hypnotisée par ce visage méconnaissable.

— Comment allons-nous le transporter, Sam ?

La question de Lorenzo la rappela à la réalité. Elle releva la tête.

— Je ne sais pas... Il n'y a pas de chariot, et nous n'avons pas le temps de fabriquer une civière. Vous le prendrez avec vous. El Rey peut vous porter tous les deux. Pouvez-vous le soutenir ?
— J'y arriverai.
— Il faut le maintenir assis, dit-elle. Je crois qu'il a des côtes cassées et toutes... ces blessures... Il ne faut pas qu'il s'appuie dessus ni qu'il soit cahoté...
— J'irai doucement. Soyez sans crainte.
— Je sais que je peux avoir confiance en vous, mais c'est que... Oh, Lorenzo ! Il...

Un sanglot étouffa ses paroles. Lorenzo la saisit par le bras et la secoua.

— Pas maintenant, Sam. Ne perdez pas courage. Il faut d'abord l'emmener loin d'ici. Après, vous pourrez pleurer.
— Je ne pleure pas !

Elle se dégagea et se tourna vers Camacho.

— Aidez-nous à le mettre en selle. Et attention, avec douceur. Il ne doit pas se réveiller avant d'être chez le médecin.

Elle se tint sur le seuil de la grange de façon à pouvoir surveiller les tueurs. Hank gémit. Samantha crispa la main sur son arme.

— Nous sommes prêts, Sam. Venez.
— Un instant.
— Sam...
— J'ai encore un mot à dire à ces gentlemen. Partez, je vous rejoins.

A contrecœur, Lorenzo s'éloigna. Quand le martèlement des sabots s'atténua, elle parla.

— Je suis Samantha Blackstone Kingsley. Je ne vous demande pas de me croire, vous découvrirez la vérité bien assez tôt. Vous n'êtes plus au service de mon père, mais vous serez payés. Il n'y aura pas de récompense supplémentaire pour avoir tenté d'arracher des aveux à cet homme. J'y veillerai.

— Voyons... dit Nate.

— Vous feriez mieux de m'écouter. J'ai vraiment envie de vous tuer ce soir. La nuit n'est pas finie et je suis toujours là... A votre place, je me tiendrais tranquille.

Elle se tut pour juger de l'effet de ses paroles. Ils ne firent pas un geste. Mais elle resta sur ses gardes. Les deux fauteurs de trouble semblaient hors d'état de nuire, Sankey, à terre, était peut-être mort, et Ross tenait sa main ensanglantée. Elle connaissait ce genre d'individu. Il ne tenterait plus rien.

— Maintenant, je vais à El Paso. Vous pouvez me suivre, si cela vous chante. Je vous demande d'attendre demain pour voir mon père. Si vous passez outre, je ferai appel à mon tour à des chasseurs de primes, des individus de votre espèce, qui vous traqueront et vous feront subir le sort que vous avez réservé à mon... ami. Il vous est permis d'en douter, mais je vous aurai prévenus.

Elle sortit et regagna en courant le devant de la maison. Lorenzo y avait laissé son cheval.

Revenu sur ses pas pour la protéger, Lorenzo l'y attendait. Hank était assis devant lui sur la selle de El Rey. Sans un mot, elle enfourcha sa monture, et ils prirent la route d'El Paso. Elle ne se retourna pas pour voir s'ils étaient suivis.

La flamme d'une bougie posée sur un guéridon éclairait l'étroit vestibule, où se trouvaient des bancs de bois. Samantha et Lorenzo étaient assis l'un en face de l'autre. L'aube ne tarderait pas à se lever. Ils attendaient depuis des heures.

Le docteur sortit enfin de son bureau. Il s'adressa à Samantha et se lança dans l'inventaire des blessures de Hank. Elle agrippa nerveusement son siège. Elle avait heureusement trouvé un médecin compétent, et non l'un de ces vétérinaires de campagne qui à l'occasion soignaient les gens ! Cet homme-là possédait son métier à fond.

A bout de nerfs, devant cette avalanche de détails, elle l'interrompit et demanda :

— Docteur, va-t-il se remettre ?
— Avec les os, on ne peut savoir à l'avance s'ils vont se remettre en place ou non.

Il semblait piqué et parlait d'un ton réprobateur, comme si la jeune femme mettait en doute ses capacités. Il était fatigué. Les deux jeunes gens l'avaient réveillé au milieu de la nuit et l'état de Hank avait nécessité plusieurs heures de soins.

— Mais pouvez-vous me dire s'il s'en sortira ?
— Il est trop tôt pour se prononcer.
— Je crois qu'elle désire simplement savoir s'il vivra, dit Lorenzo.

Le médecin fronça les sourcils.

— Naturellement qu'il vivra. Il a pris de mauvais coups, mais j'ai vu pire.
— Mais sa jambe... La blessure a beaucoup saigné.
— Pas assez pour s'en inquiéter outre mesure.
— En êtes-vous certain ?
— Écoutez, mademoiselle, le pire qui puisse

arriver à ce jeune homme, c'est une infection de la plaie qui provoquerait un empoisonnement du sang. Dans ce cas, je serais peut-être obligé de l'amputer.

— Non !

— J'ai dit au pire. De toute façon, si c'était nécessaire, il me semble de constitution assez robuste pour le supporter. Mais c'est peu probable. La blessure est propre. Non, je ne prévois aucun ennui de ce côté-là. Les doigts, en revanche, sont plus mal en point. Il aurait fallu s'en occuper plus tôt.

— Rien de tout cela n'aurait dû arriver, dit-elle.

— Ah !... cela arrive parfois. Voyez-vous, la semaine der...

— Docteur, pouvons-nous le voir ?

— Je ne le conseillerais pas. Il n'a pas repris connaissance pendant que je le soignais, ce qui m'a facilité la tâche. Maintenant, il dort. Sa respiration est régulière. Dans son cas, le repos est le meilleur des remèdes. Vous devriez faire de même, sinon je vais devoir vous soigner aussi.

Elle hocha la tête. C'était vrai, elle était épuisée. Quelques heures de sommeil lui feraient du bien et lui permettraient peut-être d'oublier ce cauchemar.

Lorenzo accompagna Samantha à l'hôtel où Hamilton Kingsley séjournait quelquefois. Elle apprit par le veilleur de nuit que son père s'y trouvait en ce moment. Le jeune employé n'était guère accommodant. Quand elle demanda une chambre, il lui jeta un coup d'œil réprobateur, et insista pour être payé d'avance. Elle n'avait pas d'argent et se refusait à en emprunter à Lorenzo.

— Mon père a signé votre registre. Il réglera ma note.

— Il me faudra vérifier votre identité, dit le réceptionniste. Si vous voulez bien attendre une heure plus convenable, je serais heureux de m'informer auprès de M. Kingsley...

— Vous vous moquez !

— Ne vous fâchez pas, Sam, dit Lorenzo.

Et il posa des billets sur le comptoir. D'un geste vif elle s'en empara et les lui rendit.

— Non ! C'est un peu fort. Par deux fois ce soir, on aura mis ma parole en doute. Je paierai moi-même cette chambre ou je dormirai dans la rue. J'aimerais que vous restiez auprès de Hank jusqu'à ce qu'il aille mieux. Si vous l'acceptez, vous serez mon invité pendant votre séjour ici.

— Je resterai, Sam, pour Hank qui est mon ami. Mais je refuse que vous payiez pour moi.

Elle sourit avec lassitude.

— A votre guise. Avec tant de fierté, vous ne deviendrez jamais riche.

— C'est vous qui parlez de fierté ! dit-il.

Et il agita les billets qu'elle lui avait rendus. Elle se retourna vers le réceptionniste et tira son arme.

— Donnez-moi une chambre et tout de suite !

Il recula et heurta le tableau où pendaient les clés.

— Prenez celle que vous voulez, dit-il.

Il s'efforça de décrocher une clé.

— Mais non, espèce d'imbécile. Je ne vous menace pas. Je vous laisse mon revolver en gage. Voilà. Il vaut bien plus cher qu'une nuit dans votre hôtel. Si je ne vous paye pas demain, enfin aujourd'hui, vous pourrez me mettre à la porte et le garder. Maintenant, la clé.

Il la lui jeta après avoir saisi l'arme et reprit son air insolent.

Lorenzo prit congé de Samantha. Il ne voulait pas rester dans le même hôtel. Comme elle protestait, il remarqua :

— Il y a des chambres meilleur marché. Je ne serai peut-être jamais riche, mais je ne vis pas au-dessus de mes moyens.

Trop lasse pour le convaincre, elle le laissa aller, et lui promit de le retrouver dans l'après-midi chez le médecin. Elle monta se coucher.

Le jour s'était levé. La lumière entrait à flots par les fenêtres de sa chambre. Quelque part, dans cet hôtel, son père dormait. Elle s'aperçut avec tristesse qu'elle n'était plus impatiente de le revoir. Elle se sentait trahie et n'avait pas envie de l'embrasser après le traitement infligé à Hank. Il avait agi bien sûr par amour pour elle, mais ses sentiments étaient confus. Où donc était la Samantha Kingsley qui avait juré de traquer Hank et de le tuer ? Elle aurait dû se réjouir en le découvrant battu à mort dans la grange. Mais elle s'était effondrée. Elle avait senti comme une déchirure en elle.

Elle se laissa tomber sur le lit, les mains sur les tempes.

36

Samantha venait à peine de s'assoupir qu'on frappa à la porte. Elle se couvrit les oreilles, mais le martèlement ne cessa pas. Une voix bien connue l'appelait.

— Entrez ! dit-elle.

La porte s'ouvrit sur Hamilton Kingsley, élégant dans un costume gris, le teint frais malgré des rides de fatigue. L'étonnement et la joie se peignirent sur ses traits.

— C'est bien toi, Sam ! Je n'arrivais pas à les croire... La façon dont ils t'ont décrite en bas... Tu vas bien ? Je veux dire...

— Mais oui, bien sûr. N'en ai-je pas l'air ?

Le ton sarcastique de Samantha l'arrêta. Il recula pour mieux la regarder.

— Tu as une mine épouvantable. Que t'ont-ils fait, ces bandits ? Sam, je veux savoir.

— Ne détournez donc pas la conversation.

— Que dis-tu ?

— Oui, comment avez-vous pu ? Comment avez-vous pu laisser ces hommes le torturer ?
— Qui ?

Hamilton fronça les sourcils. Ce que Nate Fiske venait de lui rapporter était vrai mais il ne l'avait pas cru.

— Ainsi, tu connais Chavez. Je ne m'étais pas trompé sur son compte. C'était bien un homme d'« El Carnicero » !
— Et si je vous disais que non ?
— Je me sentirais coupable. En fait, j'éprouvais du remords en pensant qu'il risquait d'être innocent. Plus maintenant...

Elle regarda son père d'un air incrédule.

— Je crois qu'il vaut mieux que vous quittiez cette pièce, père.
— Comment ?
— J'ai dit : sortez ! Je ne me sens pas capable de discuter pour l'instant. Je suis fatiguée. Je dirais des choses que je regretterais par la suite.

Hamilton secoua la tête avec sévérité.

— Il n'en est pas question, Samantha. Bien au contraire, tu vas m'expliquer pourquoi tu as aidé Chavez. J'ai renvoyé mes hommes pour l'instant, mais...
— Vos hommes ? Vos tueurs à gages plutôt ! Vous rendez-vous compte que j'étais bien plus en danger hier soir face à ces brutes que durant tout le temps de ma captivité ? Je leur ai dit qui j'étais, mais ils s'en moquaient. J'ai dû tirer sur deux d'entre eux pour leur faire entendre raison.
— Qu'as-tu fait ?

Elle répondit d'une voix sèche :
— Ce bon vieux Nate a donc omis de vous mentionner cet épisode, père ? Peut-être a-t-il également oublié de vous décrire l'état de leur prisonnier. Avoir permis une chose aussi abominable...

La rancœur qui perçait dans sa voix étonna Hamilton.

— Enfin, Sam, personne n'a été torturé.
— Et comment cela s'appelle-t-il, quand on tire à bout portant sur un homme ligoté, qu'on lui casse les doigts et les côtes ? Je ne le reconnaissais même pas. Je le regardais et... je ne le reconnaissais pas.
— Mon Dieu, Samantha, j'ignorais qu'ils iraient aussi loin.
— Ce n'est pas une excuse ! Vous n'auriez dû le savoir. Vous n'auriez jamais dû leur faire confiance.
— D'accord, dit Hamilton. J'ai commis une erreur. Nate m'avait assuré qu'il ferait parler Chavez. Comprends-tu, Sam ? Je devais retrouver la trace d'« El Carnicero » pour mettre un terme à ces menaces.
— Vous auriez pu attendre. Je vous l'aurais donnée, moi, l'assurance que nos ennuis étaient finis.
— Comment peux-tu en être certaine ?
— « El Carnicero » n'existe pas.
— Voyons...
Elle l'interrompit, impatiente.
— Le vrai « Boucher » n'a jamais entendu parler de nous. Hank a usurpé son nom.
— Qui est Hank ?
— Chavez.
— Antonio ?
— Non, son cousin, Enrique.
— Mais... c'est le même homme, Enrique Antonio de Vega y Chavez. C'est à lui que j'ai vendu mes terres !
— Non, père...
Elle se tut. Où donc avait-elle entendu ce nom ? Elle se rappela et pâlit. C'était ainsi que le prêtre avait appelé Hank quand il les avait mariés. Tout se bousculait dans sa tête. Les pièces du puzzle se mettaient en place. Il n'y avait jamais eu de cousin. C'était Hank qui voulait le ranch. Pourquoi avait-il caché la vérité ? En réfléchissant, elle comprit.
— Je suis contente qu'il ait l'hacienda, père.
— Contente ? Tu plaisantes, ma fille.

— Non, c'est vrai. Oh, bien sûr, j'aime cet endroit et il me manquera, mais il représente beaucoup plus pour Hank. Le ranch appartenait à sa famille. C'était à lui.

— Dois-je comprendre que l'homme à qui j'ai vendu et celui qui t'a enlevée ne sont qu'une seule et même personne ? Il s'agit du chef de ces bandits ?

— Oui.

— Alors, pourquoi l'as-tu aidé ?

— Je l'ignore.

Comme elle demeurait silencieuse, son père leva les bras au ciel, d'un air dégoûté.

— Eh bien, voilà qui arrange tout. Il n'a aucune chance de garder ces terres puisque tu peux l'identifier comme ton ravisseur.

— Je désire qu'il les garde.

Hamilton secoua la tête.

— Non, j'ai payé un bon prix pour...

— Ne vous a-t-il pas payé lui aussi ?

— Une reconnaissance de dette, voilà ce que j'ai !

— Alors, respectez-la et donnez-lui le temps de vous régler. Il est évident qu'il désirait acheter cette propriété. Il n'avait pas besoin d'un acte de vente ni de venir à El Paso risquer sa vie, le ranch lui appartenait déjà.

— Il y a bien longtemps...

— Non, père. Depuis peu.

Devant le visage perplexe de son père, elle se résolut à expliquer :

— C'est mon mari.

Ils s'observèrent en silence. Puis Hamilton tourna les talons. Il lui fallait quitter cette pièce sur-le-champ avant de perdre son sang-froid. Toutes ces semaines d'angoisse et de chagrin pour que Samantha épousât le bandit qui la séquestrait !

Sur le seuil de la porte, il se retourna. A la vue de sa fille prostrée sur le lit, les épaules voûtées, la tête baissée, sa colère disparut.

— Pourquoi, Sam ? Dis-moi pourquoi.
Elle releva la tête.
— Il m'a contrainte.
— Je le tuerai.
— Non, père, laissez. J'ai l'intention de divorcer. Alors, quelle importance ?
— Il restera propriétaire de nos terres.
— Je vous l'ai dit, je vous interdis d'entreprendre quoi que ce soit contre lui.
— De toute façon, que puis-je faire ? Que tu obtiennes ce divorce ou pas, il restera en possession des biens acquis par ce mariage.

Elle éclata de rire. Bien sûr, c'était pour cette raison que Hank l'avait épousée et qu'un divorce éventuel ne le tracassait pas.

— Je ne vois là rien d'amusant, Sam. Cet individu mérite d'être puni et sans aucune pitié.
— J'ai souvent eu la même pensée.
— Le sort que Nate et ses hommes lui ont réservé n'était pas trop cruel.

Elle se ressaisit et dit d'un ton coupant :

— Non, c'est faux. Oh, excusez-moi, père. Le remords m'accable et me pousse à vous faire des reproches.
— Que veux-tu dire ?
— Je le haïssais tellement que je ne souhaitais qu'une seule chose : me venger. J'étais prête à payer des hommes pour l'abattre, et c'est ce que j'aurais fait si...
— Alors, c'est parce que j'ai agi à ta place que tu m'en veux ?
— Ne comprenez-vous donc pas que voir Hank dans cet état m'a brisé le cœur ? Je ne sais pas pourquoi. Je ne peux pas l'expliquer.
— Enfin, que racontes-tu, Sam ?
— Je ne pensais pas que je réagirais ainsi. Voyez-vous, père, j'aurais pu être responsable de ses souffrances et c'est pourquoi j'en ai un tel chagrin. Que ce soit vous qui l'ayez fait battre ne m'est d'aucun réconfort. Cela revient au même. Il me le reprochera,

— Crois-tu qu'il tentera de se venger ?

— Non, père, il a eu ce qu'il voulait, même s'il a dû payer un peu plus que prévu. Le docteur m'a assuré qu'il se remettrait. Il vaudrait mieux pour lui !

— Pourquoi ? Sam, qu'y a-t-il eu entre vous ?

Elle soupira.

— Beaucoup de disputes.

— Tu as dit que tu le haïssais. Pourquoi ? A cause de ton enlèvement ?

— J'avais... plusieurs raisons.

— Enfin, Sam, vas-tu te décider ?

— Eh bien, oui, il m'a séduite ! C'est une des raisons. J'ai rencontré Hank dans la diligence qui me ramenait au Mexique. J'aimais Adrien. Du moins, je le pensais. Je me suis servie de Hank pour le rendre jaloux. Il m'a révélé des choses terribles au sujet d'Adrien. Je l'ai détesté. Il me désirait et a abusé de moi parce que je l'avais laissé espérer... Je lui ai tiré dessus. Depuis ce jour, je le hais.

Elle se tut, se rendant compte que ses paroles étaient incohérentes. Elle dit encore :

— Quelle importance, après tout ? Je ne désire plus me venger. Je ne veux qu'une chose : oublier. Je vous en prie, père, ne faites rien, laissez Hank tranquille. Il a assez souffert, et moi aussi.

Elle tourna le dos à son père, et se recroquevilla sur le lit, épuisée. Elle ne pouvait rien dire de plus. Parler encore de Hank — ou même songer à lui — était au-dessus de ses forces. Elle deviendrait folle s'il lui fallait expliquer pourquoi ses sentiments avaient changé. Elle n'éprouvait plus de haine envers lui...

37

Hank jeta les cartes sur la table et se renversa sur sa chaise.

— Je m'arrête, mes amis. Ça suffit pour ce soir, et pour un bout de temps. Je ne peux pas m'offrir ce genre de distraction.

Il sourit en prononçant ces paroles. Le jeune Carlos, venu habiter «l'hacienda des fleurs» avec d'autres vaqueros et leurs familles, était mal à l'aise d'entendre son maître avouer que sa situation financière était désespérée. Ce n'était un secret pour personne, mais l'entendre de la bouche de Don Enrique...

Carlos avala son verre de tequila, puis sortit. Hank s'empara de la bouteille et se remplit un nouveau verre.

— Tu trouves que j'aurais dû me taire...

Lorenzo haussa les épaules.

— Ce n'est pas à moi de le dire.

— Ne fais pas cette tête !

Ils étaient seuls. Dans ces moments, Hank se sentait libre de baisser son masque. Lorenzo eut un sourire : il s'habituait aux sautes d'humeur de son ami.

— Je vais me coucher, dit-il. Il est inutile de te parler quand tu es dans cet état.

— Quel état ? Je vais très bien.

— Tu vois, tu refuses l'évidence.

Hank soupira.

— Que voudrais-tu que je fasse ? Que je me plaigne ou que j'arbore un éternel sourire comme si tout allait bien, alors que j'ai échoué ?

— Ce serait mieux si tu cessais de parler d'échec. Tu as retrouvé ton hacienda, tes gens, tes amis.

— Tu oublies que je n'ai pas d'argent pour les payer.

— As-tu eu une seule plainte ? Tout le monde est

heureux de travailler pour toi, de faire de nouveau partie de la maison de ton père où beaucoup sont nés. Le ranch n'est pas aussi prospère que jadis, mais deux mois à peine se sont écoulés depuis que nous nous sommes installés. Tu ne peux déjà parler d'échec.

— Je n'arrive à rien, Lorenzo. Kingsley n'a rien laissé : ni meuble ni bétail, rien, pas même un sac de sel ! J'ai dépensé tout l'argent que je possédais pour acheter l'indispensable. J'ai retrouvé mes terres, mais je ne peux continuer ainsi.

— Les mines de cuivre rapportent, dit Lorenzo. Et on a de quoi manger grâce aux fruits et légumes que nous cultivons. Personne ne meurt de faim.

— Combien de temps encore puis-je demander à ces gens de se contenter de si peu alors qu'ils étaient habitués à une vie plus facile ? Les mines produisent mais en faible quantité. Peu de minerai pour un travail éreintant. Kingsley a emporté le matériel avec lui. Le bénéfice sert à payer le transport des hommes jusqu'aux mines. Je ne pourrai pas avant plusieurs mois racheter des machines convenables. Quant au bétail, mieux vaut ne pas y penser. Entre-temps...

— Entre-temps, ce sera dur. Les débuts le sont toujours. Tout le monde le sait, Hank, il n'y a que toi qui t'obstines à être mécontent.

Hank finit son verre et sourit.

— Pourquoi me supportes-tu, Lorenzo ? Je me le demande.

Lorenzo lui rendit son sourire.

— Je n'ai rien de mieux à faire.

— Tu travailles pour rien ici, et par-dessus le marché, il faut que tu écoutes mes jérémiades. Je te suis reconnaissant de ton aide, mais je ne comprends pas que tu ne sois pas lassé. Tu as payé ta dette. Tu ne me dois plus rien.

— Sais-tu qu'il y a une jolie fille ici... la sœur de Carlos ?

Hank paraissait sceptique.

— J'ai promis de rester tant que tu aurais besoin de moi.

La main de Hank se crispa sur son verre.

— Ce n'est pas à moi que tu as fait cette promesse. C'est à elle ?

Lorenzo acquiesça.

— Je ne te crois pas. En revanche, si tu m'annonçais qu'elle te paye pour m'espionner, là, tu ne m'étonnerais pas.

— C'est moi que tu insultes, pas elle, répondit Lorenzo.

— Ce n'était pas mon intention... J'ai du mal à croire ce que tu m'as raconté. Je la connais, elle me hait.

— Peut-être, dit Lorenzo. Mais je ne vois pas les choses de cette façon.

— Elle a voulu m'abattre.

— Elle ne se trouvait pas dans la grange. Je venais juste de la raccompagner au ranch.

— Pourtant, je l'ai vue...

Il fit une pause, essayant de se souvenir. Il avait vu Samantha, revolver au poing. Puis il s'était évanoui... C'était la dernière image qu'il avait d'elle. C'était peut-être une vision !

— Bon, d'accord, je me le suis peut-être imaginé. Me faire croire qu'elle était avec moi pour me sortir de ce mauvais pas, ça jamais !

— Pourtant, elle t'a sauvé. Seul, je n'aurais pas eu le courage d'affronter ces brutes.

— Tu es bien modeste. Pourquoi ne pas admettre que tu as agi sans aucune aide ?

— Parce que c'est faux ! dit Lorenzo. Si Samantha ne leur avait pas tenu tête, tu serais mort. On ignorait qu'ils t'avaient fait prisonnier. Nous n'avions aucune raison d'intervenir.

— C'est pourtant ce que tu as fait.

— Les choses se sont envenimées. J'ai dû venir au secours de Samantha avant qu'ils ne lui fassent un mauvais sort. A ce moment-là, je t'ai reconnu et je l'ai dit à Sam. Elle ne savait pas qui était celui qu'elle tentait de sauver.

— Voilà qui change tout ! Je l'imagine bien prête à aider un pauvre blessé, mais sûrement pas moi. Je suppose qu'elle était ravie en me voyant aussi mal en point.

— Pas du tout. Quand elle t'a reconnu, elle s'est effondrée. Je ne m'attendais pas à une telle réaction de sa part.

— Bon sang, Lorenzo...

— Non, cette fois-ci, tu vas m'écouter. Pourquoi te mentirais-je ? J'avoue que j'ai eu aussi peur en voyant Sam perdre son sang-froid que le jour où j'ai frôlé la mort. Elle était comme folle et m'a laissé tenir en respect les six hommes, ce que je ne pouvais faire longtemps. C'était elle qui m'avait donné le courage d'agir. Mais je me suis vite aperçu que les hommes de Kingsley étaient plus inquiets que moi... On pouvait deviner qu'elle t'aimait beaucoup...

— Des histoires !

— Mais non, je te dis. Pour eux, c'était une femme dangereuse, qui avait de bonnes raisons de les liquider. Elle en a désarmé un qui saisissait son colt. Puis elle a ordonné qu'on te détache et m'a enjoint de partir avec toi sans l'attendre. Je n'ai pas obéi.

— D'accord, Lorenzo. Pourquoi aurait-elle fait tout cela ?

Lorenzo haussa les épaules.

— Je ne le lui ai pas demandé. C'est ta femme. Cela m'a semblé naturel.

— Le fait de l'avoir épousée n'a en rien changé ses sentiments à mon égard.

— Cette nuit-là, nous avons attendu des heures chez le docteur, jusqu'à ce qu'il nous rassure sur ton état. Elle est revenue le lendemain. Tu n'avais pas repris connaissance. Elle n'est partie que lorsque tu t'es mis à parler dans ton sommeil.

— Qu'ai-je dit ?

— Un nom. Le nom d'une autre femme.

Hank fronça les sourcils.

— As-tu parlé avec elle ensuite ?

— Peu.

— A-t-elle dit pourquoi elle avait renoncé à me poursuivre ?

— Non. Elle a promis que personne ne remettrait en question ton droit sur cette propriété, et elle m'a demandé de ne pas te quitter.

— Savait-elle que c'était moi l'acquéreur des terres ?

— Oui.

— Ah, je comprends ! Elle a eu pitié de moi.

La colère le gagnait.

— Elle était « désolée » pour mon cousin, injustement dépossédé, maintenant, elle est « désolée » pour moi. Bon sang ! Je ne veux pas de sa pitié. Je rendrais plutôt ce ranch.

Lorenzo était stupéfait.

— Quelle importance, après tout ? Elle est partie de son côté, toi du tien. Tu as gagné.

— Cela ne compte plus pour moi.

Lorenzo regarda Hank quitter la pièce. Il avait compris la cause des humeurs de son ami. Ce n'était pas la difficulté de faire vivre le ranch, c'était son épouse, Samantha Kingsley Chavez.

38

— Qui vous a permis d'entrer ? Sortez, Chavez ! Sortez !

Hamilton Kingsley se leva de son siège, le visage congestionné. Hank ignora l'ordre et s'approcha du bureau.

— Ma visite n'est pas sans objet, monsieur.

— Vous venez vous venger ? J'aurais dû m'en douter.
— Non, j'ai choisi d'oublier les mauvais moments passés ici.
— Et pour quelle raison ?
— Comme vous le voyez, je suis de nouveau sur pied. Je suis un homme honnête et je reconnais que votre colère envers moi était justifiée.
— Plus que justifiée, étant donné l'importance de vos méfaits. Si j'avais su alors ce que j'ai appris depuis...
— Là n'est pas la question. Vous pouviez me faire arrêter et vous vous en êtes abstenu. Il m'est donc permis de penser que, tout comme moi, vous avez décidé d'oublier cette fâcheuse affaire.
— Ce n'est pas un choix. S'il n'y avait eu que moi, vous auriez croupi au fond d'une prison jusqu'à la fin de votre vie ! C'était Sam. A présent, vous êtes libre et vous avez votre hacienda. Que désirez-vous de plus ?

Hank se rembrunit. C'était exaspérant. Cet homme, tout comme son ami Lorenzo, estimait qu'il devait être pleinement satisfait. Ni l'un ni l'autre ne comprenait qu'il lui était essentiel de savoir pourquoi Samantha avait pris sa défense.

— J'ai du mal à croire que vous n'avez pas demandé d'explication à votre fille.
— Oh !... Elle a décrété que cette propriété comptait plus pour vous que pour elle, et que vous aviez assez souffert...

Le regard de Hank devint aigu.

— Ainsi, c'est par pitié qu'elle a renoncé à toute idée de vengeance. Je m'en doutais.
— Par pitié ? dit Hamilton. C'est mal la connaître !
— C'est pourtant la seule explication.
— Croyez ce que vous voulez. Je n'ai pas de temps à perdre avec vous.
— Alors, j'aimerais parler à Samantha.
— Il n'en est pas question, répondit Hamilton.

Hank le regarda.

— A-t-elle divorcé ?

Hamilton se rassit, soudain las.

— Non, et j'en suis désolé.

— J'ai donc le droit de la rencontrer.

— Pas chez moi. Au cas où ce ne serait pas clair, Chavez, sachez que vous n'êtes pas le bienvenu dans cette maison. Dites-moi ce qui vous amène et partez.

La mâchoire de Hank se contracta. Il se heurtait à un mur. Il ignorait la façon dont Hamilton le recevrait et il était venu sans escorte, pour ne pas détériorer plus avant la nature de leurs relations.

— Je suis venu reprendre ma reconnaissance de dette, dit-il.

Il posa sur le bureau un chèque bancaire que Hamilton prit.

— Eh bien, je ne m'attendais pas à ça. Êtes-vous devenu riche tout à coup ?

— Précisément.

— Grâce à mes mines ? Bon sang ! Vous me remboursez vos dettes avec mon propre argent !

— Quelle ironie du sort ce serait en effet, si c'était la vérité, répondit Hank. Mais non, monsieur Kingsley, les mines de cuivre ont du mal à survivre. Cet argent provient de l'exploitation d'une mine que je possède au Colorado.

— Un gros filon ?

— Il paraît, d'après ce qu'en dit mon associé.

— C'est un comble ! Vous vous en sortirez toujours, Chavez. Vous avez tout, n'est-ce pas ? Tout ce dont vous rêviez.

— Pas tout à fait.

— Voulez-vous dire qu'il existe une justice en ce monde ?

Hank contenait à grand-peine sa colère. L'incompréhension était totale.

— Cette reconnaissance de dette ?

— Je vous en prie.

Hamilton ouvrit un tiroir, y chercha un papier et le posa sur son bureau.

— Voilà qui met un point final à nos relations, Chavez. Vous êtes peut-être l'époux de ma fille pour le moment, mais c'est un mariage que je ne reconnais pas. Ne revenez jamais ici.

Hank regarda ce beau-père intraitable. Il hésitait à passer outre. Il désirait parler à Samantha. Mais il était seul. Kingsley n'avait qu'à appeler deux vaqueros à sa rescousse pour le jeter dehors.

— Bien, je m'en vais, monsieur. Pourriez-vous dire à Samantha que je suis venu et que j'aimerais qu'elle prenne contact avec moi ?

— Je lui transmettrai votre message, mais cela ne fera aucune différence. Elle ne veut pas vous voir. La dernière fois qu'elle a prononcé votre nom, c'était pour vous insulter.

L'humeur sombre, Hank sortit.

Dire que Samantha était ici, quelque part dans cette maison, et qu'on lui interdisait de la voir. Craignait-on qu'il ne l'enlevât de nouveau ? C'était pourtant sa femme ! Il n'avait pas l'intention de faire valoir ses droits sur elle. Mais le fait était là, Samantha n'avait toujours pas demandé le divorce. Il s'adressa au vieux vaquero qui se tenait près de la grange.

— Mon cheval, s'il te plaît.

Il n'osait pas s'en approcher. Cet endroit lui rappelait des souvenirs trop cruels. Il repensa au récit de Lorenzo, et imagina Samantha, affrontant le danger, superbe et pleine de fureur. L'avait-elle aidé ? sauvé ? Il voulait le savoir. L'incertitude le rendait malade.

— Votre cheval.

— Merci.

Il sauta en selle, épiant les alentours. Il se retourna plusieurs fois vers le ranch. Où était-elle ? Dans la maison ? ou partie en promenade ?

La propriété avait perdu son aspect abandonné. Il semblait que les Kingsley y avaient toujours vécu.

Il n'avait plus rien à leur envier depuis qu'il avait fait fortune avec sa mine d'argent. Comme disait Lorenzo, il aurait dû se réjouir. N'avait-il pas atteint son but ? Ses terres prospéraient de nouveau. Pourtant, il ressentait un vide. Son bonheur était incomplet. Sa réussite ne le satisfaisait pas. La richesse le laissait indifférent.

— Elle ne viendra pas. Vous avez perdu votre temps en venant jusqu'ici.

Hank dévisagea le vieux Mexicain.

— Que veux-tu dire ?
— Ne vouliez-vous pas voir Sam ?
— Je suis venu m'acquitter d'une dette, répondit Hank.

Le vaquero sourit, ce qui augmenta l'irritation de Hank.

— Il y a plusieurs façons de s'acquitter d'une dette. Vous n'étiez pas obligé de vous déplacer en personne.
— Qui es-tu ?
— Manuel Ramirez. Je travaille chez Hamilton Kingsley depuis longtemps. J'étais là bien avant que sa fille ne vienne vivre auprès de lui. Il ne se passe rien dans cette maison sans que je sois au courant.
— Tu sais donc où se trouve Samantha ?
— Bien sûr, tout comme je sais que vous êtes son mari, monsieur Chavez.
— Alors, dis-moi, Manuel, un mari n'a-t-il pas le droit de voir sa femme ?
— Certainement, répondit Ramirez.

Et il ajouta d'un air entendu :

— Si elle a épousé ce mari de son plein gré.
— Bon sang ! Je veux lui parler.
— Et qu'avez-vous à lui dire ? Vous ne désiriez pas ce mariage. Vous lui avez même assuré qu'elle était libre de divorcer.
— Comment sais-tu tout cela ?
— Sam s'est confiée à ma femme et ma fille, pendant qu'elle était là. Le patron ne sait pas tout.

Hank regarda le vieil homme d'un air songeur.

— Tu peux peut-être me dire pourquoi elle m'a sauvé cette nuit-là ?

— Oui, je sais pourquoi. Mais c'est à Sam de vous le dire.

— Si on ne m'autorise pas à la voir...

Manuel haussa les épaules et demeura silencieux.

D'un geste rageur, Hank tira sur les rênes et s'éloigna. Soudain, il arrêta sa monture, frappé par les paroles du Mexicain. « Pendant qu'elle était là », avait-il dit.

— Ramirez ! Sam est partie, n'est-ce pas ?

Manuel sourit.

— Ah ! Vous avez compris. Je croyais que cela vous avait échappé.

— Elle n'est plus ici ?

— Non, elle y était malheureuse. Elle est partie depuis plusieurs mois. Si vous désirez la revoir, il vous faudra voyager.

— Où ?

— Dans le pays de son enfance. En Angleterre, où habite son frère.

39

— Sam, dépêchez-vous, ou vous ne serez jamais prête à temps.

— Laisse-moi tranquille, Lana. J'ai la migraine et je sens que je me suis enrhumée.

Samantha pressait sur son front une compresse chaude.

— Oh ! Ce ne sont que des excuses pour ne pas quitter votre lit.

— C'est faux. Le froid ne me fait pas peur. Après

tout, on est au milieu de l'hiver et je m'habitue à ces températures.

— Vous ne vous y habituez pas plus que moi ! dit Froilana. Et si vous êtes malade, c'est à cause de ces promenades matinales que vous vous obstinez à faire dans le parc.

— Il faut bien que je prenne l'air de temps à autre.

— Quand il fait beau, oui. Depuis un mois, ce n'est plus le cas. Pour ce qui est du mal de tête, vous avez passé l'après-midi couchée. Comment voulez-vous avoir la migraine ?

— En tout cas, tu me la donnerais ! Tu es un vrai gendarme, pire que ta mère. Faites ceci, faites cela. Tu ne cesses jamais. Si j'avais su, je t'aurais laissée à la maison.

— Et qui s'occuperait de vous ?

— Enfin, Lana, je ne suis plus une enfant.

— Alors, levez-vous.

— Non. Tu m'excuseras auprès de mon frère mais je ne descendrai pas pour le dîner. Vraiment, Lana, je suis incapable de m'habiller pour un simple repas. Cet excès de conventions chez Shelly me rend folle. Il irait jusqu'à me faire porter une robe de bal pour le petit déjeuner.

— Vous oubliez que ce n'est pas un dîner ordinaire, Sam. Ce soir, vous faites la connaissance de sa fiancée.

— Mon Dieu ! J'avais oublié. Pourquoi ne me l'as-tu pas rappelé plus tôt ? Passe-moi ma robe de velours, la jaune, et mes chaussures. Vite ! Ah ! Et un châle. N'oublie pas un châle bien chaud. Je ne vais pas risquer de prendre froid dans cette salle à manger glacée pour faire plaisir à mon frère.

— Si vous avez oublié, d'autres choses vous tracassaient peut-être...

— Non, je ne broyais pas du noir, Lana, répondit Samantha. Cesse tes insinuations. Je ne pense presque plus à lui.

Froilana garda un silence éloquent et Samantha ne chercha pas à la convaincre. Ce sujet de conversation la fatiguait et ses mensonges ne trompaient plus la jeune servante. Elle songeait à Hank. Tout le temps.

— Est-elle en retard ? dit Samantha.

Sheldon était seul dans le salon.

— Les femmes le sont toujours, ma chère.

Elle ne releva pas cette remarque qui lui sembla injuste.

Ce genre de réflexion était bien de son frère. Il se montrait parfois si agaçant, si snob qu'elle en arrivait à se demander si elle l'aimait. Il ne ressemblait pas à l'image qu'elle s'en était faite. L'étonnement qu'elle avait éprouvé en le retrouvant était réciproque.

Sheldon la jugeait trop vive, trop franche, trop « américaine ». Elle le trouvait ennuyeux. Le type même de l'aristocrate. Il représentait les valeurs incarnées par leur grand-mère. Mais c'était son frère, son seul parent en dehors de son père. Il lui fallait faire preuve de compréhension. Leurs vies avaient suivi des cours opposés. Ils ne pensaient ni ne s'exprimaient de la même façon. Ils n'avaient rien en commun, excepté leur ressemblance physique.

Après plusieurs semaines passées chez lui, il était toujours un inconnu pour elle. Tout ce qu'il savait à son sujet, elle le lui avait dit, devançant des questions qui ne venaient pas. A son arrivée, elle aurait été heureuse de se confier à lui. Elle avait changé d'avis devant un manque d'intérêt trop évident.

Il ne lui avait demandé ni la raison de sa venue en Angleterre, ni la durée de son séjour, ni même pourquoi son mari ne l'avait pas accompagnée. Ne pas avoir à parler de Hank avait été un soulagement. Il n'avait demandé aucune nouvelle de leur père, et ne s'était pas inquiété de sa santé. Cela la stupéfiait !

L'éducation qu'il avait reçue était la cause de cette indifférence, qui, d'un autre point de vue, pouvait être qualifiée de discrétion. D'un naturel réservé, il ne parlait jamais de lui non plus. Le peu qu'elle en connaissait était dû à ses observations.

Elle fut donc très surprise d'apprendre l'existence de sa fiancée, Teresa Palacio. Un matin, au petit déjeuner, Sheldon lui annonça qu'il se marierait au printemps. Il n'avait jamais fait allusion à la jeune fille qui allait devenir sa femme.

Samantha, désireuse de faire bonne impression, se sentait nerveuse à l'idée de rencontrer sa future belle-sœur.

— Aimerais-tu un peu de vin avant le dîner ? dit Sheldon.

Elle refusa. Elle se demandait comment l'on pouvait tomber amoureuse d'un garçon aussi froid. Il était beau, riche — leurs grands-parents lui avaient légué leur fortune — mais si... peu vivant. Teresa lui ressemblait peut-être.

— Une tasse de thé, alors ?
— J'attendrai ta fiancée.

Elle allait et venait dans le salon. Elle était mal à l'aise en présence de ce frère si distant, alors qu'il n'aurait dû exister aucun sentiment de gêne entre eux.

Elle essaya de rassembler ses souvenirs d'enfance et se rendit compte qu'ils n'avaient jamais été proches l'un de l'autre. Elle avait été sous la coupe d'une grand-mère austère, Sheldon sous la tutelle de précepteurs sévères. Ils n'avaient pas eu de véritable enfance, et leurs relations à l'âge adulte s'en ressentaient.

— Teresa aimerait m'apprendre l'espagnol, dit Sheldon. Je ne vois pas pourquoi chacun devrait connaître la langue de l'autre.

— Ne parle-t-elle pas l'anglais ?
— Très peu.

Samantha sourit.

— Comment avez-vous pu alors arranger votre mariage ?

Elle regretta ces paroles. Le regard de Sheldon

marquait la désapprobation. Ce changement d'expression, chez son frère, était à peine perceptible pour ceux qui ne le connaissaient pas. Elle ne pouvait poser une question sans qu'il se choquât.

— Inutile de répondre, Sheldon, dit-elle. J'imagine que cela, comme le reste, ne me regarde pas.

Le teint pâle de Sheldon vira au rouge, ce qui enchanta Samantha. Elle aurait aimé, au moins une fois, voir ce frère pondéré s'emporter, simplement pour s'assurer qu'il était bien humain. Elle soupira. C'était trop demander.

— En fait, nous avons eu besoin d'un interprète quand nous nous sommes rencontrés. Jean Mérimée s'est fort bien acquitté de ce rôle. Te souviens-tu de Jean ? Tu l'as vu aux courses, quelques jours après ton arrivée, avant que...

D'un éclat de rire, elle interrompit la fin de sa phrase ; le visage de Sheldon se rembrunit.

— Avant que je décide de ne plus me joindre à tes sorties ? Mon état de femme enceinte t'embarrasse-t-il toujours ?

— Samantha, tu as choisi.

— Si l'on veut ! A dire vrai, cela ne me tracasse guère. Pour moi, attendre un enfant est quelque chose de naturel, mais comme je savais que je te mettrais mal à l'aise, j'ai préféré ne plus t'accompagner. Tu vois, tu n'oses même pas en parler. Je plains ta femme. L'enfermeras-tu dans sa chambre, le jour où...

— Samantha, vraiment !

Elle lui adressa un sourire innocent.

— Ne songes-tu pas à avoir des enfants ?

— Si, bien sûr, répondit-il, embarrassé.

— Alors, il faudra que je prévienne Teresa. Elle fera bien de tenir secrète ce genre de nouvelle aussi longtemps que possible.

— Seigneur, je te l'interdis !

Une lueur malicieuse dansa dans les yeux de Samantha.

— Teresa m'en serait reconnaissante, ne crois-tu pas ?

— Moi pas.

— Pourquoi te mets-tu en colère, Sheldon ?

— Je ne suis pas en colère. Je ne te comprends pas, Samantha, c'est tout.

— Avoue plutôt que tu n'as jamais essayé. Sinon, tu saurais que je ne faisais que te taquiner.

— Cette franchise...

— ... fait partie de moi. Après mon départ d'Angleterre, j'ai pu enfin m'exprimer. Tu ne peux imaginer, Sheldon, combien cette liberté m'est indispensable. Ne crains rien, je n'embarrasserai pas ta fiancée. Je sais faire preuve de tact aussi. Mais ne t'attends pas à ce que je choisisse mes mots avec toi. Tu es mon frère, et si je ne peux te parler librement...

Elle s'interrompit en souriant, on entendait le heurtoir de la porte d'entrée.

— Ah, la voilà qui arrive à point pour te sauver des griffes d'une sœur bien effrontée ! Je vais ouvrir.

— Samantha, non !

Elle se dirigea vers le hall, devançant le maître d'hôtel.

— Laissez, Wilkes, j'y vais.

— Samantha ! Pour l'amour de Dieu, écoute-moi. Il n'est pas concevable...

— Ne sois pas sot. C'est plus gentil de cette façon.

Sheldon ne pouvait rien dire de plus sans risquer d'élever la voix, ce qu'il n'aurait jamais fait. Il prit un air accablé.

Samantha sourit, enchantée de son éclat. Depuis longtemps, elle ne s'était sentie d'aussi bonne humeur. Sheldon s'était presque mis en colère. Elle tâcherait de l'agacer encore un peu, histoire de le voir perdre son sang-froid, une fois au moins avant son départ. Elle lui prouverait qu'il était un être humain, capable malgré tout d'émotions.

On frappa de nouveau. Elle se composa un visage pour offrir une image d'elle avantageuse.

— Bienvenue, made...

Les mots s'étouffèrent dans sa gorge. A la lumière de la lampe elle vit un homme sur le seuil.

— Lorenzo ?
— Sam.

Elle rit.

— Mon Dieu ! Que faites-vous donc ici ?

Lorenzo dit d'un ton posé en ôtant son chapeau :

— J'ai eu l'occasion de venir en Europe et je n'ai pu résister au plaisir de vous faire une visite.

C'était étrange de voir Lorenzo en haut-de-forme. Il sourit et regarda le ventre rond de Samantha.

— Je vois que vous avez grossi. Cela vous va bien.

Elle ne l'entendit pas. Elle venait de remarquer un fiacre et l'homme qui payait la course au cocher. Affolée, elle claqua la porte. Le bruit alerta Sheldon et Wilkes.

— Samantha, es-tu folle ? dit Sheldon.
— Ce n'est pas... Teresa.

Le heurtoir de la porte retentit.

— Samantha...
— Non, n'ouvre pas, Sheldon. Ils vont partir.
— C'est ridicule. Wilkes, veuillez répondre, je vous prie.
— Non, Sheldon ! Laisse-moi le temps de regagner ma chambre. Je ne veux pas le voir.
— Qui donc ?
— Mon mari.

Et elle se précipita dans l'escalier.

— Seigneur ! Elle lui a claqué la porte au nez, Wilkes. Que doit penser cet homme ?
— Je l'ignore, monsieur, répondit le maître d'hôtel.
— Eh bien, ouvrez, Wilkes. Nous le faisons attendre dans le froid.

40

— Vous n'allez pas rester cloîtrée dans votre chambre, Sam.
— Si, je ne bougerai pas.
Froilana prit un air sévère.
— Votre frère l'a invité à dîner. Il faudra bien vous résoudre à le voir.
— Non.
— La fiancée de votre frère est arrivée. Tout le monde vous attend pour passer à table.
— Dis-leur que je ne descendrai pas.
— Doux Jésus ! dit Froilana. Voulez-vous passer pour une lâche ? Et ce n'est pas gentil pour votre frère. Comment va-t-il expliquer votre absence à sa fiancée ? Vous le mettez dans une situation délicate.
— Il trouvera bien une raison, répondit Samantha. Bon, d'accord. Je préfère supporter la présence de Hank que tes remontrances toute la soirée. Je risque d'agacer Sheldon. Il m'est impossible d'être dans la même pièce que Hank sans m'énerver.
Froilana choisit de garder le silence.
D'humeur belliqueuse, Samantha pénétra dans le salon. Dès qu'elle aperçut Hank, sa colère s'envola. Indifférente aux regards des autres, elle ne remarqua ni le soulagement de son frère, ni la surprise de Teresa qui ignorait qu'elle attendait un enfant, ni Jean Mérimée, le Français. Elle ne voyait que Hank, avec ses cheveux noirs, ses fossettes et ses yeux qui brillaient. Il était très élégant dans son habit de soirée. Il portait une veste noire sur un gilet bordeaux, et une chemise de soie blanche. Ses boutons de manchettes étaient de petits diamants.
Hank regarda son ventre. Elle rougit.
— Sheldon, où donc est ta fiancée ?

Elle essayait de cacher son émotion.
— Là.
Elle se tourna vers Sheldon.
— Mais oui, naturellement.

La jeune femme qui se tenait à côté de son frère était d'une beauté remarquable. Elle avait des yeux sombres et profonds, des cheveux d'un noir bleuté et un visage sensuel aux pommettes hautes.

— Teresa, dit Samantha, il faut me pardonner. Je n'ai pas vu mon mari depuis longtemps.

— C'était... évident, répondit-elle.

Puis elle poursuivit en espagnol, s'adressant à Jean Mérimée :

— Mon cher, voudriez-vous lui expliquer que je ne connais pas encore bien l'anglais ? Je crains de ne pouvoir comprendre ce langage vulgaire...

— Vous voulez que je dise ça ?

Il était atterré.

— Mais non, très cher, simplement...

Samantha répondit en espagnol :

— Ce ne sera pas nécessaire. Vous n'avez pas besoin d'interprète avec moi.

La bouche de Teresa s'arrondit et son teint s'éclaircit. Elle se reprit vite.

— Excusez-moi, Samantha. Je n'avais pas l'intention de vous blesser.

Samantha sourit, mais sans chaleur. Elle trouvait la fiancée de son frère bien familière avec ce Jean Mérimée. Teresa était ravissante, mais Samantha se sentait à présent moins bien disposée à son égard.

— N'y pensez plus, Teresa, dit-elle. Mon frère m'a expliqué que vous appreniez l'anglais. Vous devriez étudier avec plus d'assiduité. C'est assez intéressant de savoir ce que les autres disent, surtout lorsqu'ils parlent de vous.

Jean Mérimée, mal à l'aise, changea de place. Teresa se rapprocha de Sheldon et répondit :

— Je suis de votre avis.

— Peut-être pourrait-on parler anglais ? dit Sheldon.
— Bien sûr. Sheldon, je disais à ta fiancée que nous devrions faire plus ample connaissance. Tu m'as si peu parlé d'elle...

Wilkes annonça que le dîner était servi, et Sheldon laissa échapper un soupir de soulagement.

— Passons à table, voulez-vous ? Jean, je vous prie, occupez-vous de Teresa.

Il tendit la main de sa fiancée au petit Français. Samantha les suivit du regard.

Jean Mérimée était ce qu'on appelle un don Juan. Plein d'allant, il n'était pas beau mais avait du charme. Dès leur première rencontre, il lui avait déplu, et elle n'avait pas changé de sentiment. Il lui avait fait des avances, elle l'avait repoussé, et il s'était aussitôt tourné vers une autre femme.

Il s'entretenait avec Teresa, comme si c'était lui, le fiancé. Elle demanda à Sheldon, en désignant le Français :

— Que fait-il ici ?
— Il a eu la gentillesse d'accompagner Teresa.
— As-tu confiance en lui ?
— Naturellement, dit Sheldon. C'est l'un de mes conseillers, un ami très proche.
— Proche de qui ?

Il n'entendit pas la remarque.

— Samantha, dit Sheldon, je te demande de faire un effort. Tu n'as pas encore adressé la parole à ton mari.

— Et je n'en ai pas l'intention.

Il s'approcha de Lorenzo et de Hank.

— Monsieur Chavez, monsieur Vallarta, venez-vous ?

Samantha observa la démarche de Hank. Il ne boitait pas. Il semblait n'avoir aucune séquelle de sa blessure à la jambe. Rassurée, elle lui adressa un regard froid. Elle s'empara du bras de Lorenzo et se dirigea vers la salle à manger.

— Alors, mon ami, dit-elle, je viens d'apprendre enfin votre nom de famille.

— Oui, je suis fier de le porter maintenant.

— Dois-je comprendre que vous en avez fini avec vos pratiques illicites ?

Elle se sentait un peu fébrile mais très insouciante. Lorenzo sourit.

— Je suis un homme respectable, maintenant. Votre mari me paye bien depuis qu'il a fait fortune.

— Je vous saurais gré de ne pas me parler de lui, si vous ne voulez pas mettre fin à notre conversation.

Il se mit à rire.

— Ah, Sam ! Vous n'avez pas changé. La plupart des femmes dans votre état sont sereines, mais vous, vous vous emportez toujours pour un rien. Voulez-vous savoir quelle a été sa réaction quand je lui ai expliqué pourquoi vous nous aviez claqué la porte au nez ?

— Qu'avez-vous pu dire ? Vous en ignoriez la raison.

— Mais non. Vous ne vouliez qu'il vous vît enceinte.

— C'est faux. Je désire qu'il ne me voie pas du tout.

Elle se tut. Comme Lorenzo gardait le silence, elle demanda :

— Et qu'a-t-il dit quand il a appris que j'étais dans cet état ?

— Il était ravi.

— Je vous crois volontiers. Il était si sûr que cela arriverait qu'il peut se réjouir.

— Je vous assure. Il est heureux à l'idée de devenir père. Je le connais bien, Sam, peut-être mieux que vous, et je ne me trompe pas.

— Je me fiche de ce que vous pensez. J'ai une tout autre opinion de lui. Il m'avait dit de l'attendre dans six ou sept mois. Eh bien, les sept mois sont écoulés. Pour quel motif croyez-vous que je suis venue en Angleterre ? Pour lui échapper, pour qu'il ne le sache jamais. Maintenant, il est ici et... ne vous ai-je pas interdit de me parler de lui ?

Comme ils entraient dans la salle à manger, elle s'éloigna de Lorenzo. Elle était persuadée que Hank s'était moqué d'elle. Elle s'assit et faillit se lever aussitôt. Hank s'était placé à sa droite.

On servit le dîner dès que Sheldon fut installé. Samantha piqua du nez dans son assiette, elle avait besoin de retrouver ses esprits. Lorenzo, en face d'elle, s'entretenait du Mexique avec Jean Mérimée. Ce furent les propos de son frère à sa fiancée qui attirèrent son attention.

— ... Et dix années se sont écoulées. C'est donc sa première visite en Angleterre.

— Elle n'était pas là au moment de la mort de votre chère grand-mère ?

— Non.

— Quel dommage ! Une femme si douce.

Samantha fut stupéfaite. Elle regarda Teresa Palacio, puis s'adressa à son frère :

— Parle-t-elle de notre grand-mère, Sheldon ?

— Oui, Teresa me racontait qu'elle l'avait connue, il y a longtemps, bien avant notre rencontre.

— C'était une femme extraordinaire, dit Teresa. J'ai eu le plaisir de faire sa connaissance juste avant sa mort.

— Henriette Blackstone ?

— Mais oui.

Malgré sa surprise, Samantha décida de lui accorder le bénéfice du doute.

— Sheldon, tu aurais dû m'écrire que grand-mère s'était radoucie avec l'âge. Je serais peut-être revenue la voir.

Gêné, Sheldon toussota.

— A vrai dire, ma chère, son caractère ne s'était guère amélioré... et... elle ne t'a jamais... enfin, elle...

— Elle m'en a toujours voulu d'être partie rejoindre père ?

— Je ne l'aurais pas dit de cette façon.

— Selon ta bonne habitude.

— Est-ce pour cette raison qu'elle vous a déshéritée ? dit Teresa.

Samantha réprima une envie de rire en voyant la mine de Sheldon qui réprouvait cette question indiscrète. Elle lui posa une question à son tour :

— Comment êtes-vous au courant ? J'ai du mal à croire que mon frère vous ait raconté ces histoires de famille.

— Non, ce n'est pas Sheldon, mais votre grand-mère.

Samantha s'appuya au dossier de son siège. Elle observa l'étrangère. Henriette Blackstone douce et bonne ? C'était absurde. Quant à croire que sa grand-mère s'était confiée à une simple connaissance alors qu'elle avait juré de ne plus prononcer le prénom de Samantha... Mais pourquoi Teresa aurait-elle menti ?

— C'est vrai, dit Samantha. Ma grand-mère et moi ne nous sommes jamais entendues. Elle m'a déshéritée quand j'ai choisi d'aller vivre aux États-Unis, ce que je n'ai jamais regretté.

— N'êtes-vous pas fâchée d'avoir perdu votre part d'héritage ?

— L'argent n'avait pas d'importance pour moi. De toute façon, mon père n'est pas pauvre, Teresa, et j'ai tout ce que je peux désirer.

— Et son mari est riche, dit Jean Mérimée.

Samantha se tourna vers Hank et le vit hausser les épaules.

— Évoquer la fortune de mon mari est hors de propos, monsieur. Et je crains que ce sujet ne soit de mauvais goût.

— Pardonnez-moi, Samantha, dit Teresa. C'est que... je ne voudrais pas que vous reprochiez à votre frère son héritage. Ce n'est pas bien de s'envier entre parents.

Samantha resta sans voix. Elle qui avait cru choquer son frère avec sa franchise ! Teresa et son franc-parler dépassaient la mesure. Sheldon regardait sa fiancée d'un air choqué. Il faisait un effort pour se contenir.

Un silence embarrassant s'installa.

— Votre sollicitude à l'égard de ma sœur est... touchante, Teresa, dit Sheldon. Ne vous tracassez donc pas. Cette injustice sera bien vite réparée, puisque sera léguée à son premier enfant la moitié de la fortune des Blackstone.

— Comment ? dit Teresa.

Il y avait une légère anxiété dans sa voix.

Samantha lui jeta un coup d'œil. Jean Mérimée ne réussit pas non plus à dissimuler son trouble.

— Je ne comprends pas, Sheldon, dit-il. Le testament de votre grand-mère, je l'ai eu entre les mains, et je ne me souviens pas d'une clause stipulant...

— Non, en effet, il n'y en avait pas, dit Sheldon. Vous n'aviez aucune raison de connaître le contenu du testament de mon grand-père dont vous n'étiez pas l'homme de loi. Aussi têtu que son épouse, il ne voulait pas que sa petite-fille soit à ce point défavorisée. Aussi, il a pris des dispositions pour assurer son avenir par le biais de ses enfants. Ma grand-mère ne l'a jamais su.

Samantha réprima un sourire. Elle aurait voulu applaudir Sheldon qui, tout en restant maître de lui, venait de remettre le Français à sa place. Il était de nouveau impassible.

Elle lui dit de sa voix la plus agréable :

— Est-ce là l'un de ces potins croustillants que tu te plais à garder pour la fin, Sheldon chéri ? Je suis étonnée que tu aies révélé celui-ci avant la naissance du bébé.

Elle atteignit son but. Sheldon la foudroya du regard, ce qu'elle feignit d'ignorer.

— Pourquoi irritez-vous votre frère ?

Cette voix profonde, elle l'avait si souvent entendue dans ses rêves. Elle se raidit sur sa chaise.

— Ce ne sont pas vos affaires.

Hank s'adressa de nouveau à elle, en espagnol :
— Regardez-moi, ma chérie.

Sa présence était un supplice qu'elle ne pouvait endurer.

Elle se leva et, s'excusant auprès des autres invités, elle quitta la pièce. Son état de femme enceinte l'autorisait à se retirer plus tôt.

Elle était encore incapable de lui parler. Sa fierté lui interdisait le pardon. Pourtant, elle aurait voulu lui dire qu'elle souffrait et... l'embrasser !

41

Hank ouvrit la porte sans frapper, et le regretta. Samantha se déshabillait. Elle lui adressa un regard de reproche. La servante qui l'aidait la recouvrit de sa robe avant de reculer.

Il dit avec maladresse :
— Pardonnez-moi, Sam.

— Vous pardonner ? Alors que vous faites irruption chez moi sans y être invité. Vous savez que vous n'y êtes pas le bienvenu ? Comment osez-vous forcer ma porte ?

— Je pourrais répondre que tout mari a le droit d'entrer chez sa femme.

— Si vous invoquez vos droits, je divorce !

— Votre mari ! dit Froilana.

— Tu ne vas pas me faire croire que tu l'ignorais, Lana. C'est toi-même qui m'as dit que mon frère l'invitait à dîner.

— Oui, mais je ne l'avais pas vu. J'étais sur le palier, à l'étage. Je l'ai simplement entendu parler. Comment pouvez-vous être en colère contre un mari aussi beau ?

Elle avait l'air fascinée...

— Si tu le trouves si irrésistible, Lana, je te le laisse volontiers. Je veux qu'il sorte de ma chambre.

— Je ne dirais pas non, répondit Lana, mais je crois que c'est vous qu'il veut.

— Tu es insupportable ! Sors ! Sortez tous les deux !

— Va, Lana, dit Hank. Laisse-moi quelques instants avec ta maîtresse.

— Ne l'écoute pas, dit Samantha.

La jeune servante, après avoir observé les deux époux, se retira en souriant.

— J'imagine que cela vous amuse de vous faire obéir, dit Samantha.

— Étant donné que je n'ai jamais eu autant de chance avec vous, oui.

— Eh bien, vous pouvez prendre le même chemin.

— Parlons un peu.

— Non, je connais la raison de votre visite et je ne suis pas tenue de vous écouter. Partez ou je crie. Nous ne sommes pas au fin fond des montagnes, Hank, et si j'appelle, quelqu'un viendra.

— Vous n'hésiterez pas à faire une scène ?

— Non. J'ai subi trop d'épreuves. Je ne supporterai pas votre triomphe.

— Mon triomphe ?

— Ne faites pas l'innocent. Vous êtes là pour vous assurer que j'attends un enfant. Vous avez réussi. Maintenant, partez !

Hank secoua la tête.

— Vous vous rappelez trop le passé, Sam. Vous devriez tâcher d'oublier. Moi, j'ai essayé.

— Oublier ! Je me souviens de tout, Hank, de tout !

— J'aurais préféré le contraire, Samina. J'espérais que notre rencontre serait différente. Je ne suis pas venu vous narguer. Je voulais vous poser une question.

Devait-elle le croire ? Il semblait si sincère.

— Quelle question ?

— J'aimerais comprendre... savoir. C'est quelque chose qui m'a tracassé... Pourquoi n'avez-vous pas cherché à vous venger ? L'occasion vous était offerte, pourtant.

Stupéfaite, elle le dévisagea.

— Avez-vous entrepris ce voyage en Europe pour ça ?
— Oui.
— Je ne peux pas le croire.
— Demandez à Lorenzo. Cela vous ressemble si peu de renoncer. Est-ce par pitié ?

Elle éclata de rire.

— Par pitié ? Oh, non ! Vous avez eu ce que vous désiriez. Vous devez être comblé : vous êtes riche.
— Vous auriez pu me faire arrêter, me faire jeter en prison, ou me laisser aux mains des hommes de votre père. Vous avez pris ma défense et contre votre père. Dites-moi pourquoi.

Elle se détourna, incapable de soutenir son regard, incapable de lui répondre.

— J'étais lasse, Hank, lasse de ces disputes. Il me semblait que nous avions assez souffert.
— Est-ce vrai, ma chérie ?

Elle se retourna. Quand Hank était si près d'elle, toute résistance l'abandonnait.

— J'ai répondu à vos questions, dit-elle. Rentrez au Mexique et laissez-moi en paix.

Hank regarda son ventre.

— Non, j'attends la naissance du bébé.

Le visage de Samantha se durcit.

— Vous n'êtes pas le bienvenu ici.
— Votre frère m'a invité à rester. Il est plus généreux que vous.
— Parce qu'il ignore nos véritables relations. Je porte votre nom mais je ne vous appartiens pas, et si jamais vous tentiez de changer cela...
— Calmez-vous, Sam. Pourquoi vous mettez-vous en colère ? Vous dites être lasse de nos disputes, et dès que j'apparais vous sortez les griffes.
— La raison de votre visite m'irrite.
— Je vous ai dit que vous vous méprenez. Je

désire vous parler. Je ne suis pas sûr que vous ayez répondu à mes questions.

— Mais si.
— Alors, puisque vous estimez que nous n'avons que trop souffert, ne rendez pas cette visite difficile.

Elle était au bord des larmes. Il avait raison. Elle n'était pas raisonnable et ignorait pourquoi. Est-ce parce qu'elle attendait un enfant qu'elle était si nerveuse ? Comme elle regrettait qu'il la vît dans cet état !

— Nous n'aurions pas dû nous revoir, Hank. Je ne pensais pas vous revoir. C'est pour vous éviter que je suis venue en Angleterre.

Hank baissa la tête et murmura :

— Me haïssez-vous toujours autant ?

La question la surprit. Qu'éprouvait-elle ? Elle avait souvent pensé à lui ces derniers mois, sans haine.

— Je ne sais plus... ce que je ressens. Je ne peux être avec vous en ce moment, alors que.. je suis... j'ai l'air... Oh ! Je vous en prie, allez-vous-en !

Elle se détourna mais il l'obligea à le regarder.

— Que se passe-t-il, Sam ? Cela vous embarrasse-t-il que je vous voie enceinte ?

— Certainement pas !

Il sourit.

— Vous mentez, ma chérie. Sachez que je vous trouve très belle.

Elle se raidit.

— Partez !

— Vous êtes toujours aussi têtue. Je m'en vais, Sam. Je quitte cette maison puisque ma présence vous trouble à ce point. C'est mauvais pour le bébé. Au cas où vous auriez besoin de moi, je donnerai mon adresse à votre frère.

Il se pencha pour l'embrasser. Le pouvoir qu'il avait sur elle était toujours là. Elle oublia tout et s'abandonna à la magie de ce baiser.

Avec un soupir de tristesse, il relâcha son étreinte,

et lui adressa un regard douloureux. Puis, fidèle à sa parole, il sortit.

Samantha demeura immobile à regarder la porte qui venait de se refermer.

Hank la bouleversait toujours...

42

— Le docteur va-t-il enfin arriver ? dit Samantha.
Elle s'efforçait de maîtriser la douleur qui montait en elle.

Des gouttes de sueur ruisselaient sur son front.
— Mais oui, mais oui, il est en route, dit Froilana.
Elle ajouta quelques bûches au feu qui flambait dans la cheminée.

Les douleurs avaient commencé dans l'après-midi. Samantha ne s'en était pas inquiétée. Elle avait eu plusieurs malaises ces derniers temps. Froilana remarqua les crispations de son visage et comprit que le moment était venu.

Couchée dans son lit, Samantha se retenait de crier. On l'avait prévenue que ce serait douloureux.
— Tu me fais rôtir avec ce feu d'enfer ! dit-elle.
— Calmez-vous, Sam.
— J'aimerais te voir à ma place.
— Voulez-vous qu'ils vous entendent, en bas ?
— Qui ?
— Votre frère et...

Samantha poussa un gémissement. Quand la douleur diminua, elle demanda :
— Et ?
— Qu'ai-je dit ? Mon Dieu ! A quoi est-ce que je pense ?

Samantha était trop lasse pour se préoccuper de savoir qui tenait compagnie à son frère. Sans doute

Teresa, qui était souvent là depuis le soir où Hank avait réapparu.

Elle n'avait pas demandé à Sheldon l'adresse de son mari, et il n'avait jamais fait allusion à sa visite, désireux, peut-être, d'oublier cette soirée. Elle allait mettre au monde l'enfant de Hank. Il n'était pas juste qu'elle subît encore sa vengeance. Elle se mordit les lèvres. La douleur l'élançait de nouveau.

— Quand est-ce que cela va finir, Lana ? dit-elle. Je n'en peux plus.

— Il ne faut pas combattre la douleur. Il faut au contraire l'accompagner, et vous détendre.

— Voilà un bon conseil, quand on ne souffre pas. Le docteur n'est même pas là. Il va arriver trop tard.

— Vous vous tracassez pour rien. Il y a tout le temps, et le docteur sera là bien avant que le bébé ne vienne.

— Oh, mon Dieu ! dit Samantha. C'est bien la dernière chose que je voulais entendre. Il y a tout le temps ! Mais je ne tiendrai pas le coup ! Je vais mourir.

— Vous ne faites que rendre les choses difficiles, Sam. Ne résistez pas à la douleur. C'est votre premier enfant, celui qui fait le plus souffrir. Vous oublierez vite, et le second viendra plus facilement.

— Le second ? Jamais !

Épuisée, elle se laissa retomber sur les oreillers. Elle ne savait ce qui était le pire, ces contractions qui l'écartelaient, ou la souffrance qu'elle avait éprouvée quand elle était retournée vivre chez son père. Elle avait trouvé ses vêtements de mariée posés sur le lit de sa nouvelle chambre. Elle avait senti un grand vide, et depuis, elle était malheureuse, accablée de souvenirs.

La vie avait repris son cours dans le ranch du Texas où les avaient suivis leurs employés mexicains. On avait tout remis en état. Là aussi, il y avait des plaines et des montagnes. Cet endroit ressemblait à leur ancien domaine. Pourtant, elle le détestait pour cette terrible nuit. La grange lui rappelait Hank, en sang et sans connaissance.

Ses anciennes distractions ne l'amusaient plus et l'avenir lui paraissait sombre. Elle ressentait une tristesse qu'elle ne savait expliquer. Lorsqu'elle comprit qu'elle était enceinte, elle retrouva un peu de vivacité pour détester Hank. Sa grossesse lui servit de prétexte pour quitter la maison et l'Amérique, pour que Hank ne la retrouvât jamais.

Elle s'était trompée en croyant que la fuite l'aiderait à oublier. Elle songeait à cet enfant qu'elle élèverait seule... Et sa mélancolie grandissait. L'amour qu'elle commençait à ressentir pour lui et la sollicitude de Sheldon l'aidèrent à surmonter son chagrin. Puis Hank arriva.

La douleur devint insupportable, elle ne put retenir un cri. Au même instant, le docteur entra. Cela lui était bien égal. C'était Hank qui aurait dû se trouver à son chevet. Pourtant, elle ne voulait pas qu'il vînt. Il ne fallait pas qu'il la vît souffrir.

Sheldon avait promis à Hank de le prévenir.

Dans la voiture qui l'emmenait, à travers Londres, Hank, heureux, n'écoutait pas un mot de ce que lui disait Lorenzo. Il exultait. Samantha allait donner naissance à son enfant, à leur enfant.

Quand il entendit les gémissements de sa femme, il se sentit mal. Un verre d'alcool à la main, il s'assit le plus loin possible de la porte fermée du salon. Il agitait son verre de temps à autre, le bruit des glaçons couvrait parfois les cris. Cette attente était un supplice.

— Vous ne devriez pas être ici, Hank, dit Sheldon. Moi non plus, d'ailleurs. Seigneur ! Ce n'est pas un endroit pour les hommes !

Il arpentait le salon.

Hank regarda Sheldon et ne réagit pas. Il dit enfin :

— Vous ne me mettez pas à la porte, n'est-ce pas ?

— Bien sûr que non.
— Alors, je reste.
— Mon club se trouve à deux pas. Pourquoi ne pas... ?
— Non.
Lorenzo secoua la tête.
— Il a raison, Hank. Pars et reviens plus tard.
— Ma place est auprès d'elle, dit Hank.
— Elle ignore que tu es ici. Tu ne lui es d'aucun secours.
— Laisse-moi, Lorenzo. Je veux rester...
On entendit un hurlement. Hank lâcha son verre.
— Elle est en train de mourir. Je l'ai tuée !
— Ne sois pas idiot, dit Lorenzo.
Hank se tourna vers lui.
— Peux-tu m'assurer qu'elle ne mourra pas ? Le peux-tu ?
— Ô mon Dieu ! dit Sheldon. C'est indécent... Restez si vous le voulez. Moi, je sors. Je suis malade.
Il attrapa son manteau et se dirigea à grandes enjambées vers la porte. Comme il atteignait le vestibule, un vagissement s'éleva, suivi de l'exclamation ravie de Froilana : « C'est un garçon ! ».
Sheldon revint vers le salon avec un sourire à peine perceptible.
— J'ai un neveu.
Hank se précipitait déjà dans l'escalier.
Une épaisse buée, à cause de l'eau que l'on avait fait bouillir, noyait la chambre. La chaleur y était suffocante. Froilana protesta en le voyant entrer, mais le médecin fit un signe de tête et elle retourna s'occuper du bébé.
— Vous êtes le mari ?
Hank n'entendit pas la question. Il regardait le grand lit où disparaissait Samantha. Il ne distinguait même pas son visage.
— Comment va-t-elle ?
— Ne voulez-vous pas voir le bébé ? dit Froilana.
Il l'ignora.

— Comment va-t-elle ?
— Pourquoi ne pas me le demander ?

Hank s'approcha du lit. Samantha avait du mal à garder les yeux ouverts. Elle les referma. Jamais il ne l'avait vue aussi épuisée.

— Sam ?
— Que faites-vous ici ?
— Votre frère m'avait promis de m'appeler. J'ai le droit d'être ici, vous ne pouvez le nier.
— Si, je le peux. Vous ne me vouliez pas, n'est-ce pas ? Même votre divorce vous était égal. Alors, quelle est la raison de votre présence ?

Il se raidit et répondit par bravade :

— L'enfant, bien sûr.
— Bien sûr.
— Je ne veux pas me disputer, Sam. Seigneur ! J'ai cru que vous alliez mourir.
— Ridicule. C'était désagréable. Toutes les femmes qui mettent des enfants au monde passent par là. D'ailleurs, je ne me souviens même plus...

Ses paupières se refermèrent et sa voix devint un murmure inaudible.

Hank resta à son chevet. Samantha Kingsley Chavez, son épouse, la mère de son fils, la femme qu'il aimait ! Sa fierté, son audace l'avaient toujours étonné. Si elle l'avait vraiment détesté, il ne se serait pas senti si incertain. Elle lui avait laissé deviner autre chose...

Même quand il croyait la détester, il l'aimait de toute son âme.

43

Le fiacre roulait à travers le parc. C'était la nuit. La brise entrait à l'intérieur de la voiture par les rideaux des portières et faisait vaciller la lanterne du cocher. Il y avait un parfum de printemps.

— Pensez-vous que Sheldon soit mécontent que je revienne avec vous, Jean ? dit Teresa.

Le Français haussa les épaules.

— Comment savoir, chérie ? Cet Anglais n'est jamais en colère. A dire vrai, je ne crois pas qu'il éprouve quoi que ce soit. A sa place, je ne confierais jamais ma fiancée à un autre homme, ami ou pas.

— Ne le sous-estimez pas, dit Teresa. Un tempérament réservé peut être capable de grande violence.

— Dans ce cas, vous auriez dû le laisser vous raccompagner.

— Je n'aurais pas pu rester un instant de plus en compagnie de cette fille. Sheldon emmène sa sœur partout. S'il avait fallu supporter encore ses remarques, j'aurais explosé. Vous n'entendez pas ses réflexions. Depuis qu'elle a retrouvé sa ligne, elle a la langue bien pendue. Je crains qu'elle ne soit au courant de nos relations.

— Mais non, ma chère, dit Jean. Samantha ne peut faire que des suppositions. Ignorez-la. Si elle se montre si acerbe, c'est sans doute à cause de son mari. Ils ne peuvent se trouver dans la même pièce sans se disputer. Chavez habite chez eux pour être plus près de son fils, au grand déplaisir de Samantha. Mais que peut-elle faire ou dire ? Sheldon prend la défense du mari.

— Ses problèmes de cœur m'indiffèrent. Ce sont ses insinuations qui me rendent folle. Elle les fait en espagnol pour que Sheldon ne comprenne pas.

— Elle se contente de passer sa mauvaise humeur sur vous, Teresa, c'est tout.

— Pourquoi dois-je endurer ses sarcasmes ? Je la hais.

— Allons, allons.

— Et comment osez-vous prendre ce ton condescendant avec moi ? Je vous déteste quand vous me traitez comme une enfant.

Jean était habitué aux sautes d'humeur de Teresa.

— Pourquoi faites-vous tant d'histoires ? Vous allez bientôt vous marier, nos soucis disparaîtront.

— Ce mariage aura-t-il lieu, Jean ? Avez-vous retrouvé ce second testament ?

— Non. Je crains d'avoir découvert ce que nous désirions savoir. Mon principal associé s'est occupé de la fortune du grand-père de Sheldon.

— Vous craignez... ?

— Oui, Teresa. Si Sheldon meurt sans héritier, la fortune des Blackstone reviendra à l'enfant de Samantha.

— Même s'il est marié ?

— Le vieux Blackstone a pris les dispositions nécessaires pour que sa fortune restât dans la famille.

— Maudite femme et son enfant ! dit Teresa. Elle ruine mes projets. Il y a trop longtemps que j'attends cela, Jean. Je ne peux plus me permettre de laisser tomber Sheldon. J'ai vendu mes derniers bijoux. Il ne me reste plus d'argent pour me mettre à la recherche d'un autre mari.

— Calmez-vous, chérie. Tout n'est pas perdu.

Teresa le regarda d'un air furieux.

— Vous êtes drôle ! Notre plan était de tuer Sheldon après quelques mois de mariage pour avoir l'héritage. Et vous venez de dire que je n'hériterai rien, même s'il meurt !

— C'est exact. Estimons-nous heureux d'avoir eu connaissance de cette clause avant de nous débarrasser de Sheldon. Elle est d'ailleurs peu précise. Que Samantha ait un enfant maintenant ou dans dix ans, l'héritage ira toujours à son premier-né. En éliminant Sheldon, nous n'aurions eu aucun moyen de mettre la main sur cette succession : elle ira à l'enfant.

Teresa sembla reprendre courage.

— Avez-vous une solution ?

— Une seule s'impose. Samantha et son fils doivent disparaître avant Sheldon. C'est à l'âge de un an que la moitié de la fortune lui reviendra. S'il meurt, nous aurons la totalité de l'héritage. Il n'y aura plus d'autre Blackstone pour faire valoir ses droits.

— Mais... comment faire ? Samantha a l'intention de retourner en Amérique aussitôt après mon mariage. Nous ne pourrons rien entreprendre contre elle là-bas. Son père la protégera. C'est trop risqué.

— Il faut donc agir avant.

— Le mariage est dans deux semaines.

— Le plus vite sera le mieux. Votre mariage sera retardé de plusieurs mois à cause du deuil, mais peu importe, il aura lieu, et nous pourrons revenir à notre plan initial.

— Comment pensez-vous vous y prendre ?

— Je n'y ai pas encore réfléchi. Avez-vous une idée ?

— Le suicide. Samantha est lunatique et sans cesse aux prises avec son mari.

Jean eut un petit rire.

— Elle tuerait le bébé, puis se tuerait elle-même ? Non, non, chérie. Elle adore son enfant. Personne ne croirait à un suicide. Qu'elle se suicide, à la rigueur, mais ça ne marcherait pas pour le bébé.

— Le mari, alors, pourrait être le meurtrier. Ce n'est un secret pour personne qu'elle a l'intention de rentrer chez son père et que Chavez n'y est pas le bienvenu.

— Juste, mais il ne tuerait pas son fils non plus.

— Que proposez-vous, alors ? Il n'y a que chez Sheldon que nous avons une chance de trouver Samantha seule avec le bébé. Quand ils sortent, la servante mexicaine les accompagne. Ils doivent pourtant disparaître en même temps.

— Je suis d'accord. C'est pourquoi il faut les éloigner de la maison, et je ne pense pas à une simple promenade. Il faudrait que Samantha parte avec son enfant, à l'insu de tous, peut-être quand tout le monde dort... Oui, c'est ça ! dit Jean. On fera croire qu'elle s'est enfuie. Elle laisserait une lettre expliquant qu'elle est partie par crainte de son mari. Il ne doit pas la retrouver, jamais.

— Leur mort doit pouvoir être établie.

— Il suffit de tomber sur des bandits de grand chemin. Les routes sont mal fréquentées. N'y a-t-il pas toujours des vols, des agressions, des meurtres ? Samantha aura la sottise d'emprunter le plus bel attelage de son frère. Quel bandit pourrait y résister ? Une magnifique voiture, sans escorte, sur une route tranquille, et de nuit ? L'idéal !

— C'est bien imaginé ! Je vous aime...

— Et moi, je vous adore.

— Allez-vous vous en occuper vous-même ?

— Je ne crois pas. Samantha est bien trop jolie.

— Jean !

Il rit tout bas.

— Ne m'en veuillez pas de savoir apprécier la beauté, Teresa. Et je suis épris de vous. Rassurez-vous, je connais un homme prêt à tuer pour de l'argent.

— Pourrons-nous le payer ?

— Cela ne nous coûtera rien. Son travail terminé, je me débarrasserai de lui. Tuer un vagabond ne me pose pas de problème.

— Quand ?

— Demain soir. Elle doit vous retrouver au bal de charité, n'est-ce pas ?

— Oui.

— Elle sera donc fatiguée en rentrant et dormira d'un sommeil profond. La seule difficulté sera de sortir de la maison sans éveiller l'attention.

— Comment vous glisserez-vous chez Sheldon ?

— Rien de plus simple. Je feindrai d'ignorer l'absence de Sheldon. J'arriverai après son départ et celui de Samantha. Wilkes m'offrira bien un rafraîchissement, même en l'absence de son maître. Pendant qu'il ira le chercher, je laisserai un mot disant que je ne peux attendre. Je monterai à l'étage me cacher. Wilkes croira que je suis parti et Sheldon ne soupçonnera rien.

— Vous serez prudent, n'est-ce pas, chéri ?
— Bien sûr. Notre avenir à tous deux l'exige.

44

— Vous soignez votre toilette, dit Froilana.

Elle apporta à Samantha un châle rose assorti à sa robe de bal.

— Mais non.
— Votre décolleté est profond...
— C'est la mode. Il s'agit d'une soirée importante. Tu ne veux pas que j'y aille négligée ?
— Moi, je crois que vous vous faites belle pour lui...
— Et moi, je crois que tu fais trop de suppositions. De toute façon, il ne viendra pas.

Elle prit du recul pour se regarder dans le miroir. Elle était très belle.

— Il refuse les invitations de votre frère parce qu'il sait que vous ne désirez pas le voir. Mais il finit toujours par apparaître. Il ne supporte pas d'être loin de vous !
— Quelles sottises ! Hank se fiche de moi. S'il a décidé de rester ici, c'est pour Jaime.
— Vous vous trompez, Sam.
— Tais-toi, je te prie. Tes contes de fées me fatiguent. Une seule chose le retient ici : son fils.
— Quand vous entrez dans une pièce, il ne regarde que vous.
— Tu ne sais de quoi tu parles.
— Et vous, vous niez l'évidence !
— Oh !

Samantha sortit de la pièce. Froilana et elle ne

cessaient de se heurter ces derniers temps, et toujours à propos de Hank. C'était ridicule. Leurs éclats de voix devaient parvenir jusqu'à lui. Sa chambre était sur le même palier, face à celle de Samantha. Et Froilana qui était sous le charme de Hank, subjuguée !

S'il réussissait à tromper Froilana et Sheldon, elle n'était pas dupe de son jeu. Il voulait son fils pour lui. Ce changement l'intriguait. N'avait-il pas toujours dit que cet enfant serait à elle ? Depuis la naissance de Jaime, les sentiments de Hank à cet égard semblaient différents. Elle redoutait qu'il ne voulût lui enlever son fils.

Cette peur ne la quittait plus et la rendait méfiante. Il était plus simple de haïr Hank que d'écouter son cœur.

La salle scintillait, les toilettes de bal chatoyaient. Teresa, Sheldon et Samantha se tenaient dans un coin ; ils observaient les couples qui passaient en tourbillonnant.

Teresa restait silencieuse. Jean Mérimée semblait absent et Samantha se demanda si c'était la raison du manque d'entrain de la jeune femme. Samantha avait cherché à excuser son comportement, mais l'intimité de Jean et de Teresa était trop flagrante. Et Sheldon qui ne s'apercevait de rien !

Sheldon se leva pour aller chercher des rafraîchissements. Les deux femmes s'ignorèrent. De méchante humeur, Samantha préférait garder le silence plutôt que de risquer un éclat avec cette future belle-sœur qu'elle jugeait volage. Ce serait ridicule et leurs relations étaient déjà assez tendues.

Samantha refusa plusieurs invitations à danser. Elle les aurait acceptées si Hank avait été là. Mais il ne viendrait pas. Comme elle regrettait de ne pas être restée à la maison avec son petit garçon ! Ce n'était pas par plaisir, mais pour blesser Hank qu'elle sortait avec Sheldon. Hank avait cessé de se rendre à ces soirées où elle feignait de s'amuser, et le piquant de ces sorties avait disparu. Elle passait en général sa hargne sur Teresa qui méritait bien ses sarcasmes. Samantha n'aimait pas être méchante mais c'était la faute de Hank. Si seulement il pouvait partir, si seulement elle pouvait l'oublier...

Sheldon revint avec les boissons, suivi de deux amis que Samantha ne connaissait pas encore. Elle prêta une oreille distraite aux noms, mais remarqua la beauté de ce couple et l'amour qui semblait les unir. Elle les enviait. Son intérêt fut éveillé lorsqu'elle les entendit parler du Texas.

— ... Je possédais un ranch là-bas, et nous avons décidé, Angela et moi, de nous y installer.

— Quelle coïncidence, dit Teresa. Samantha est originaire du Texas, n'est-ce pas ? Et vous ne vous connaissez pas ?

L'homme sourit.

— Je crains que non, mademoiselle Palacio. Le Texas n'est pas un petit État.

— Quel bon vent vous amène en Angleterre, Bradford ? dit Sheldon. Une simple visite ?

— Une lune de miel longtemps différée. Je voulais qu'Angela découvrît l'Angleterre au printemps. L'année dernière, nous n'avons pu venir à cause des travaux de la propriété.

— Tu ne m'avais pas dit que tu avais des amis américains, Sheldon, dit Samantha. Tu n'es pourtant pas allé au Texas ?

— Non, j'ai connu Bradford ici, il y a quelques années. Sa famille possède un domaine du côté de Blackstone.

— Vous plaisez-vous ici... Angela ?

Angela, une jolie brune aux yeux violets, répondit :

— Je ne suis pas habituée au froid.

— Je comprends. C'est le premier hiver que je passe ici depuis onze ans, et je me suis gelée...

— Samantha ! dit Sheldon.

— Oh, ne sois pas si compassé, Shelly.

Il lui adressa un regard de reproche. Il détestait qu'elle lui donnât un diminutif.

Bradford Maitland éclata de rire.

— C'est une fille comme je les aime, Sheldon. Tu aurais dû me dire que ta sœur avait du caractère. Je serais allé lui rendre visite à mon retour en Amérique.

Angela lui donna un coup dans les côtes.

— N'oubliez pas que vous êtes un homme marié, Bradford Maitland.

Pour toute réponse, il l'attira contre lui et lui murmura quelque chose à l'oreille. Elle rit.

Samantha sourit. Ce couple lui était sympathique. Ils étaient ouverts et spontanés. Leur complicité la rendit mélancolique.

— Eh, regardez qui s'est décidé à nous rejoindre, dit Teresa.

Samantha se retourna, croyant voir Jean Mérimée. C'était Hank. Elle l'ignora, bien décidée à accepter toutes les invitations à danser.

Il se fraya un chemin jusqu'au groupe. Il ne regardait pas Samantha, mais Bradford et Angela Maitland. La jeune femme paraissait ravie, Bradford se rembrunit un peu.

— C'est incroyable ! dit Angela. Hank Chavez !

Hank lui sourit et lui saisit les mains.

— Angelina ! Plus belle que jamais. Et toujours avec lui ?

Il fit un signe de tête dans la direction de Bradford.

— Bien sûr qu'elle est toujours avec moi. Nous sommes mariés.

— Ah, je ne pensais pas qu'il en serait autrement, dit Hank, bien que je ne comprenne toujours pas ce qu'elle te trouve.

— Contente-toi de garder tes distances, dit Bradford.

A l'étonnement de Samantha il semblait sérieux. Angela voulut détendre l'ambiance :

— Allez-vous cesser tous les deux ? Est-ce une façon de se conduire entre vieux amis ?

Hank dit à l'oreille d'Angela :

— Toujours aussi jaloux. Allons, Bradford, calme-toi. Tu as fait la connaissance de Samantha, n'est-ce pas ? Comment peux-tu imaginer que je regarde une autre femme quand j'ai une épouse si séduisante ?

— Ta femme ? Eh bien, ça alors ! Mes félicitations.

Bradford se détendit.

— Je suis si heureuse pour vous, Hank, dit Angela.

— Je le serais aussi si Samantha ne me regardait pas ainsi, répondit-il. Je crois que nous avons, tous deux, des partenaires jaloux, n'est-ce pas, Angelina ? Je ferais bien de m'occuper de Samantha avant qu'elle ne se croie abandonnée.

Samantha était furieuse. Angela... Angelina... C'était l'amour de Hank, celle dont il avait si souvent parlé, celle qu'il avait appelée dans son délire. Et voilà qu'elle avait bavardé avec elle et l'avait trouvée agréable ! Et lui la traitait de jalouse ! Jalouse, elle ? C'était grotesque.

— Vous dansez, Sam chérie ?

— Non !

Hank l'entraîna quand même sur la piste.

— Je crains que notre ami n'ait un sérieux problème, dit Bradford à sa femme.

— Aussi sérieux que le mien, répondit Angela.

Bradford savait qu'il était trop jaloux. Une jalousie qui avait failli lui coûter la femme qu'il aimait.

— Il a de la chance, tout de même. Elle est belle, dit-il.

— Oh, je crois qu'elle a autant de chance que lui.

— Ah bon ?

— Mais pas autant que moi.

Il la serra contre lui.

— Comme je vous aime, Angel.

Samantha les vit passer en dansant et se sentit triste.

— Laissez moi, Hank.

Elle tenta de se dégager, en vain.

— Vous n'allez pas faire une scène. Votre frère nous regarde.

— Je m'en fiche.

— Pourquoi êtes-vous en colère ?

— Je ne le suis pas. Comment osez-vous m'embarrasser de la sorte ? Comment osez-vous m'accuser d'être jalouse ?

Il releva un sourcil, amusé.

— Ne l'étiez-vous pas ?

— Non.

— Alors, pourquoi m'avez-vous lancé ce regard ?

— J'étais gênée.

Plusieurs invités les regardaient. Samantha ne s'en souciait pas.

— Que doit penser Teresa en vous voyant minauder avec cette femme, et en présence de son mari, qui plus est ?

— Depuis quand vous souciez-vous de ce que pense Teresa ? Vous n'êtes même pas polie avec elle.

— Eh bien... mon frère, alors.

— J'ai salué une amie, Sam. Voilà beaucoup d'histoires pour peu de chose.

— Une amie ! Croyez-vous que je n'ai pas compris ? C'est votre Angelina.

— Je l'ai désirée.

— Et vous la désirez encore.

— Non, Samina, c'est vous que je veux.

— Ah !

— Il est temps que je vous le prouve. Ce soir, je vous rejoindrai.

Elle le regarda, interdite.

— Mon revolver vous accueillera, dit-elle.

Hank eut l'air surpris.

— Vous avez emporté votre arme dans ce pays ?

— Il m'accompagne partout.

Il soupira.

— Vous me décevez, Sam. Seriez-vous capable de

tirer sur moi comme vous l'avez fait sur ce pauvre mineur de Denver ?

Elle trébucha et il la rattrapa.

— Comment savez-vous ?

— J'ai assisté à la scène. J'ai toujours voulu savoir pourquoi vous aviez tiré sur cet homme cinq fois de suite.

— Il refusait de me laisser tranquille. Il s'obstinait à me suivre. Je le rencontrais partout. Comme vous.

— Est-ce une menace ?

— Prenez-le comme vous voulez.

Hank se pencha et murmura :

— Je crois que quelques balles à travers le corps ne me gêneraient pas, si je vous avais à moi de nouveau.

Comme toujours en sa présence, elle se sentait vulnérable. La douceur de sa voix la déroutait. Angela était oubliée.

— Hank...

— Depuis si longtemps, ma chérie.

— Hank, non.

— Ne vous souvenez-vous pas ?

— Si vous croyez que je ne vois pas clair dans votre jeu, vous vous trompez. Je sais que vous cherchez à me séduire pour me prendre Jaime. Vous avez dit vous-même que nous ne pourrions jamais vivre ensemble sans nous déchirer.

— J'étais furieux, alors.

— Certes, et parce que vous alliez m'épouser, forcé par les circonstances. Vous me désirez peut-être mais vous me détestez aussi.

— Sam...

— Laissez-moi.

Elle lui envoya un coup de pied pour qu'il la lâchât, et retourna près de son frère. Il était trop tôt pour partir.

Hank passa le reste de la soirée à l'ignorer. Et c'était très bien. Ne désirait-elle pas qu'il renonçât à elle ?

45

Hank s'éveilla en sursaut. Il saisit le réveil sur la table de chevet et tâtonna pour trouver la boîte d'allumettes. Pourquoi s'était-il réveillé ?

Il se leva et ouvrit la porte. Tout était calme sur le palier. Il referma. Il n'avait plus sommeil et s'étonna de s'être endormi si vite malgré ses préoccupations. Samantha dormait-elle ?

Il s'approcha de la fenêtre et se pencha au-dehors. Comment raisonner Samantha ? Elle refusait de l'écouter et se tiendrait toujours sur ses gardes. Elle était si obstinée. Si seulement elle avait voulu, tout aurait été différent.

Son attention fut attirée par la voiture des Blackstone qui s'élançait dans la rue. Il fronça les sourcils. Où donc se rendait Sheldon en pleine nuit ? Il se redressa. Sheldon sorti, il pouvait aller chez Samantha. Personne ne viendrait si elle appelait. C'était peut-être enfin l'occasion de lui parler ? L'accueillerait-elle l'arme au poing ? Il pourrait se glisser auprès d'elle. Qu'avait dit Bradford, ce soir ? « Si tu l'aimes, tu trouveras une solution. Oublie ta fierté et laisse parler ton cœur. »

Il la forcerait à l'écouter. Il avouerait qu'il ne l'avait jamais haïe, que c'étaient sa colère et sa souffrance qui donnaient ce ton odieux à leurs rapports, parce qu'elle s'était moquée de lui. Il lui dirait qu'il ne supportait plus d'être sans cesse repoussé.

Il traversa le palier silencieux, et entra chez Samantha. La pièce était vide. Avait-elle changé de chambre pour qu'il ne pût la rejoindre ? Voilà qui ne lui ressemblait pas. Elle aurait préféré le tenir en respect avec son revolver.

Il jura. Dieu ! Que c'était exaspérant. Qu'espérait-elle

en se cachant ? Avait-elle emmené Jaime ? L'enfant n'était pas dans la chambre. Le berceau était vide.

Il pensa à l'attelage qui venait de quitter la maison. Affolé, il se rua chez Sheldon. Son inquiétude s'accrut quand il le vit endormi. Il le secoua.

— Votre sœur, où est-elle ?
— Comment ?
— Samantha vient de sortir à l'instant avec Jaime et la bonne. Où peut-elle aller en pleine nuit ?
— Pour l'amour de Dieu, Chavez ! Comment le saurais-je ?
— Ne vous a-t-elle rien dit ?
— Non.

Il se leva et s'habilla rapidement.

— Êtes-vous certain que c'était elle ?

Hank fit un bref signe de tête.

— Sa chambre et celle du bébé sont vides, et je viens de voir par la fenêtre l'une de vos voitures s'éloigner.
— A-t-elle laissé un mot ? A-t-elle emporté des vêtements ?
— Je n'en sais rien.

Sheldon alluma une bougie. Ils se dirigèrent vers la chambre de Samantha. Il y avait un billet sur la table de chevet, qui disait :

« Je ne reviendrai pas, il ne faut pas que vous me retrouviez. »

— Bon sang ! Qu'elle se soit enfuie ainsi, en pleine nuit, je n'arrive pas à le croire. Cela lui ressemble si peu. Seuls les lâches agissent ainsi.
— Je reconnais que c'est de la folie, mais c'est un fait : elle est partie. Elle est sans doute au port, maintenant, prête à embarquer pour l'Amérique.
— La voiture ne se dirigeait pas vers le port.
— Comment ?
— Elle a pris l'autre direction.
— Seigneur ! A quoi pense-t-elle ? dit Sheldon.

Les routes ne sont pas sûres la nuit. Certaines ne le sont même pas le jour.

— Avez-vous une idée de l'endroit où elle pourrait se réfugier ?
— Non.
— Votre maison de campagne ?
Sheldon secoua la tête.
— Non, elle déteste Blackstone.
Hank passa la main dans ses cheveux. Son désespoir augmentait. Quand Samantha avait-elle projeté de partir ?
La penderie ouverte attira son attention. Elle était pleine de vêtements. Il était évident qu'elle avait préféré voyager sans beaucoup de bagages. Elle avait dû emporter le strict nécessaire. Sa coiffeuse était encombrée de poudres, de peignes, d'épingles à cheveux et de parfums. Il y avait aussi un petit coffre.
— Que faites-vous ? dit Sheldon.
Hank l'ouvrit.
— Elle n'a pas pris ses bijoux.
— Aucun ?
— Le coffret est plein.
Il s'approcha du bureau, ouvrit les tiroirs. Il s'arrêta lorsqu'il découvrit dans l'un d'eux le colt de Samantha. Il n'avait pas oublié les mots de celle-ci : « Il m'accompagne partout où je vais... »

46

A l'intérieur de la voiture, il faisait noir. La lune avait disparu sous la masse des arbres. Samantha ignorait quelle route ils suivaient.
Effrayée, Froilana, assise à ses côtés, tenait Jaime contre elle. Jean Mérimée était assis en face d'elles. Où les emmenait-on ? Qui était le complice de Jean ?
Samantha n'avait pu qu'obéir quand Froilana l'avait réveillée et qu'elle avait vu le pistolet de Jean

braqué sur la tête de Jaime. Il lui avait ordonné de rassembler quelques affaires. C'était vers son bureau qu'elle aurait dû se diriger d'abord. A peine avait-elle saisi quelques robes qu'il les poussait hors de la chambre.

Il avait été impossible de discuter. Jean était trop nerveux. Il n'avait pas pensé que Froilana dormait dans la chambre du bébé et avait été obligé d'emmener la servante, ce qui compliquait ses plans.

Ils avaient traversé la maison silencieuse. Samantha priait pour que quelqu'un les entendît. Personne ne s'était levé. Ils étaient montés dans la voiture de Sheldon déjà attelée. Un individu grand et sec les y attendait.

Jean Mérimée refusait de répondre à ses questions. Il était brusque, aux aguets — peut-être avait-il peur ? Tant qu'ils n'eurent pas quitté Londres, il ne cessa d'épier la route derrière eux. Puis les chevaux ralentirent. La route n'était pas éclairée. Comment le cocher faisait-il pour se diriger dans cette obscurité ?

Elle resserra sa robe de chambre sur sa chemise de nuit. Jean Mérimée ne leur avait pas laissé le temps de se changer. Ce qui serait gênant au matin. Quelles drôles de préoccupations elle avait alors que Jean Mérimée la tenait à sa merci ! C'était la seconde fois qu'on l'enlevait. Mais cette fois-ci, elle n'était pas seule. Il y avait Froilana et il y avait Jaime.

Elle essaya de distinguer le visage de la Mexicaine dans l'obscurité. Par bonheur, Jaime ne s'était pas réveillé. Son petit garçon, qui ressemblait tant à Hank, excepté les yeux, qu'il avait verts. Leur enfant...

Le désespoir l'accablait. Si au moins Jean n'avait pas emmené l'enfant. Il aurait pu se contenter de demander une rançon pour elle, soit à son frère, soit à son père. A moins qu'il n'eût voulu aussi s'attaquer à la fortune de Hank ? Si Hank ne versait pas de rançon pour sa femme, il donnerait tout ce qu'il possédait pour retrouver Jaime.

Jean Mérimée était un misérable ! Comment pouvait-on être aussi vil ? Mon Dieu, quand ce cauchemar prendrait-il fin ? Quand retrouverait-elle sa maison ?

Jean tapa avec sa canne sur la paroi de la voiture qui s'immobilisa.

— Descendez ! dit-il.
— Où sommes-nous ?
— Faites ce qu'on vous dit, Samantha.

Son ton était sans réplique. Dehors, on y voyait à peine. Ils étaient dans une forêt. Pas une habitation en vue. Des arbres, hauts et sombres.

— Sam, il n'y a rien ici, dit Froilana.

Elle tenait toujours le bébé contre elle. Elle avait peur et Samantha rassembla son courage pour ne pas céder à son tour à la panique.

— Je sais, Lana. Ne t'inquiète pas.

Elle aurait voulu la réconforter, mais elle en était incapable. On leur jeta leurs vêtements.

— Habillez-vous, dit Jean. On ne doit pas vous retrouver en chemise de nuit.

Les retrouver ?

— Jean, pourquoi nous sommes-nous arrêtés ici ?
— Nous n'avons pas besoin d'aller plus loin.
— Je ne comprends pas.

Il appela le cocher.

— Vous allez comprendre. Peters ! Fais vite avant que quelqu'un n'arrive.

Peters descendit de son siège, et Samantha se mit à trembler.

— Jean ! Pour l'amour de Dieu ! Que se passe-t-il ?

Elle se rapprocha de Froilana et de Jaime.

— C'est vraiment dommage, Samantha, dit-il. Cela me déplaît, mais il le faut.

Il avait l'air sincère.

— Quoi ?
— Calmez-vous. Peters a promis d'aller vite et de ne pas vous faire souffrir.
— Mais quoi ?
— Vous tuer, pardi.
— Doux Jésus ! dit Froilana.
— Vous ne parlez pas sérieusement, dit Samantha. Pourquoi ?

Elle était de nouveau maîtresse d'elle-même.

— Pour l'argent, dit-il.
— Mais je... Vous voulez dire l'argent qui revient à Jaime ? Vous nous tueriez pour son héritage ?
— Nous voulons tout l'héritage, ma chère.
— Nous ?
— Ne faites pas semblant de ne pas comprendre, Samantha, dit-il. Sheldon est bien trop naïf pour soupçonner quoi que ce soit, mais pas vous.
— Teresa et vous ?
— Exactement.
— Quel est votre intérêt ? Teresa doit épouser mon frère. Vous contenterez-vous du rôle de l'amant qu'on entretient ?
— Teresa avait raison. Vous êtes une garce. Non, votre frère aura un accident quelque temps après son mariage. C'était d'ailleurs notre plan initial. Il est dommage que vous et l'enfant soyez impliqués dans cette affaire. Si nous avions appris plus tôt l'existence du legs de votre grand-père, nous n'aurions jamais choisi Sheldon comme mari pour Teresa. Enfin ! Peters...
— Non ! Attendez ! Jean, il y a une autre solution... Mon mari est riche, mon père aussi. Vous n'avez pas besoin de nous tuer.
— Allons, ma chère. Il est trop tard pour un arrangement, puisque vous êtes au courant de nos projets. De plus, la fortune des Blackstone est immense, et Teresa est une femme avide. Elle était habituée au luxe. Quand sa famille a tout perdu, elle en a été désespérée.

Samantha ne savait que faire. Peters était là, qui attendait un signe de Jean. Elle cria :

— Jean, je vous en supplie. Jaime n'est qu'un bébé. Donnez-le à quelqu'un. Personne ne le saura jamais. Vous n'êtes pas obligé de le tuer lui aussi.

— C'est inutile. L'argent n'ira à Teresa que si l'on retrouve le corps du bébé.

— Vous ne pouvez pas tuer mon enfant !

— Croyez-vous que cela m'amuse ? Je n'ai pas le choix. Nous sommes allés trop loin. Aussi plus de...

Il se tut, on entendait le galop d'un cheval. Il jura.

— Nous avons perdu du temps, et maintenant quelqu'un arrive. Peters, va près de la voiture. Vite. Si on te demande ce qui se passe, dis que l'un des chevaux boite. J'emmène les femmes dans le bois en attendant.

Peters ne bougea pas.

— Laissez-moi vous débarrasser d'elles, patron. On a le temps.

— Non, imbécile ! Il ne faut pas qu'il y ait de témoin. On doit croire que ce sont des voleurs qui les ont tuées.

Peters jetait des coups d'œil inquiets du côté de la route.

— Je suis rapide, dit-il. Ce cavalier est peut-être un bandit. On a une chance de s'en aller avant qu'il ne nous voie.

Pendant que les deux hommes discutaient, Samantha recula. Elle donna un coup de coude à Froilana pour lui faire signe de l'imiter. Puis, elle cria :

— Cours, Lana !

Elle jeta les vêtements qu'elle tenait aux visages des hommes et entraîna la jeune fille vers le bois.

Jean laissa échapper un juron et Peters lui cria sottement de revenir.

— Rattrape-les, Peters, dit Jean. Je resterai près de la voiture. Trouve-les, bon sang, sinon, tu ne touches pas un sou.

Les deux jeunes femmes couraient à perdre haleine. Elles débouchèrent dans une clairière. Samantha repoussa Froilana dans l'ombre de la forêt. Elles continuèrent leur course pendant quelques mètres, puis se cachèrent derrière un buisson.

— Personne ne nous suit, dit Samantha.

Le souffle lui manquait.

— Je... J'ai peur, Sam.

— Je sais, mais chut, Lana, je t'en supplie. Il ne faut pas que Jaime pleure. S'ils l'entendaient...

Un coup de feu claqua.

— Mon Dieu ! Jean a tiré sur le cavalier, dit Samantha.

— Doux Jésus ! Maintenant, ils vont être deux à notre poursuite.

— Garde ton sang-froid, Lana. Ils ne nous retrouveront pas. Il fait trop noir.

— Ne serait-ce pas mieux de quitter ces bois ?

— Non, ils pourraient nous entendre. Il ne nous reste qu'à attendre. Taisons-nous et ne bougeons plus.

Accroupies sur le sol humide, tremblantes, elles prêtaient l'oreille au moindre bruit. Le buisson qui les dissimulait était une bonne cachette tant que personne ne s'en approchait. Le temps devenait interminable. On appela Samantha. Comme si elle allait répondre !

Jaime se mit à babiller. Froilana le berça et Samantha pria pour qu'il ne pleurât pas.

Des brindilles craquèrent près d'elles. Samantha retint son souffle. Les pas se rapprochaient.

— Ô mon Dieu, il arrive. Lana, je le retiens, sauve-toi avec Jaime.

— Non !

— Fais ce que je te dis.

— Non.

— Bon sang, Lana. Je suis plus à même de le retenir que toi. Sors de là et sauve mon bébé. Va !

Froilana ne pouvait qu'obéir. Après avoir étreint Samantha, elle disparut derrière les taillis, à sa gauche. Il était temps. Quelques minutes plus tard, un homme surgit, venant de la droite. Jean ? Peters ? Samantha bondit et se jeta dans ses jambes. L'homme tomba sur le dos et jura. Elle le bourra de coups, mais il roula sur lui-même, l'entraînant avec lui. Alors, elle tendit les mains vers son visage, cherchant à le griffer, à le rendre aveugle... Il lui saisit les poignets et la plaqua au sol.

— Je vous avais prévenue à propos de vos ongles, Sam.

— Hank ? dit-elle. Ô mon Dieu !... Hank !

Et elle éclata en sanglots.

Doucement, il l'aida à se relever et la prit dans ses bras.

— C'est fini, ma chérie. Ah, chut, mon amour, chut. Vous n'êtes plus en danger. C'est fini, maintenant.

47

Le chemin du retour sembla durer une éternité. Sheldon avait tiré sur Jean. C'était le coup de feu que les jeunes femmes avaient entendu. Il n'était que blessé, et Sheldon l'avait attaché au cheval de Hank. Il le conduirait lui-même en prison, pour ne pas le perdre de vue.

L'impassible Sheldon avait enfin fait preuve de caractère. Lorsque Samantha eut expliqué les projets criminels de Jean et Teresa, il devint fou. Elle constata avec soulagement qu'il prenait assez bien la nouvelle de la trahison de Teresa. Il était furieux d'avoir été abusé, mais il ne s'affligeait pas trop d'avoir perdu sa fiancée.

Peters, l'homme de main de Jean, avait réussi à s'échapper et ils avaient mis un certain temps à retrouver Froilana. Hank conduisait la voiture. Il ramenait sa famille à la maison. Froilana s'était endormie. Samantha serrait Jaime contre elle. Elle avait été trop près de le perdre, et trop près de mourir.

L'aube pointait quand ils arrivèrent à la maison. Sheldon se rendit en ville pour conduire Jean en prison. Samantha avait presque pitié de Teresa à l'idée de ce qu'il allait lui annoncer. Froilana s'occupa de coucher Jaime. Hank suivit Samantha dans sa chambre et referma la porte. Elle se retourna et l'observa. Où serait-elle s'il n'avait pas trouvé son arme et compris ce qui se passait ?

Ils avaient fait la paix.

— Que désirez-vous, Hank ?

Il resta silencieux. Il semblait en colère, et elle demeura sur la défensive.

— Répondez-moi, dit-elle.

Il explosa.

— Vous imaginez-vous la peur que j'ai eue ? Mon Dieu, Sam ! Vous avez failli mourir. J'ai failli vous perdre, vous et Jaime !

Elle releva le menton d'un air de défi.

— Ne me parlez pas sur ce ton. Je n'y suis pour rien.

— Si vous ne m'aviez pas tenu éloigné de votre chambre, jamais ce misérable ne vous aurait enlevée. Il aurait fallu me tuer d'abord !

— Et je n'aurais pas pleuré votre mort !

Un instant, ils se regardèrent. Puis, elle sourit, et il éclata de rire. Ils étaient stupides de se disputer.

— Avez-vous vu mon frère ? Dans quelle fureur il était !

— Et vous qui m'avez plaqué au sol comme du bétail !

— Dommage que je n'aie pas eu de corde.

— Vous auriez aimé me voir ficelé et sans défense, n'est-ce pas ?

— Je ne m'en suis pas si mal tirée.

— Vous avez perdu.

— Ah ? Vous n'avez pas eu le dessus très longtemps, monsieur le Gagnant. Certainement pas comme... autrefois...

Elle se tut, reprenant son sérieux. Qu'avait-elle dit ? Faire surgir le passé venait de briser la trêve.

Hank s'en rendit compte, mais il n'était pas disposé à laisser le charme se rompre. Ce soir, tandis qu'il galopait dans la nuit, fou d'angoisse et redoutant le pire, il avait compris combien il aimait Samantha. Il fallait le lui dire, mettre un terme à leurs querelles et commencer une nouvelle vie.

— Samantha.

Elle recula, prit son masque de dureté.

— Non, Hank, je crois qu'il vaut mieux...

Sans lui laisser le temps d'achever sa phrase, il l'attira contre lui et étouffa ses protestations d'un baiser. Elle tenta de se dégager, mais capitula.

Ces mois de séparation avaient été douloureux. Elle désirait, une dernière fois, revivre cette magie, cette douceur. Son âme et son corps appelaient l'amour de Hank.

Il la porta sur le lit.

Quand il reposa sur elle, épuisé, et si vulnérable, elle se sentit prise d'une immense tendresse. Elle savait qu'il l'aimait. Elle ferma les yeux et s'endormit.

Hank s'éveilla et vit Samantha, debout au pied du lit. Elle braquait son revolver sur lui. Avec sa chemise de nuit blanche et ses cheveux qui lui tombaient sur les épaules, elle avait l'air bien jeune et fragile, et en colère. Elle fit un mouvement avec son arme pour l'inciter à se lever. Il jura. La veille, lorsqu'elle avait répondu à son baiser, avait-il perdu l'unique chance de lui avouer son amour ?

— Vous n'êtes pas très fair-play, Samantha.
— Je vous en prie, ne me faites pas la morale. Vous avez abusé de moi.
— Non, je vous ai embrassée. Pour la suite, nous sommes tous deux responsables.
— Je ne vais pas discuter de ça. Partez, Hank.
Il se rembrunit.
— Voyons, Sam, il faut que nous parlions.
— Non.
— Nous ne pouvons pas continuer ainsi, et...
— Nous ne pouvons pas vivre sous le même toit, vous profiteriez de moi.
— Serait-ce si terrible ?
— Oui, répondit-elle.
Il secoua la tête.
— Le vrai problème est que nous nous heurtons sans arrêt alors que nous n'avons plus de raison de nous disputer.
— J'ai une raison. Je n'ai aucune confiance en vous, Hank. Je vais rentrer chez moi, au Texas. Vous allez retrouver votre hacienda, celle pour laquelle vous vous êtes battu avec tant d'acharnement. Et ce sera la fin de nos problèmes.
— Vous êtes ma femme.
— Je n'en ai que le nom. Avez-vous déjà oublié, Hank ? Vous ne m'avez épousée que pour reprendre votre domaine. Je ne vous intéressais pas. Vous n'aviez pas l'intention de me revoir. Vous vous souvenez, Hank, n'est-ce pas ?
— J'ai dit beaucoup de choses que je ne pensais pas, Sam. Comme vous. N'avez-vous pas juré de divorcer ?
— Si vous craignez d'être lié à moi pour la vie, rassurez-vous, je divorcerai un jour.
— Ce n'est pas ce que je souhaite.
— Je sais ce que vous voulez, Hank. Mais vous n'aurez pas Jaime.
— Sam...

— Non ! Maintenant, sortez !

— Pourquoi refuser de m'écouter ? Redoutez-vous tant d'entendre ce que j'ai à dire ?

— Je ne suis pas sotte, Hank. Je vous ai déjoué. Vous direz que vous m'aimez et que nous devons vivre ensemble pour Jaime. Ce ne sont que des mensonges.

— Non, Sam. Je vous aime. C'est la vérité.

— C'est faux. Je vous connais, Hank. Vous êtes prêt à toutes les ruses pour arriver à vos fins. Vous voulez Jaime. Je ne vous le reproche pas. Seulement, vous me l'avez donné. C'est mon enfant, pas le vôtre.

— Que puis-je dire pour vous convaincre ?

— Rien. Vos véritables sentiments, vous me les avez déjà montrés.

— J'étais en colère, alors, blessé dans mon amour-propre, Sam. Je vous le jure.

Elle brandit son arme.

— Ô mon Dieu ! Fichez le camp ! Dehors ! C'en est trop !

Il la regarda et sortit. Elle savait qu'elle ne le reverrait plus. Il quitterait l'Angleterre et ce serait la fin.

Les larmes lui montèrent aux yeux.

48

Samantha passa la journée dans sa chambre. Froilana lui apprit que Hank était parti. Il ne lui avait pas dit adieu. Elle n'en était pas surprise. Elle était prostrée, exténuée. Il ne lui restait rien, pas même un regret.

Le lendemain, au petit déjeuner, elle annonça à Sheldon son départ pour le milieu de la semaine.

Comme à son habitude, il ne broncha pas, mais sa réponse l'étonna.

— Pourquoi es-tu pressée de partir ? Après tout, ton mari n'est plus ici pour t'importuner.

Elle se redressa.

— Te montrerais-tu sarcastique, Sheldon ?

— Enfin, reconnais-le, tu n'as pas été très juste avec lui.

Elle n'essaya pas de dissimuler son irritation.

— Tu as toujours pris sa défense sans savoir ce qui s'était passé entre nous. Ne t'est-il jamais venu à l'idée que j'avais de bonnes raisons de le repousser ? Il me hait.

— C'est ridicule. Il est évident qu'il t'aime.

— Qu'en sais-tu ? Tu ne voyais pas ce que Jean et Teresa manigançaient sous ton nez. La finesse de tes observations en ce qui concerne Hank ne m'impressionne guère.

— Tu te défends mal, petite sœur, dit-il.

Elle devint écarlate.

— Excuse-moi.

— Non, tu as tout à fait raison, Samantha. L'affaire est réglée et je ne vais pas me désoler pour mon mariage raté.

— N'étais-tu pas amoureux de Teresa ?

— Si, je suppose que oui.

— Tu supposes ? Pourquoi l'avoir demandée en mariage si c'était tout ce que tu éprouvais à son égard ?

Il haussa les épaules.

— Elle aurait été une bonne épouse. Il était temps de me marier.

— Ne crois-tu pas qu'il vaut mieux épouser quelqu'un qu'on aime ? Ou ne veux-tu pas aimer ?

— Je pourrais te poser la même question.

— Nous ne désirions pas nous marier, Hank et moi. Je te l'ai déjà dit. Tu ignores ce qui s'est passé entre nous.

— Cependant, vous vous aimez.

— Seigneur ! Tu es aussi exaspérant que lui, Sheldon. Et puis, d'abord, c'est de toi que nous parlions, pour une fois. Pourrais-tu ne pas détourner la conversation ?

— Si tu tiens à le savoir, je voulais me marier depuis un certain temps.

— Et Teresa t'a semblé être l'épouse idéale ? Je ne peux le croire, Sheldon. Tu as sûrement rencontré d'autres jeunes filles ?

— Oui, bien sûr, et plusieurs d'entre elles me plaisaient. Leurs caractères fantaisistes ne me convenaient pas.

— Je peux te dire pourquoi.

Il lui jeta un regard sévère.

— Je ne préfère pas. Tu manques de nuances dans tes propos, à mon goût.

— Et toi, c'est le contraire.

— Tout gentleman doit se conformer à certains critères...

— Oh, mon Dieu ! Quelles sottises ! Qui donc a décrété que l'on devait toujours cacher ses sentiments ? C'est ce qui ne va pas chez toi, Sheldon. Tu restes impassible et réservé, en toute circonstance, froid, froid, froid. Sais-tu que la nuit de l'enlèvement, tu étais merveilleux ?

— J'étais surtout en colère, Samantha.

— Bien sûr, et avec raison. Et ne t'es-tu pas senti mieux après ? Quand tu t'amuses, quand tu es heureux, montre-le, Sheldon.

— Et quand on est amoureux ? Tu devrais suivre tes propres conseils, Samantha.

— Il ne s'agit pas de moi, dit-elle.

Ils se turent.

Il a raison, songea-t-elle. Elle aimait Hank, bien qu'elle ne le lui eût jamais avoué. Quand donc avait-elle cessé de le détester ? Peu importait. De toute façon, on ne pouvait revenir en arrière. Elle avait été odieuse. Elle avait tout fait pour provoquer sa haine. Il était trop tard.

Elle essaya de chasser Hank de ses pensées.

— Et... as-tu revu Teresa ?

— Oui. C'était étonnant de l'entendre crier son innocence. Elle a essayé de me faire croire que Jean et elle n'étaient pas complices, et qu'il n'y avait jamais rien eu entre eux.

— N'as-tu pas été tenté de la croire ?

— Non. Il était si évident qu'elle s'attendait à ce que je lui annonce ta mort, au lieu de l'arrestation de son amant, que cela lui a porté un coup terrible. Elle n'a pu recevoir la nouvelle sans se trahir... Je crains d'avoir été un peu vif avec elle, mais tu as raison, je me sentais beaucoup mieux après.

Samantha eut un sourire.

— Sheldon, tu devrais venir avec moi en Amérique. Père saurait vraiment te faire perdre ton flegme.

— C'est peut-être ce que je vais faire.

— Es-tu sérieux ?

— Mais oui... Pourquoi pas ?

— Oh, Shelly...

— Pour l'amour de Dieu, Samantha, ne me donne pas ce diminutif ridicule.

— Oh ! Tais-toi donc. C'est merveilleux. Père va être si heureux. Quelle surprise pour lui ! Oh, Sheldon, je suis si contente que je pourrais t'embrasser !

— Ne nous laissons pas gagner par l'émotion, ma chère. Je n'ai pas encore perdu tout mon vernis de gentleman.

— En tout cas, cela ne saurait tarder, Sheldon. J'y veillerai.

Il leva les yeux au ciel.

Jamais Samantha n'oublierait le visage bouleversé de son père lorsqu'il retrouva son fils. Ce fut un moment émouvant.

Au bout d'un mois, Sheldon avait changé. Toute la journée dehors, en tenue de cow-boy, il apprenait le métier d'éleveur. Hamilton Kingsley, fier de l'avoir enfin avec lui, ne le quittait pas.

Samantha se sentait un peu délaissée mais elle était si heureuse pour lui qu'elle ne se plaignait pas. Ils formaient une vraie famille. Mais son bonheur n'était pas complet. Et le petit Jaime, malgré tout l'amour qu'elle ressentait pour lui, ne pouvait combler le vide de son existence. Elle avait beaucoup réfléchi depuis son départ d'Angleterre, et le constat de sa vie n'était guère brillant. L'avenir semblait sombre, sans Hank. Elle l'aimait et ne se le cachait plus. Vivre loin de lui était une souffrance. Elle avait besoin de lui. Elle irait le voir et essaierait de lui parler. Elle finirait bien par avoir raison de sa haine et par gagner son amour.

Dès que sa décision fut prise, elle se sentit plus légère. Tandis qu'elle faisait route vers « l'hacienda des fleurs » elle redoutait de plus en plus qu'il ne refusât de la recevoir. Peut-être lui en voulait-il ? Elle devait tenter sa chance, pourtant.

Pour ne pas influencer Hank, elle avait laissé Jaime chez son père. Hank devait l'accepter pour elle-même.

Elle arriva enfin à l'hacienda. Ce voyage d'une semaine avait épuisé Manuel et son fils qui l'accompagnaient. Ce fut Lorenzo qui vint à leur rencontre. Son accueil ne suffit pas à la rassurer. Il ne lui demanda pas la raison de sa visite, mais remarqua les chevaux chargés de bagages qui laissaient supposer un long séjour. Il sourit.

Hank était dans la grande salle en train de faire ses comptes. Elle entra et attendit, nerveuse et intimidée, qu'il levât enfin la tête de ses papiers. Elle avait conscience de sa fatigue et de son allure négligée. Sa chemise de soie était fripée, maculée de taches de sueur ; sa veste et sa jupe-culotte poussiéreuses ; ses cheveux, recouverts d'un grand chapeau, pendaient, décoiffés.

La façon dont Lorenzo l'annonça augmenta son malaise.

— Regarde un peu qui vient d'arriver.

Hank releva la tête. Interdit, il se leva lentement de son siège. Il était sans voix et la tension devenait insupportable.

Lorenzo esquissa un sourire.

— Bon, eh bien, je vous laisse... Soyez sages, ne vous entre-tuez pas.

Un silence pénible suivit son départ.

— Cette pièce... dit-elle enfin, la voix enrouée par l'émotion, ça a vraiment changé.

Elle regardait partout autour d'elle sauf dans la direction de Hank.

— Les meubles y sont pour beaucoup sans doute.

Il était difficile d'après ces quelques mots de juger de l'humeur de Hank.

— Sans doute... J'imagine que le reste de la maison a changé aussi.

— Aimeriez-vous visiter ?

— Non. Plus tard peut-être.

Pourquoi avaient-ils cette conversation ridicule ? songeait-elle.

— Samantha, pourquoi êtes-vous venue ?

Enfin, il demandait, il lui donnait une chance de s'expliquer. La réponse préparée, ressassée tout au long du chemin, était prête. En face de lui, elle fut incapable de parler. Les mots ne venaient pas.

— Oh... Je me trouvais par ici.

Elle se serait giflée.

— Peut-être rendiez-vous visite à votre ami Ramon ?

Décelant de l'irritation dans sa remarque, elle se raidit.

— Non, dit-elle, et pour votre gouverne, sachez que je n'ai pas à justifier ma présence ici. Je suis chez moi. A moins que vous n'ayez oublié l'existence de votre femme ? Et si je décidais de m'installer dans cette maison, vous ne pourriez m'en empêcher.

— Vous plaisantez.

La stupéfaction de Hank ne fit qu'accroître la colère de Samantha.

— Pas du tout ! D'ailleurs, je crois que je vais rester. Essayez donc de vous y opposer !

Ne sachant que penser, il la regarda un moment avant de secouer la tête, incrédule.

— Je ne vous comprendrai jamais, Sam. A notre dernière entrevue, vous ne teniez pas ce genre de propos.

— Cela me convenait, alors.

— Oh ! Et maintenant, il vous « convient » de faire valoir vos droits d'épouse pour vous introduire chez moi.

— Chez nous.

Il s'avança.

— Oh, « chez nous » ! Pourtant, ne disiez-vous pas que nous ne pouvions vivre sous le même toit ? Sans doute souhaitez-vous que je vous laisse la place ?

— Non, je...

— Vous quoi ? Vivre ensemble n'est plus impossible ? Peut-être aimez-vous cette guerre incessante entre nous ? Moi, je ne la supporte plus !

— Moi non plus.

— Alors, pourquoi êtes-vous venue ? Pourquoi ne divorcez-vous pas ? Pourquoi me laissez-vous espérer ?

— Parce que je vous aime.

Surpris, il la regarda. Puis, il se mit à rire.

— Ah, Samina, j'ai tellement rêvé de ce moment.

Il s'approcha.

— Ne me touchez pas, Hank, dit-elle. Nous avons bien des choses à éclaircir.

— Très bien.

Il s'écarta, heureux. Elle demeura silencieuse, faisant un effort pour rassembler ses idées.

— Voulez-vous que nous vivions ensemble ?

— Ma chérie, en doutez-vous ?

— Bien, c'est d'accord, mais je vous préviens, Hank, je n'accepterai pas d'infidélités.

— Moi non plus.

Elle hocha la tête et se mit à arpenter la pièce. Le moment qu'elle redoutait était arrivé. Comment l'aimait-il ? Il fallait savoir, même si la vérité était cruelle.

— Je ne tolérerai pas d'hypocrisie entre nous. Je suis disposée à vivre avec vous... mais je ne veux pas de faux-semblants.

— Bon sang ! dit-il. Vous avez fait tout ce voyage avec ces doutes ridicules en tête.

— Ce n'est pas ridicule, Hank. Vous me détestiez.

— Vous aussi, Sam chérie, répondit-il. Pourtant, il y a une différence. Certes, j'ai été furieux contre vous. Je souffrais parce que j'aimais une femme qui me repoussait. Vous m'avez haï...

— Oui.

— Aujourd'hui, vous affirmez que vous m'aimez. Dois-je en douter, Sam ?

— Non.

— Pourquoi alors mettre ma parole en doute ?

— Ce n'est pas pareil. Vous ne désiriez pas m'épouser. Vous étiez en colère.

— Oui, mais parce que je vous épousais pour avoir le ranch, alors que j'aurais voulu vous épouser pour vous-même. Mon amour, vous le refusiez.

Elle n'était pas encore convaincue.

— Vous ne m'avez jamais proposé le mariage, Hank. Même au Colorado, vous m'aviez simplement demandé de vivre avec vous.

— Vous ne m'aviez pas laissé le temps de finir.

— Pourtant...

— Ah, Samina, ne comprenez-vous pas que c'était par fierté ? Au contraire, je vous désirais. Je vous aimais déjà. Je vous aime toujours.

— Et Angela ?

— Doux Jésus ! Ne pouvez-vous me croire ?

— Vous l'avez aimée...

— Non, je la trouvais belle. Dès que je vous ai rencontrée, je l'ai oubliée.

— C'est bien vrai ?

Il soupira.

— Oui. Vous voilà satisfaite ?

Elle opina de la tête et il sourit.

— Voulez-vous m'embrasser ?

— Oh, Hank ! Pardonnez-moi, mais je devais savoir, être sûre. Vous comprenez, n'est-ce pas ?

Elle se jeta à son cou. Il lui caressa le visage.

— Mon amour. C'est fini, je vous en prie. Vous êtes venue et je vous garde. Ne doutez plus jamais de moi.

Elle se serra contre lui.

— Je veillerai à ce que vous teniez votre promesse. Et si nous nous heurtons de nouveau, vous saurez comment nous réconcilier. Vous avez toujours su.

— Oui, dit-il. Comme ceci.

Et il l'embrassa.

Épilogue

Samantha se redressa sur sa selle pour admirer le paysage de plaines et de plateaux qu'elle aimait tant. Un troupeau de bovins, deux fois plus gros que ceux que son père avait jamais possédés, paissait au loin. Elle se tourna vers Hank qui regardait ses terres, leurs terres.

Comment pouvait-il encore l'aimer alors qu'elle l'avait si souvent repoussé ? Il l'aimait, pourtant. Elle n'en doutait plus. La vie était belle de nouveau. Elle était heureuse.

— Ah, voilà Lorenzo. Il était temps, dit Hank.

Leur ami galopait vers eux.

— L'attendiez-vous ?

— Oui.

— Je croyais que nous allions nous promener tous les deux.

Elle ne pouvait cacher sa déception, et il sourit.

— C'est une surprise, ma chérie. Si je vous avais dit que nous ne rentrerions pas au ranch aujourd'hui, vous n'auriez peut-être pas voulu partir.

— Où allons-nous ?

Lorenzo les rejoignit et tendit deux sacoches à Hank.

— Dans les montagnes, répondit Hank. Ces vivres nous suffiront pour le voyage. J'ai envoyé des hommes en avant avec d'autres provisions.

— Nous partons tous les trois dans le village abandonné ? dit Samantha.

— J'aimerais bien, Sam, dit Lorenzo, mais je ne suis pas invité, bien qu'« on » (il indiquait Hank du doigt) m'ait fait perdre mon temps à vous apporter vos affaires au dernier moment, pour ménager l'effet de surprise.

— Nous retournons là-bas seuls ?

— Depuis longtemps, je voulais vous y ramener, dit Hank.

— Vous auriez dû.

— Mon idée ne vous déplaît pas, alors ?

— Me déplaire ? Mais c'est fantastique.

— Vous feriez mieux de vous mettre en route, dit Lorenzo. Il semble que nous ayons des visiteurs.

Hank se rembrunit en apercevant plusieurs cavaliers et un chariot qui approchaient de l'hacienda.

— Qui diable..

— Mais... C'est mon père !

— Bon sang ! Que fait-il ici ?

— Voyons, Hank, il n'y a aucune raison de vous énerver.

— Oubliez-vous de quelle nature sont nos rapports ? A moins qu'il ne soit prêt à m'accepter comme gendre.

— Oui, c'est vrai, dit-elle. Il ne voulait pas que je vienne vous retrouver. Mais il n'a pu m'en empêcher.

— Il accourt sans doute à votre secours. S'il croit qu'il peut vous enlever à moi...

— Hank, je vous en prie. Il s'agit de mon père.

— Et moi, je suis votre mari, répondit-il.

— Oui, il est temps que mon père l'admette.

Et elle éperonna son cheval et s'élança vers la maison.

Exaspéré, Hank secoua la tête. Si seulement, ils étaient partis quelques minutes plus tôt !

— Allons, ce n'est pas si terrible, dit Lorenzo.

Hank le regarda.

— Tu trouves ? Je l'avais pour moi tout seul. Garderais-tu le sourire si on te volait ton temps avec la femme que tu aimes ?

— Vous avez la vie entière devant vous.

— Peut-être, dit Hank, mais pour l'instant, ce n'est pas une consolation.

Ils rejoignirent Samantha. Elle avait Jaime dans ses bras. Froilana était assise dans le chariot. Hamilton Sheldon, le visage sévère, se tenait à côté de sa fille. Sheldon était également là et Hank fut amusé de le voir en habit de cow-boy, un revolver à la ceinture. Hank fit un signe de tête, mit pied à terre, et se précipita sur son fils. Il effleura de la main la joue de Jaime.

Samantha rayonnait.

— Vous ne l'avez pas vu depuis des mois. Tenez, prenez-le. Il a beaucoup grandi, n'est-ce pas ?

Elle lui donna l'enfant.

Les petits doigts de Jaime agrippèrent le chapeau de Hank qui lui tomba sur le visage. Le bébé se mit à sucer le bord du chapeau. Samantha le gronda et le lui retira de la bouche.

Hank sourit. Son fils. Sa femme. Il n'osait songer à ce qu'aurait été sa vie si Samantha n'était pas revenue. Maintenant, elle était là. Ils formaient une famille.

Hamilton Kingsley semblait mécontent de la tournure que prenaient les événements.

— Monsieur Kingsley.

Hank salua avec raideur.

— Chavez, répondit Hamilton.

— Oh, vraiment ! dit Samantha. Vous feriez mieux, tous les deux, d'oublier vos griefs.

— Samantha... dit son père.

— Et d'abord, que faites-vous ici ? Je vous avais promis de vous prévenir quand il faudrait m'amener Jaime.

— Sa mère lui manquait, dit Hamilton.

— Je ne vous crois pas. Vous avez dû partir le même jour que moi pour arriver maintenant.

— Je suis là pour te rappeler à la raison, dit-il, et te ramener chez nous.

Samantha se raidit.

— Je suis chez moi ici.

Elle ajouta en se tournant vers son frère :

— Shelly, tu étais d'accord pour que je vienne voir Hank. Pourquoi n'as-tu pas parlé à père ?

Sheldon avait l'air embarrassé.

— J'ai essayé. J'imagine que je n'ai pas encore maîtrisé l'art de la persuasion.

Ceci fut dit sur un ton si solennel qu'elle éclata de rire.

Elle était trop heureuse pour rester en colère.

— Ce n'est rien, Shelly, tu apprendras. Quant à vous, père... Regardez-moi. Est-ce que je donne l'impression d'avoir besoin d'être secourue ? Je vous remercie de votre sollicitude, mais c'est inutile. J'aime Hank. Et il m'aime.

— Mais...

— Non, je vous en prie. Ne parlons plus du passé. C'était une erreur. Ce qui compte, c'est aujourd'hui.

— En es-tu certaine, Sammy ?

— Oui.

Il s'avança vers Hank et lui tendit la main.

— Bien. Il serait peut-être temps que je reconnaisse votre mariage. Les vieillards se comportent comme des idiots parfois. J'espère que vous me pardonnez.

Hank lui sourit et lui serra la main.

— Vous n'aurez pas à le regretter. Je vous le promets.

Samantha reprit Jaime et le donna à Froilana.

— L'ennui, père, c'est que vous êtes mal tombé.

Prenant Hank par la main, elle continua :

— Nous allions partir.

Hank l'aida à se mettre en selle.

— Vous êtes le bienvenu à l'hacienda, dit-il à Kingsley. Restez jusqu'à notre retour.

— Où allez-vous ? demanda Hamilton.

— Passer notre lune de miel, répondit Samantha.

— Mais vous êtes mariés depuis un an.

— Beaucoup de gens partent en voyage de noces plus tard, dit-elle. Le nôtre se fait attendre depuis longtemps.

— Combien de jours vous absentez-vous ?

— Peut-être deux semaines.

— Peut-être un mois, dit Hank.

Et il enfourcha El Rey.

— Ne faites pas cette tête, père. Vous avez besoin de repos. Profitez de votre séjour ici pour aller voir vos amis. Nous serons de retour bientôt.

— Je crois que je n'ai guère le choix.

— Non, vous ne l'avez pas. « Adios ! »

Samantha se tourna vers Hank.

Elle lui proposa :

— On fait la course ?

— Oh, Seigneur ! dit son père.

Hank sourit.

— Vous n'avez aucune chance de gagner.

— Vous croyez ?

Ils galopaient côte à côte et prirent de la vitesse. Soudain, elle poussa un sifflement. El Rey s'arrêta, tandis qu'elle continuait sa course.

Hank éclata de rire. Avec Samantha, il perdrait toujours. Peu importait, puisqu'elle l'aimait.

Romans sentimentaux

Depuis les ouvrages de Delly, publiés au début du siècle, la littérature sentimentale a conquis un large public. Elle a pour auteur vedette chez J'ai lu la célèbre romancière anglaise Barbara Cartland, la Dame en rose, qui a écrit près de 300 romans du genre. À ses côtés, J'ai lu présente des auteurs spécialisés dans le roman historique, Anne et Serge Golon avec la série des Angélique, Juliette Benzoni, des écrivains américains qui savent faire revivre toute la violence de leur pays (Kathleen Woodiwiss, Rosemary Rogers, Janet Dailey), ou des auteurs de récits contemporains qui mettent à nu le coeur et ses passions, tels que Theresa Charles ou Marie-Anne Desmarest.

BÉARN Gaston & Myriam de	*L'or de Brice Bartrès* 2514/4*
BENZONI Juliette	*Marianne* 601/4* & 602/4*
	Un aussi long chemin 1872/4*
	Le Gerfaut :
	- Le Gerfaut 2206/6*
	- Un collier pour le diable 2207/6*
	- Le Trésor 2208/5*
	- Haute-Savane 2209/5*
CARTLAND Barbara	*Les seigneurs de la côte* 920/2*
	Le secret de Sylvina 1032/2*
	La splendeur de Ventura 1155/2*
	Les deux cousines 1384/3*
	Le port du bonheur 1522/2*
	Un amour imprévu 1538/2*
	L'ingénue criminelle 1553/2*
	La fiancée pour rire 1554/2*
	Un souhait d'amour 1792/2*
	Thérésa et le tigre 1912/2*
	Pour l'amour d'un roi 1913/2*
	La force d'une passion 1990/2*
	La princesse oubliée 1991/2*
	Le marquis et l'ingénue 2068/2*
	Prise au piège 2082/2*
	L'amour retrouvé 2130/2*
	Le baiser devant le Sphinx 2217/2*
	Loin de l'amour 2243/2*
	Le secret de l'Écossais 2257/2*
	La gondole d'or 2286/2*
	Toujours plus haut l'amour 2301/2*
	Le chemin de l'amour 2318/2*
	Le secret d'Anouchka 2335/2*
	Le signe de l'amour 2349/2*

Romans sentimentaux

	Un cœur triomphant 2384/**2***
	La perfection de l'amour 2401/**2***
	La rivière de l'amour 2418/**2***
	L'ombre du péché 2428/**2***
	L'irrésistible charme d'Helga 2429/**2***
	La magie de l'amour 2446/**2***
	Le jardin de l'amour 2447/**2***
	De l'enfer au paradis 2464/**2***
	Dans les bras de l'amour 2465/**2***
	Un été indien 2479/**2***
	L'amour se joue des sortilèges 2480/**2***
	Le château du bonheur 2515/**2***
	La trahison diabolique 2516/**2***
	A la découverte du paradis 2531/**2***
	Le secret surpris 2532/**2***
	Duel pour l'amour 2547/**2*** *(mars 89)*
	Évasion pour le bonheur 2548/**2*** *(mars 89)*
	Princesse rebelle 2567/**2*** *(avril 89)*
	La demoiselle en détresse 2568/**2*** *(avril 89)*
	Au secours mon amour 2588/**2*** *(mai 89)*
	Le prince russe 2589/**2*** *(mai 89)*
	Un mariage improvisé 2605/**2*** *(juin 89)*
	La déesse de l'amour 2606/**2*** *(juin 89)*
CHARLES Theresa	Le chirurgien de Saint-Chad 873/**3***
	Inez, infirmière de Saint-Chad 874/**3***
	Un amour à Saint-Chad 945/**3***
	Crise à Saint-Chad 994/**2***
	Lune de miel à Saint-Chad 1112/**2***
	Thea 1873/**4***
COOKSON Catherine	L'orpheline 1886/**5***
	L'homme qui pleurait 2048/**4***
	Le mariage de Tilly 2219/**4***
	Le destin de Tilly Trotter 2273/**3***
	Le long corridor 2334/**3***
	La passion de Christine Winter 2403/**3***
	L'éveil à l'amour 2587/**4*** *(mai 89)*
COSCARELLI Kate	Destins de femmes 2039/**4***
DAILEY Janet	Le cavalier de l'aurore 1701/**4***
	La Texane 1777/**4***
	Le mal-aimé 1900/**4***
	Les ailes d'argent 2258/**5***
	Pour l'honneur de Hannah Wade 2366/**3***
	Le triomphe de l'amour 2430/**5***
	Les grandes solitudes 2566/**6*** *(avril 89)*

Romans sentimentaux

DAILEY (suite)	La saga des Calder :
	- **La dynastie Calder** 1659/**4**★
	- **Le ranch Calder** 2029/**4**★
	- **Prisonniers du bonheur** 2101/**4**★
	- **Le dernier des Calder** 2161/**4**★
DESMAREST Marie-Anne	**Torrents** 970/**3**★
FIELDING Joy	**La femme piégée** 1750/**3**★
GOLON Anne et Serge	**Angélique, marquise des Anges** 2488/**7**★
	Angélique, le chemin de Versailles 2489/**7**★
	Angélique et le Roy 2490/**7**★
	Indomptable Angélique 2491/**7**★
	Angélique se révolte 2492/**7**★
	Angélique et son amour 2493/**7**★
	Angélique et le Nouveau Monde 2494/**7**★
	La tentation d'Angélique 2495/**7**★
	Angélique et la Démone 2496/**7**★
	Le complot des ombres 2497/**5**★ (mars 89)
	Angélique à Québec 2498/**5**★ & 2499/**5**★ (89)
	La route de l'espoir 2500/**7**★ (mai 89)
	La victoire d'Angélique 2501/**7**★ (juin 89)
HULL E.M.	**Le Cheik** 1135/**2**★
LAKER Rosalind	**La femme de Brighton** 2190/**4**★
	Le sentier d'émeraudes 2351/**5**★
	Splendeur dorée 2549/**4**★ (mars 89)
LINDSEY Johanna	**Un si cher ennemi** 2382/**3**★
	Samantha 2533/**3**★
McBAIN Laurie	**Les larmes d'or** 1644/**4**★
	Lune trouble 1673/**4**★
	L'empreinte du désir 1716/**4**★
	Le Dragon des mers 2569/**4**★ (avril 89)
	Les contrebandiers de l'ombre 2604/**4**★ (juin 89)
MONSIGNY Jacqueline	**Michigan Mélodie (Un mariage à la carte)** 1289/**2**★
(voir aussi p.12)	**Les nuits du Bengale** 1375/**3**★
	L'amour dingue 1833/**3**★
	Le palais du désert 1885/**2**★
MULLEN Dore	**Le lys d'or de Shanghai** 2525/**3**★
NICOLSON Catherine	**Tous les désirs d'une femme** 2303/**4**★
PARETTI Sandra	**L'oiseau de paradis** 2445/**4**★
ROGERS Rosemary	**Amour tendre, amour sauvage** 952/**4**★
	Jeux d'amour 1371/**4**★
	Le grand amour de Virginia 1457/**4**★
	Au vent des passions 1668/**4**★
	La femme impudique 2069/**4**★

	Le métis 2392/5★
	Esclave du désir 2463/5★
	Insolente passion 2557/6★
	Le feu et la glace 2576/6★
	Le désir et la haine 2577/7★
STANFILL Francesca	*Une passion fatale* 2320/4★
STEEL Danielle	*Leur promesse* 1075/3★
	Une saison de passion 1266/4★
	Un monde de rêve 1733/3★
	Celle qui s'ignorait 1749/5★
	L'anneau de Cassandra 1808/4★
	Palomino 2070/3★
	Souvenirs d'amour 2175/5★
	Maintenant et pour toujours 2240/6★
WOODIWISS Kathleen E.	*Quand l'ouragan s'apaise* 772/4★
	Le loup et la colombe 820/4★
	Une rose en hiver 1816/5★
	Shanna 1983/5★
	Cendres dans le vent 2421/7★
	L'inconnue du Mississippi 2509/3★

Romans érotiques

Longtemps maintenue dans le "second rayon" des librairies, voire dans l'enfer des bibliothèques, la littérature érotique a acquis droit de cité depuis la disparition de la censure. De grands écrivains, tels que Guillaume Apollinaire, l'avaient pourtant illustrée. J'ai lu publie une sélection des meilleurs ouvrages érotiques, d'Emmanuelle Arsan à Xaviera Hollander et Joy Laurey.

APOLLINAIRE Guillaume	*Les onze mille verges* 704/1★
	Les exploits d'un jeune don Juan 875/1★
ARSAN Emmanuelle	*Toute Emmanuelle* 1046/2★
BERG Jean de	*L'image* 1686/1★
BRUNOY Clément	*Salyne à Londres* 1765/1★
	Salyne en Grèce 2176/2★
CLELAND John	*Les Mémoires de Fanny Hill* 711/3★
DORVAL Alain	*Souvenirs indiscrets d'un voleur d'images* 1887/2★
DUBOIS-JOLLY Aymé	*Les Mémoires d'une culotte* 2147/2★
GALL Michel	*La vie sexuelle de Robinson Crusoë* 2071/2★
HOLLANDER Xaviera	*Madam'* 838/3★
	Dona Juan 2032/2★
	Le phallus d'or d'Osiris 2084/3★
	Xaviera en vacances 2162/3★
	Le baiser du serpent 2369/3★

Impression Brodard et Taupin
à La Flèche (Sarthe) le 26 janvier 1989
6133A-5 Dépôt légal janvier 1989
ISBN 2-277-22533-9
Imprimé en France
Editions J'ai lu
27, rue Cassette, 75006 Paris
diffusion France et étranger : Flammarion